LA MONTRE D'HITLER

YVES AZÉROUAL
CHRISTOPHE BARBIER

LA MONTRE D'HITLER

STUDIOFACT
ÉDITIONS

Couverture :
Conception graphique : Rémi Pépin
Photographie : © Mark Owen / Trevillion Images

ISBN : 978-2-9587398-8-1

À ma famille
À elle
Aux Merveilleux

Y. A.

À mon petit-fils Léon
et à tous les enfants
qui enluminent ma famille

C. B.

« Les peuples en ont eu raison, mais il ne faut pas nous chanter victoire, il est encore trop tôt : le ventre est encore fécond, d'où a surgi la bête immonde. »

Bertolt Brecht, épilogue de
La Résistible Ascension d'Arturo Ui

AVERTISSEMENT

La Montre d'Hitler est une œuvre de fiction inspirée de faits et d'objets authentiques. La montre a bel et bien existé, elle est l'exact objet décrit dans ce roman et a bien été vendue aux enchères en 2022. Si certains des personnages sont la transposition de figures réelles du IIIe Reich, ils évoluent ici sous des noms d'emprunt et leurs faits et gestes dépeints dans ce livre relèvent de l'invention romanesque.

Cette œuvre de fiction ne prétend à aucune vérité historique au-delà du point de départ factuel qui l'a inspirée.

PREMIÈRE PARTIE

PROLOGUE

Chesapeake City, Maryland, États-Unis, le 28 juillet 2022

Aujourd'hui, j'ai mis mon nœud papillon rouge, celui qui me porte bonheur, celui des records d'enchères. Ce n'est pas un jour comme les autres. Aujourd'hui, Whitmore Historical Auctions va mériter un peu plus son nom. Dans quelques minutes, je vais diriger une vente qui marquera les mémoires, et quand j'abattrai mon marteau, un peu de la grande Histoire aura passé par ces murs. Je suis depuis dix-sept ans le commissaire-priseur principal de cette maison. C'est à moi qu'elle doit son rayonnement international. Ce soir, elle brillera un peu plus à travers la planète.

Encore une fois, je passe et repasse dans ma tête la description des trois pièces majeures de l'après-midi. Pour commencer, l'aigle impériale, en bronze doré à la feuille, 28 pouces de large sur 37 de haut, une ébréchure à la base, quelques traces de brûlures. Saisie par les troupes américaines lors de la libération de Berchtesgaden, le 4 mai

1945. Mise à prix : 100 000 dollars. Il faut commencer une telle vente avec modestie, laisser monter l'appétit des enchérisseurs. Puis, la robe. Soie naturelle, couleur vert d'eau, signée Paul Poiret, portée par Eva Braun lors de la soirée de gala qui suivit la cérémonie d'ouverture des Jeux olympiques de Berlin, le 1er août 1936. Mise à prix : 200 000 dollars. Quand je songe aux sommes atteintes il y a six ans, lors de la vente de la lingerie supposée d'Eva Braun, des dessous même pas authentifiés, je me dis que le prix de ce vêtement magnifique va s'envoler. Enfin, la pièce maîtresse, l'acmé de la journée, de la saison, peut-être de ma carrière : la montre. Je répète à voix basse depuis plusieurs jours : « De marque Huber, dans un boîtier Jaeger-LeCoultre en or massif partiellement guilloché, avec bracelet en crocodile noir, ce garde-temps à mécanisme Reverso n'est pas seulement une pièce d'horlogerie inédite, il est aussi un témoin de l'Histoire. Frappé de l'aigle impériale, le *Reichsadler*, d'une croix gammée cerclée de rouge et du monogramme "A. H.", il affiche trois dates gravées sur l'endroit du boîtier : le 20 avril 1889, jour de la naissance d'Adolf Hitler, le 30 janvier 1933, date de sa nomination à la Chancellerie, et le 5 mars 1933, quand le parti nazi remporta les élections législatives. Le tic-tac de cette montre, mesdames et messieurs, donna le tempo de la plus grande tragédie du XXe siècle. C'est en regardant ce cadran noir aux aiguilles d'or que le Führer déclencha l'invasion de la Pologne le 1er septembre 1939, l'attaque de la France le 10 mai 1940 ou celle de la Russie le 22 juin 1941. Objet unique pour une vente unique, la montre d'Adolf Hitler est mise à prix à partir de… »

Je n'ai pas encore fixé le montant de départ. Une telle enchère doit atteindre plusieurs millions de dollars ; il faut commencer assez haut pour être crédible dans l'ambition et assez bas pour être efficace dans la tentation. J'ai bien entendu les critiques, les journaux les vomissent à jet continu depuis des semaines : je fais de l'argent avec la nostalgie du nazisme, je m'enrichis sur les cendres de la Shoah, je réveille les démons du passé. J'ai beau garantir le contrôle de l'identité des acheteurs pour écarter les groupies d'Hitler et les fanatiques du IIIe Reich, j'ai beau répéter que la commission encaissée par Whitmore Historical Auctions sera reversée à Yad Vashem, j'ai beau accepter toutes les interviews pour préciser qu'une telle vente fait œuvre de mémoire, c'est inutile : vendre aux enchères la montre d'Hitler, c'est comme si j'embrassais le Führer sur la bouche. Ils n'y connaissent rien. Ils ne savent pas que le frisson qui me parcourt lorsque j'abats le marteau, c'est l'onde sismique de l'éternité. Un chef-d'œuvre change de propriétaire, une merveille quitte un continent pour un autre, un document historique réapparaît puis s'évanouit dans d'autres mains. Les siècles passent, les objets demeurent. Je suis l'aiguilleur de ce grand trafic de beauté.

La montre d'Hitler ne fonctionne pas. Elle est arrêtée depuis juillet 1944, depuis que son propriétaire l'a abandonnée derrière lui dans son Nid d'aigle de Berchtesgaden. Il pensait la récupérer quelques semaines plus tard, il n'est jamais revenu en Bavière. Il y eut l'attentat raté du 20 juillet 1944, puis l'avancée des forces alliées en France, les percées de l'Armée rouge à l'Est, un terrible hiver de contre-attaques avortées, le repli sur Berlin, le siège… Quand j'ai eu cette montre entre les mains, elle indiquait 8 h 08. Était-ce le soir ou le matin ? S'est-elle arrêtée quand le Führer l'a ôtée de son poignet ou bien plus tard, au fond d'un tiroir ? Ses ressorts ont-ils été froissés lors des premiers bombardements sur le Berghof ? Quelques mois avant la vente, quand il a fallu composer le catalogue, j'ai tiré le remontoir et placé les aiguilles sur 10 h 10, comme le font tous les horlogers du monde dans leurs vitrines. Il n'y eut pas le moindre frémissement, la minuscule trotteuse ne broncha pas dans son petit écran à part. Le temps d'Hitler était définitivement arrêté.

Le mien continue. Il est l'heure. J'ajuste mon nœud papillon, je saisis le marteau d'acajou qui m'accompagne depuis dix-sept ans, j'entre dans la salle des ventes.

- 1 -

Torgau, République démocratique allemande (RDA), le 7 mai 1954

« Quel jour sommes-nous ?

– Quelle importance ? Tu ne sortiras jamais d'ici. On ne sort pas du Spezlag.

– Je veux savoir quel jour nous sommes !

– Si je te dis vendredi, ça te va ?

– Une date, je veux une date !

– Il n'y a plus de dates pour toi parce qu'il n'y a plus d'avenir. Ton nom ?

– Vous me l'avez demandé des milliers de fois depuis que je suis prisonnier…

– Des milliers de fois ? C'est la première fois que je te vois.

– Pas vous. Vos collègues, tous ceux qui m'ont interrogé, depuis toutes ces années.

– Alors à moi, tu peux bien le dire, puisque nous faisons connaissance. Comment t'appelles-tu ?

– …

– Ton nom !

– Traub. Julius Traub.

– Très bien. J'aime quand tu coopères. Tu devrais te réjouir de me voir : je parle allemand. La plupart de mes collègues du NKVD ne parlent que russe avec les prisonniers. Cela limite les échanges… On continue. Quelle était ta fonction auprès du Führer ?

– Aide de camp.

– À partir de quelle date ?

– Avril 1933.

– Et jusqu'à quand ?

– Jusqu'à la fin, jusqu'à mon arrestation…

– C'est-à-dire ?

– Je ne sais plus… Fin avril, début mai 1945.

– Hitler s'est suicidé le 30 avril. Est-ce que tu étais avec lui ce jour-là ?

– Non… J'étais déjà parti.

– Pourquoi ?

– Parce qu'il me l'avait demandé…

– Qui ? Qui te l'avait demandé ?

– Le Führer, le Führer en personne…

– Il t'a demandé de partir ? Comme ça ?

– Oui. Il voulait que je me mette à l'abri, que je quitte Berlin, que j'échappe à l'Armée rouge…

– Tu mens ! Il t'a confié une mission…

– …

– Ce n'est pas grave, je finirai par savoir. Recommençons depuis le début. Avril 1933, donc. Quel jour ?

– Le 20.

– Le 20 ? Le jour de l'anniversaire d'Hitler ! Quelle belle date pour commencer un service d'aide de camp. Raconte-moi. Depuis le premier instant.

– Je suis arrivé à la Chancellerie alors qu'on préparait les festivités de la soirée. J'ai attendu dans le grand salon. C'était la première fois que j'entrais dans ce bâtiment. C'était somptueux, baroque. Il y avait le plafond peint avec des scènes de chasse, et puis les vingt-six statues. Elles représentaient des seigneurs du Saint-Empire romain germanique. J'étais impressionné.

– Hitler était là ?

– Non. On m'a dit qu'il était dans son bureau. Vers 4 heures de l'après-midi, je l'ai vu par la grande baie vitrée qui donnait sur le jardin. Il s'est avancé sur le balcon. Il regardait les tentes que l'on installait, bien alignées sur la pelouse, séparées par des braseros qui réchauffaient l'air un peu frais du printemps.

– Tu n'as pas parlé à Hitler ?

– Pas ce jour-là. Pas en tête à tête. Tout le monde était occupé par les préparatifs de la soirée d'anniversaire. Les serveurs racontaient que Pola Negri viendrait chanter une chanson. C'était une grande vedette. Le Führer l'aimait bien.

– Et les invités ?

– Ils sont arrivés quand la nuit était déjà tombée. J'ai salué le docteur Goebbels, que j'avais déjà rencontré. Il discutait avec Herr Bormann…

– Qui cela ?

– Martin Bormann. C'était l'un des plus proches du Führer. Une sorte de secrétaire particulier. Il ne le quittait presque jamais.

– Et que lui a dit Goebbels, ce soir-là ?

– Il lui a raconté comment il venait de faire interdire le dernier film de Fritz Lang, *Le Testament du docteur Mabuse*. Dans le scénario, il y avait une allusion un peu trop évidente à Hitler écrivant *Mein Kampf* en prison… En même temps, Goebbels lui a proposé de diriger le département cinématographique de son ministère. Deux jours plus tard, Lang avait quitté l'Allemagne. Pas question de servir le régime. Il avait eu peur… Cela faisait beaucoup rire Goebbels.

– Qui d'autre as-tu croisé ?

– Il y avait tant de monde. Tous les dignitaires nazis étaient là. Le parti venait de gagner les législatives, ils s'étaient distribué les ministères, les titres, les postes…

– Nous avons la liste complète des invités du 20 avril 1933, je n'ai pas besoin de toi pour reconstituer leur pedigree. Mais je veux savoir de quoi ils discutaient. As-tu vu Himmler ?

– Oui, je me souviens qu'il parlait fort, au milieu d'un petit groupe de militaires.

– Que leur racontait-il ?

– Sa dernière visite à Dachau. Il a expliqué comment il a fait transformer en prison cette usine de munitions désaffectée. Il a parlé des premiers détenus… C'étaient des communistes. Il a donné des noms, mais j'ai oublié lesquels…

– Nous les connaissons très bien, ce sont des martyrs de la révolution.

– Je me souviens aussi d'une dispute… Le ton est monté. Il y avait Ernst Röhm, le chef de la SA, qui s'en prenait à un monsieur en civil, avec des lorgnons et la raie au milieu…

– Hjalmar Schacht, le banquier d'Hitler ?

– Oui, c'est ça. J'ai compris plus tard pourquoi il était si important pour le régime.

– Que lui reprochait Röhm ?

– De prendre des mesures trop rigoureuses pour redresser les finances. De mettre la Reichsbank au service du grand capital. Il lui a dit : "N'oublie pas que dans national-socialisme, il y a socialisme."

– Continue. Qui d'autre était là ?

– Baldur von Schirach. Il dirigeait la Hitlerjugend. Il est arrivé tard, il sortait du théâtre, il était très content du spectacle, il a raconté une scène où un personnage disait : "Quand j'entends le mot 'culture', j'enlève le cran de sûreté de mon Browning."

– C'est dans *Schlageter*, de Hanns Johst. La pièce a été jouée pour l'anniversaire d'Hitler.

– Peut-être...

– Il n'y a pas de "peut-être" en Union soviétique. Parle-moi des cadeaux, maintenant. Qu'as-tu vu ?

– Il y avait beaucoup de cadeaux, beaucoup. Des tas de paquets entassés dans la grande salle. Des portraits du Führer, surtout, de toutes les tailles, dans tous les styles. Des cadeaux envoyés par les gouvernements étrangers, aussi. Je me souviens que le Vatican avait offert un manuscrit rare, enluminé de gravures de chevaliers teutoniques.

– Le *Codex de Wissembourg*, nous savons cela. Parle-moi plutôt de la montre.

– La montre ?

– Ne fais pas l'idiot. La montre qui a été offerte à Hitler par ses plus proches amis. Les vrais intimes, pas les nazis opportunistes ni les militaires d'opérette. Je parle de Ferdinand Porsche, d'Albert Speer, du sculpteur Josef Thorak…

– La montre avec les dates ?

– Celle-là. L'as-tu vue ?

– Tout le monde l'a vue. C'est l'un des rares cadeaux qui ont attiré l'attention du Führer. Il faut dire qu'elle était posée sur un coussin, sous une cloche de verre, au milieu de la pièce.

– À quoi ressemblait-elle ?

– Elle était très belle, en or, avec une croix gammée gravée dessus, et des dates…

– Je sais tout cela. Y avait-il autre chose ?

– Autre chose ?

– Une autre inscription, une sonnerie que tu aurais entendue, un bracelet particulier…

– Il y avait les initiales du Führer, rien d'autre. Le bracelet était noir.

– Du crocodile ?

– Le Führer aimait les animaux, il n'aurait pas apprécié un bracelet en crocodile…

– Qu'a-t-il fait de la montre ?

– Il l'a regardée longuement, il a fait jouer plusieurs fois le mécanisme qui permettait de retourner le boîtier pour dégager l'écran. Je me souviens qu'il l'a plaquée contre son oreille et qu'il a souri… Puis il l'a attachée à son poignet. Jusque-là, il n'avait jamais porté de montre, celle-là devait beaucoup lui plaire.

– Ta mémoire est bien précise, soudain…

– J'ai commencé ce soir-là à tenir le journal de mon travail auprès du Führer. Il me semblait que c'était important pour l'avenir, pour le montrer à mes enfants, peut-être pour les historiens. J'allais être le témoin privilégié du redressement de l'Allemagne, du retour de la grandeur de mon peuple et d'un chapitre crucial de l'histoire de l'Occident… C'est pour cela que j'ai noté beaucoup de détails et qu'ils me sont restés en mémoire.

– N'est-ce pas plutôt parce que cette montre contient un secret ?

– Je ne comprends pas ce que vous voulez dire.

– N'est-ce pas pour t'envoyer chercher cette montre que le Führer t'a ordonné de quitter son bunker, à la fin d'avril 1945 ?

– Aller chercher la montre ? Mais elle ne quittait jamais son poignet !

– Tu mens ! Elle était restée au Berghof et tu l'as récupérée !

– Vous délirez !

– Pourquoi t'entêter ? Pourquoi résister ? Tu sais bien que le NKVD obtient toujours ce qu'il cherche. Je veux savoir, et je saurai, pourquoi le Führer tenait tant à cette montre.

– Vous faites fausse route…

– …

– Vous ne dites plus rien ?

– Je t'ai menti tout à l'heure.

– Ah bon ? Vous n'êtes pas communiste ?

– Ne sois pas insolent. Je t'ai menti quand j'ai dit qu'on ne sortait pas du Spezlag. Que *tu* ne sortirais pas du Spezlag. Tu as peut-être une chance…

– Laquelle ?

– Ton nouveau Führer…

– Quel Führer ? Il n'y a qu'un Führer !

– Ton chancelier… Il s'appelle Adenauer. Il négocie avec Moscou. Il aimerait récupérer quelques-uns des milliers de soldats nazis prisonniers de la glorieuse Armée rouge.

– Jamais Staline ne relâchera d'Allemands !

– Staline est mort, mon pauvre ami. Tu vois, je te donne des informations. Il est mort il y a un an. Peut-être qu'Adenauer obtiendra gain de cause. Ou peut-être pas. Peut-être que tu seras parmi les nazis renvoyés dans leur patrie, à l'Ouest. Ou peut-être pas. Cela ne dépend que de toi.

– C'est-à-dire ?

– La montre. Qu'en as-tu fait ? Que cachait-elle ?

– Je n'ai jamais revu cette montre. Elle a disparu avec le Führer.

– Tu sais, je n'aime pas la torture. C'est le déshonneur du NKVD. Mais on me dit que c'est efficace. Mes collègues le disent. Je crois que je vais les laisser faire. Pour voir s'ils ont raison. Pense à Adenauer. Pense à la montre d'Hitler.

– Vous ne me faites pas peur. Les communistes ne m'ont jamais fait peur. J'ai déjà été torturé.

– Tu ne sais pas ce que tu dis. Tu ne connais pas mes collègues, tu ne sais pas ce dont ils sont capables. Moi, je suis gentil. D'ailleurs, je vais te faire un cadeau…

– Lequel ?

– Nous sommes le 7 mai 1954. »

- 2 -

Paris, le 10 mai 1990

Les tiroirs. Ce furent les tiroirs qui impressionnèrent Mia. Les dizaines de tiroirs aux façades d'acier, alignés sous les néons. Dans chaque tiroir, il y avait un cadavre. Décédé d'une mort suspecte, puisqu'il était obligé de passer par la case autopsie de l'Institut médico-légal. « Inspecteur Favier », avait dit le grand policier à l'accueil. Il avait une façon étrange d'essuyer la paume de ses mains sur son jean. « Nous nous sommes vus au commissariat du XIIe. » Elle l'avait reconnu. C'était lui qui avait pris sa déposition : pas d'ennemi connu pour son grand-père, pas de menaces, pas de rôdeur repéré les jours précédents. C'était lui aussi qui avait donné les détails du cambriolage : la serrure forcée, les tiroirs ouverts, et son grand-père frappé derrière la tête avec un serre-livres en bronze. Elle ne les avait jamais aimés, ces serre-livres en forme d'Hercule musculeux feignant de pousser les vieilles reliures agglutinées sur la cheminée. Non, on n'avait apparemment rien volé. Non, son grand-père ne lui avait rien dit de spécial la veille au soir, quand elle était passée le voir. Non, elle n'avait pas parlé à la voisine de palier – celle qui avait prévenu la police en découvrant la porte ouverte et le corps sur le parquet.

« L'enquête n'a pas avancé, lança-t-il en traversant la salle des tiroirs. On attend encore quelques conclusions du labo, des empreintes digitales peut-être. »

Le cercueil était dans une petite pièce sans tiroirs et sans néons, un peu plus chaleureuse. Il y avait même une plante verte et une fenêtre. La mise en bière dura quelques instants. Mia regarda une dernière fois le visage de son grand-père, cerclé d'une sorte de pansement. L'inspecteur lut le rapport d'autopsie en sautant quelques paragraphes :

« Mode de décès : coup porté à l'arrière de la tête à l'aide d'un objet contondant. Cause immédiate du décès : hémorragie crânienne entraînant un arrêt cardiaque. Il existe une contusion de 4e catégorie à l'arrière du crâne. On observe un enfoncement de la boîte crânienne, de 3 cm de long sur 1 cm de large, sans doute causé par un coup violent porté à l'aide d'un objet contondant. Le crâne est en partie fracturé et des fragments osseux adhèrent à la plaie via le cuir chevelu. Cette blessure a causé une hémorragie cérébrale importante et sans doute une perte de connaissance immédiate de la victime, au vu de la violence du coup. »

Deux employés mutiques, en blouse blanche, fixèrent le couvercle du cercueil, et l'inspecteur Favier apposa deux sceaux de cire rouge, qu'il fit fondre avec son briquet, sur un mince cordon retenant une étiquette. Mia frissonna, puis empocha le permis d'inhumer que lui remit le policier. Elle trouvait le bois du cercueil un peu trop sombre. C'est tout ce qu'elle arrivait à penser, comme anesthésiée, absente. Tout lui semblait irréel.

Les blouses mutiques emportèrent le chariot avec sa cargaison, l'étiquette oscillait doucement.

« Il a surpris le ou les cambrioleurs. Il a peut-être essayé de les chasser. S'il avait eu le sommeil plus lourd… »

L'inspecteur Favier rempocha son briquet.

* * *

La clef tourna sans peine dans la serrure neuve. « Du provisoire », avait dit l'ouvrier envoyé par la police. Mia était autorisée à ranger, les constatations étaient terminées. Sur le parquet, seule une ombre brune témoignait du sang versé. Le serre-livres était parti avec les pièces à conviction mais son frère jumeau n'avait pas bougé de la cheminée, l'œil hagard et le muscle en boule. Mia n'avait pas envie de pleurer, elle avait versé trop de larmes depuis quelques jours et une grande fatigue s'était abattue sur elle. Elle s'enfonça dans le vieux canapé et regarda le salon. La bibliothèque engorgée, les rideaux hiératiques, la commode aux tiroirs renversés sur le sol, le fauteuil club en cuir craquelé où son grand-père aimait lire durant des heures. Était-il assis à cet endroit, occupant l'une de ses fréquentes insomnies, quand le cambrioleur était entré ? Sans doute non, la police n'avait pas retrouvé de livre près du fauteuil. Il devait dormir, le bruit de la serrure forcée ou des pas du voleur l'auront réveillé, il est sorti de sa chambre, a tenté de faire fuir le malfrat, de le frapper peut-être… Ou peut-être s'est-il levé en ignorant qu'il y avait quelqu'un dans l'appartement et a-t-il été tué par-derrière avant de pouvoir se rendre compte de quoi que ce soit ?

Mia frissonna. Elle se rencogna dans le canapé, remonta les genoux sous son menton, et plongea les mains dans ses poches. Un papier froissé lui rappela ce qu'elle devait faire : c'était le numéro du Carnet du *Figaro* que lui avait donné un employé des Pompes funèbres. Le vieux combiné gris était posé sur un guéridon près du fauteuil.

« "Le Carnet du *Figaro*, ne quittez pas, nous allons prendre votre appel. Le Carnet du *Figaro*, ne quittez pas, nous allons prendre votre appel. Le Carnet du *Figaro*, ne quittez pas…" Allô, que puis-je pour vous ?

– Bonjour madame, je désire passer une annonce. (…) Non, ce n'est pas pour des fiançailles. (…) Ni une naissance… (…) C'est pour un décès. (…) Mon grand-père. (…) S'il est vraiment mort ? Je reviens de la mise en bière, donc je crois que oui. (…) Ah ! Certains font de mauvaises blagues. Je comprends… Enfin, non, je ne comprends pas… Quel est le tarif pour un avis de décès ? (…) 20 francs par mot ! Et on a droit à combien de mots ? (…) Autant qu'on le souhaite… Alors, je dicte : "Mlle Mia Azerbier". (…) J'épelle : M.I.A, plus loin A.Z.E.R.B.I.E.R., "a la douleur de vous faire part du décès de son grand-père Edmond Azerbier". (…) Pas besoin de répéter le nom de famille, ça me fera économiser un mot. (…) La ponctuation ? On peut s'en passer aussi, non ? Ah, ça ne coûte pas plus cher… Alors allons-y pour la ponctuation… "Mlle Mia Azerbier a la douleur de vous faire part du décès de son grand-père, virgule,

Edmond, virgule, survenu le 2 mai 1990. Avec ses frères d'armes"... (...) Pardon ? Non, il n'est pas mort avec ses frères, c'est la suite de l'annonce. (...) Ah ? Il faut un point après "1990" ? Bien sûr... Je reprends : "... le 2 mai 1990, point. Avec ses frères d'armes, virgule, ils furent les premiers à investir le Berghof, virgule"... (...) Berghof ? B.E.R.G.H.O.F. C'était la résidence secondaire d'Hitler. (...) "Avec ses frères d'armes, virgule, ils furent les premiers à investir le Berghof, virgule, à Berchtesgaden"... (...) C'est ça, vous l'avez eu du premier coup. "... à Berchtesgaden, virgule, le 4 mai 1945, point. Les obsèques se tiendront à l'église Saint-Ambroise le lundi 14 mai à 11 heures, point final." L'annonce paraîtra bien demain ? Ça fait combien de mots ? (...) 52 ! 1 040 francs ! Eh bien... (...) Non, on n'enlève rien. Je vous envoie le chèque. Merci, au revoir... »

Mia reposa le combiné, hésita à s'asseoir dans le fauteuil. Elle préféra se poser sur le large accoudoir, comme elle l'avait fait si souvent. Dans cet appartement sens dessus dessous, elle revit soudain sa première soirée au milieu des cartons du déménagement. Elle avait huit ans, c'était peu de temps après la mort de ses parents dans l'incendie de leur maison en Touraine. Son grand-père avait décidé de s'installer avec elle à Paris, où il avait demandé et obtenu une mutation au ministère du Plan. Elle n'avait jamais vu la capitale, tout lui semblait immense, gris et sale. C'était l'hiver, l'appartement était encore plus froid qu'aujourd'hui. Son grand-père avait jeté un matelas près de la cheminée et déballé un seul objet, une pendulette en bronze au tic-tac hésitant. Elle le suivait partout et il en parlait comme de son « talisman ». Elle représentait un beau berger aux boucles dorées que regardait, de l'autre côté du cadran, un squelette enveloppé dans une cape et brandissant une faux. Mia avait un peu peur de cette horrible figure, mais son grand-père la rassurait toujours en lui fredonnant la même chansonnette :

> *« Quand minuit sonnera,*
> *Réveillée tu seras,*
> *Dans tes mains tu verras*
> *Le trésor de Papya… »*

Rien n'y faisait, Mia n'aimait pas cette pendulette ; un jour, elle fit un cauchemar où le squelette, revenu d'un temps lointain, avait surgi dans sa chambre. Alors, Papya accepta d'escamoter l'objet et de le remiser dans la cave. « De toute façon, elle ne donne plus l'heure exacte et elle a besoin d'une bonne révision ! » avait-il ajouté en riant. C'était elle qui avait trouvé le surnom de Papya. Elle ne savait plus quand, mais elle était fière de ne pas se contenter d'un « Papi » mollasson ou, pire, d'un « Pépé » poussiéreux. « Papya », cela avait la saveur des contes que son grand-père lui racontait le soir, envahis de pirates, de soldats galopant dans les steppes et d'aventurières qui n'avaient pas froid aux yeux… Ils se déroulaient dans les montagnes des Carpates ou sur la mer des Caraïbes.

Mia se souvenait peu de ses parents, elle revoyait leur sourire dans un brouillard un peu flou. Quand elle songeait à son enfance, c'était la main de son grand-père qu'elle trouvait dans la sienne, avec ses longs doigts délicats. Cette main avec laquelle il battait lentement la mesure quand il écoutait son « cher Schubert » à la radio. Cette main avec laquelle il tournait délicatement les pages quand il lui faisait réciter ses rôles pour le théâtre, les yeux oscillant entre le texte et la jeune comédienne La dernière fois, c'était à peine quelques mois plus tôt, quand elle préparait le concours du Conservatoire. Quelle joie dans les yeux de Papya quand elle lui avait annoncé qu'elle était reçue !

Le silence soudain sembla pesant à Mia. Elle se dirigea vers la bibliothèque et tourna le bouton de la radio antédiluvienne que chérissait son grand-père. « … ce sont donc trente-quatre tombes au total qui ont été profanées dans le cimetière juif de Carpentras. L'une d'elles a été ouverte, le corps de Félix Germon, enterré il y a deux semaines, a été sorti du cercueil et exposé sur une tombe voisine, avec un pieu de parasol simulant un empalement. Le ministre de l'Intérieur, Pierre Joxe, est attendu sur place dans quelques heures… » Mia éteignit d'un geste sec. Elle n'était pas d'humeur à entendre des nouvelles aussi tristes. La lumière grise du soir commençait à répandre sa mélancolie dans l'appartement. La journée avait été rude. Elle reviendrait bientôt. Il lui faudrait préparer le déménagement, trouver une destination aux innombrables livres, régler les formalités pour quitter ce logement. Dès les jours qui avaient suivi la mort de son grand-père, elle avait décidé de ne pas vivre dans ces lieux : trop de souvenirs et pas assez d'argent pour y rester. Elle n'avait pas besoin de cela pour se souvenir à chaque instant de Papya.

- 3 -

Torgau, RDA, le 10 mai 1954

« Est-ce que ça fait mal ?

– J'ai tellement mal que je ne sens plus rien.

– Tu parles vraiment comme un nazi…

– Pourquoi dites-vous ça ?

– Vous, les nazis, jusqu'au bout, vous niez la réalité. C'était déjà comme ça en 1945.

– En 1945…

– Eh oui, c'est loin déjà. Cela fait bientôt dix ans que tu es notre hôte. Tout le monde te croit mort, en Allemagne. Cela a été annoncé officiellement à ta famille.

– Dix ans…

– Oui… Le monde a repris sa course. L'Allemagne n'est plus un problème. Aujourd'hui est venu le temps du grand affrontement entre le capitalisme et nous. Le communisme avance partout. En Asie, en Afrique, même en Amérique. Il se passe beaucoup de choses au-dessus de ta tête. L'Angleterre et la France sont en train de perdre leurs empires coloniaux. La guerre contre les impérialistes s'étend. Qu'est-ce que tu as fait, pendant dix ans, à part répondre aux interrogatoires ?

– J'ai appris le russe. J'ai lu les livres que l'on m'a donnés. Gorki. Cholokhov…

– Ah ! Cholokhov ! *Le Don paisible,* quel chef-d'œuvre ! As-tu lu son dernier roman, *Gloire à la Patrie* ? Magnifique, un sommet de la littérature soviétique. Il aura le prix Nobel, un jour, notre grand écrivain. Autre chose ?

– J'ai pensé au Führer, aussi. Beaucoup.

– Quelle idée ? Il pourrit en enfer, ton Führer. S'il y a un enfer… Ça pourrait être ici, l'enfer, tu ne crois pas ?

– Où suis-je ?

– Je n'ai pas le droit de te le dire. Un Spezlag est un endroit secret, personne n'en connaît l'existence. Ces murs n'existent pas. Tu n'existes pas. Tu es arrivé ici en juin 1945, tu n'as pas changé de cellule, et tu n'en changeras pas, sauf si tu réponds avec précision à mes questions. Pourquoi t'entêter ? Tu n'as personne à protéger, rien à espérer. En 1945 déjà, vous continuiez à vous battre comme si la guerre n'était pas perdue. À quoi cela servait-il, de crier "*Heil Hitler*" avant de prendre une balle dans la nuque ?

– Vous ne pouvez pas comprendre. Le Führer…

– Le Führer avait une montre. C'est elle qui m'intéresse.

– Je vous ai tout dit sur cette montre.

– Cette montre avait un secret. Je sais bien que tu ne me le confieras pas aujourd'hui. Mes collègues ne t'ont pas encore assez… travaillé. Je vois que tes ongles sont intacts. Tes oreilles ne saignent pas non plus. Ils ont sans doute prévu d'autres séances. Parle-moi de la montre. Quels souvenirs en gardes-tu ?

– Il ne la quittait jamais. Quand il ne la portait pas au poignet, elle était dans sa poche. Il la posait devant lui pendant les réunions. Quand il s'agaçait, il tournait et retournait l'écran réversible. Cela faisait un petit bruit sec qui alertait tout le monde. Il fallait conclure la réunion, il fallait changer de sujet, en tout cas il ne fallait pas insister.

– Intéressant. Continue…

– Souvent, le Führer donnait l'heure en regardant sa montre. Alors, nous sortions les nôtres pour nous régler sur la sienne. Ce n'était pas… comment dire… Ce n'était pas toujours l'heure exacte. Mais on faisait avec.

– C'est-à-dire ?

– Quand le Führer a donné l'ordre d'envahir la Pologne, le 1er septembre 1939, il était 4 h 30 du matin à sa montre. En réalité, l'attaque avait commencé depuis quelques minutes car elle retardait, cette montre. L'état-major le savait, il s'adaptait. Il respectait l'heure prévue, l'ordre du Führer arrivait ensuite.

– Hitler aurait pu la faire régler…

– Il détestait se séparer de sa montre. Plusieurs fois, j'ai vu un horloger la nettoyer dans son bureau, où il était venu avec tout son matériel, pendant que le Führer téléphonait ou dictait son courrier.

– Du fétichisme ?

– De la superstition, au moins…

– Cette montre lui portait bonheur ?

– Il en était persuadé. Il l'avait au poignet à chaque moment important de son combat politique. Je me souviens qu'avant le Röhm-Putsch, il regardait l'écran dix fois par minute.

– Le Röhm-Putsch ?

– La grande purge du 30 juin 1934. Vous autres, vous l'avez appelée la « Nuit des longs couteaux ». Mais il n'y avait pas de couteaux, plutôt des *Sturmgewehre*.

– Des pistolets-mitrailleurs ?

– Nous avions pris l'avion à 2 heures du matin, depuis Bonn. Direction Munich. Le Führer était très calme. Sa décision était prise. Il fallait éliminer les SA, ils étaient tout près de commettre un putsch, de le renverser.

– Fantasme...

– Himmler et Goering l'en avaient persuadé. Goebbels aussi. C'était lui le plus excité. Il disait qu'il voulait les tuer dans leur lit, en caleçon, pour ne pas souiller des uniformes nazis.

– Qu'est-ce que la montre vient faire là-dedans ?

– De l'aéroport de Munich, nous sommes allés à Bad Wiessee. C'est une station thermale. Les chefs de la SA étaient là-bas, presque tous. Ils aimaient y tenir leurs réunions. Et leurs orgies. C'est pendant ce trajet que le Führer ne cessait de regarder sa montre. Il tournait et retournait l'écran nerveusement. Quand nous sommes arrivés, il a bondi de la voiture, a sorti son pistolet et est entré le premier dans l'hôtel. Je me souviens même de son nom : la pension Hanselbauer.

– Il n'y avait pas de troupes avec vous ?

– Bien sûr que si. Himmler avait pensé à tout. Il y avait des SS. Et même un escadron de l'Ordnungspolizei, arrivé de Munich en camion. Ils ont arrêté les SA et les ont enfermés à la cave.

– Et Röhm ?

– Le Führer est entré dans sa chambre. Le bruit l'avait réveillé, il était en train de s'habiller. Hitler a pointé son canon vers lui, a crié : “Traître !” J'ai cru qu'il allait tirer. Sa main tremblait. Mais il a ordonné aux SS de l'arrêter et de le mettre avec les autres.

– Ensuite ?

– Le Führer s'est assis sur le lit de Röhm, il a rengainé son pistolet, puis il a regardé sa montre et il a dit : “6 h 45. C'est fini.” En fait, il était presque 7 heures. Mais…

– Mais sa montre retardait. Hitler aura réussi à envahir l'Europe avec dix minutes de retard…

– Parce qu'il avait mille ans d'avance !

– On voit où ça l'a mené. Et où ça t'a mené. Continue. D'autres souvenirs.

– Un autre, au moins. Qui vous concerne…

– Tiens donc ! Lequel ?

– J'étais avec le Führer dans la nuit du 21 au 22 juin1941.

– Ah ! L'opération Barbarossa. La grande attaque contre le peuple soviétique. Vous ne saviez pas l'enfer qui vous attendait.

– L'enfer fut pour vous, les communistes, ce jour-là…

– Vous avez attaqué trop tard. Il fallait lancer l'offensive au printemps. Il fallait vous donner plus de six mois avant l'hiver. Mais peut-être vas-tu me révéler que la montre du Führer avait pris trois mois de retard ?

– Non. Elle était à l'heure, cette nuit-là. Il l'avait fait réviser quelques jours plus tôt. Dans les dernières secondes avant de déclencher l'attaque, il ne quittait pas l'écran des yeux, tout en nous parlant. Il nous disait que c'était le moment le plus important de sa vie, qu'il l'attendait depuis des années. Il ajoutait que c'était la bataille décisive de la guerre, que le monde allait basculer dans une nouvelle ère après cette victoire. Que les Américains reconnaîtraient son empire sur l'Europe et lâcheraient les Anglais. Il nous a dit, je l'entends encore, il nous a dit que "la flèche du temps allait frapper le centre de la cible". Il a répété : "la flèche du temps". Il était 3 h 30 du matin. Il a retourné le cadran de sa montre pour cacher les aiguilles, puis il a décroché son téléphone et il a donné l'ordre d'attaquer. Tout était prêt depuis des semaines. Il était certain de la victoire.

– La flèche du temps s'est égarée entre Berlin et Moscou…

– Ne croyez pas cela. Elle vole toujours. La guerre n'est pas finie, elle ne le sera jamais. Elle se poursuit sous d'autres formes. Moi-même, ici, dans ce camp, je suis un morceau de la flèche…

– Hitler est mort.

– En êtes-vous si sûr ? En tout cas, il vous fait encore peur…

– Peur ?

– Vous tremblez même devant sa montre. Le secret de sa montre…

– Tu le reconnais pour la première fois : il y a un secret.

– Les objets qui ont appartenu au Führer sont des reliques sacrées.

– Et la montre, c'est le Graal ?

– Vous n'obtiendrez rien de moi. La flèche vole encore.

– Montre-moi tes ongles. »

- 4 -

Paris, le 14 mai 1990

C'est alors seulement qu'elle s'est autorisée à baisser la garde. Une fois lovée sur le canapé, les genoux sous le menton, comme à son habitude, elle laissa les larmes couler sans effort et sans véritable douleur, comme un soulagement. Elle n'avait pas froid, elle ressentait simplement le besoin de se recroqueviller, de se chiffonner elle-même. Elle pleurait en silence, pelotonnée telle une enfant, comme pour essorer le chagrin qui était en elle. Au cimetière, le printemps éclatait, les bourgeons explosaient, et les pétales tombés des arbres relevaient de leur fraîcheur les bouquets fanés qui parsemaient les sépultures. Mia avait été surprise de voir tant de monde assister aux obsèques de son grand-père, la plupart ayant suivi le cortège jusqu'au Père-Lachaise. Lui qui ne sortait presque jamais et recevait encore moins, comment avait-il pu connaître autant de gens ? Des anciens du ministère du Plan, sans doute. Et peut-être aussi ces bibliophiles avec lesquels il échangeait de longs courriers sur des éditions rares de Maupassant, de Barbey d'Aurevilly ou de Joris-Karl Huysmans. La cérémonie avait été brève mais chaleureuse. Mia avait lu les deux poèmes préférés de son grand-père, si opposés dans leur mélancolie partagée : « Une charogne », de Baudelaire, et « L'Adieu », d'Apollinaire. Le premier l'avait toujours effrayée, avec sa « puanteur », ses « larves » et sa « vermine », mais le second l'avait souvent bercée de sa douce musique : « Odeur du temps, brin de bruyère / Et souviens-toi que je t'attends… »

« Où, Papya ? murmura Mia. Où est-ce que tu m'attends ? »

Les larmes glissèrent un goût de sel sur ses lèvres entrouvertes. Elle songea soudain qu'elle n'avait pas encore vingt-quatre ans et qu'elle avait déjà perdu ses parents et son grand-père, le seul qu'elle avait connu. Il était le père de son père, sa femme était morte en accouchant de ce fils. C'était la fin de la guerre, les hôpitaux manquaient de tout, une septicémie avait emporté la parturiente, comme tant d'autres. De celle qui ne serait jamais sa grand-mère, Mia ne connaissait que le visage encadré de cheveux blonds, minuscule photo dans un médaillon que Papya lui avait offert. Quant aux parents de sa mère, Mia n'en avait que rarement entendu parler : arrêtés lors de la rafle du Vél' d'Hiv, ils s'étaient évanouis dans la fumée des crématoires d'Auschwitz. En juillet 1942, leur bébé était en nourrice à la campagne, heureusement. Mais Mia avait toujours été inscrite sous leur nom, le nom de jeune fille de sa mère, à l'école puis au Conservatoire : Mia Robst. Son grand-père y tenait. « Le souvenir demeure tant que le nom est porté», disait-il. Il l'avait emmenée aussi, un jour d'hiver, devant le Mur des Noms du Mémorial de la Shoah, où elle avait pu lire celui de ces grands-parents inconnus : Samuel et Rywka Robst. Elle étudiait la Seconde Guerre mondiale au collège, Papya avait décidé que le moment était idoine. Mais il n'avait rien d'autre à lui dire sur eux ; sa bru ne parlait presque jamais de son histoire, pas plus à son beau-père qu'à ses amis. Il n'avait trouvé aucune photo, pas une lettre, pas un document quand il avait fouillé les ruines de la maison incendiée des parents de Mia. Tout avait brûlé de ses grands-parents maternels, leur mémoire comme leurs corps.

Mia ne se sentait jamais seule. Elle avait toujours en tête un personnage de théâtre, une scène à jouer, une héroïne de papier qui l'accompagnait. Le théâtre avait rempli son monde dépeuplé de parents suppléants. Le roi Lear était son père quand elle interprétait Cordélia, Oreste était son frère quand elle répétait Électre, et Prouhèze était sa mère quand elle jouait Sept-Épées dans *Le Soulier de satin*… Son grand-père l'avait toujours encouragée à suivre sa vocation, il l'aidait à répéter ses textes et parfois même s'enflammait à lui donner la réplique. Il ne serait pas là pour l'applaudir dans ses premiers vrais rôles, et c'était cela qui embuait de tristesse le grand appartement vide où elle posait le regard. Dans quelques semaines, le bail serait résilié, les pièces vidées de leurs meubles, les livres dispersés dans les bibliothèques du quartier – les plus précieux mis en vente. Mia avait décidé de tout donner, sauf le fauteuil club fatigué où lisait son grand-père. À part ce vieux complice de cuir fendillé, il ne lui resterait bientôt plus rien de Papya. « Ne pas oublier de vider la cave », songea-t-elle. Puis elle se demanda comment faire vivre la mémoire d'Edmond Azerbier. De tous ces gens venus l'enterrer, combien allaient encore penser à lui dans quelques jours, dans quelques mois ? Elle, elle savait qu'à chaque livre ouvert, à chaque rôle travaillé, elle aurait à ses côtés le visage de cet homme qui l'avait élevée, qui l'avait aidée à faire de sa passion un métier. Le dernier à lui tenir la main en coulisse avant qu'elle entre en scène, ce serait Papya, pour l'éternité.

La sonnerie de la porte fendit le silence comme un courant d'air glacé. Mia se demanda ce que la concierge avait à lui dire. À moins que ce ne soit l'inspecteur Favier, avec une brassée de formalités juridiques enveloppées dans des condoléances maladroites. Quand elle ouvrit la porte, elle ne put éviter un recul en découvrant la haute silhouette anguleuse qui apparut devant elle. Le visage était austère mais l'expression avenante, sous le chapeau gris qu'une main gantée enleva prestement. Un personnage des années 50 surgissait en 1990.

« Je vous demande pardon de vous déranger ainsi, dans un moment de peine et de recueillement. Et je dois vous avouer que je vous ai suivie depuis le cimetière… Je m'appelle Raymond Thadée. J'ai fait la guerre avec votre grand-père. Je vous présente toutes mes condoléances… Puis-je entrer quelques instants ? »

Mia avait trouvé quelques sachets de thé – chinois et fumé, comme l'aimait son grand-père. Raymond Thadée avait déposé manteau et chapeau, avec soin, sur le fauteuil, mais il gardait ses gants de chevreau gris clair, fins et élégants.

«Je vous remercie, dit-il en approchant la tasse de ses lèvres pour souffler sur le liquide brûlant. Je suis ému d'être chez mon vieil ami. Et un peu essoufflé d'avoir trotté derrière vous depuis le cimetière. J'ai hésité à monter. Avais-je le droit de vous importuner avec mon chagrin, vous qui devez en avoir tant aujourd'hui ? Et qu'auriez-vous à faire de ma nostalgie ? Nous nous étions perdus de vue depuis la Libération, votre grand-père et moi, mais je n'ai cessé de penser à lui. La vie avance, la guerre s'éloigne, et c'est tant mieux. Il ne sert à rien de ressasser de vieux souvenirs d'anciens combattants. Auriez-vous un peu de lait ? »

Mia n'avait pas de lait. Mais elle trouvait ce vieil homme désuet, touchant et sympathique.

« Mon grand-père ne me parlait jamais de la guerre. Je ne sais même pas s'il a gardé des photos, des papiers, son uniforme…

– Et ses médailles ! Votre grand-père a été un héros, mademoiselle !

– Un héros, lui ? Très discret, alors…

– À partir de l'été 43, nous avons été dans la même unité. Inséparables. Jour et nuit, nous avons crapahuté et combattu. Et nous avons vu tomber bien des camarades…

– Il ne m'a jamais parlé de vous. Il faut dire qu'il ne m'a jamais parlé de personne. Sauf du maréchal Leclerc…

– Il vous a raconté notre équipée à Berchtesgaden, au moins ?

– Ça, oui ! Il m'avait même fait promettre de le rappeler

dans son avis de décès. Cinq ans de guerre, et il ne retenait que cette journée-là. Et encore, il m'en a parlé sans m'en parler. Je ne sais rien des détails, juste que c'était le Nid d'aigle d'Hitler et que vous avez été les premiers soldats alliés à y entrer.

– Jour de gloire ! Vous devez savoir ce qu'a accompli votre grand-père ce matin-là ! »

Thadée posa sa tasse de thé et se leva. Ses mains gantées dessinaient un horizon mouvant dans l'air.

« Je vais vous raconter le plus grand exploit de la 2e section de la 12e compagnie du 3e bataillon du régiment de marche du Tchad. Quelques mois après avoir hissé le drapeau français au sommet de la cathédrale de Strasbourg, pour honorer le serment de Koufra, nous avons investi les ruines du Berghof. C'était le 4 mai 1945. Hitler était déjà mort mais personne ne le savait. Au lieu de blindés lourds, nous avions des half-tracks, ce qui nous a permis de foncer sur les routes de Bavière et même de dépasser les Américains qui s'étaient arrêtés à Berchtesgaden. C'est ainsi que nous sommes arrivés les premiers au Nid d'aigle. Votre grand-père conduisait, j'étais sur la plateforme à l'arrière, à côté de la mitrailleuse.

– À quoi ça ressemblait, le repaire du Führer ?

– Ce jour-là, à un tas de ruines. Le site avait été copieusement bombardé…

– Plus de nazis ?

– Plus aucun.

– Qu'avez-vous fait, alors ? »

Raymond Thadée s'assit et but une gorgée de thé.

« Ce que font toutes les armées dans ces cas-là. Nous

avons pris quelques photos, avec le drapeau français planté sur les gravats de la maison du Führer. Et puis nous avons fouillé les lieux pour voir s'il n'y avait rien à emporter…

– Vous voulez dire que vous avez… pillé ?

– C'est un bien grand mot… Des souvenirs… C'était chez Hitler, quand même !

– Même mon grand-père ?

– Tout le monde. Nous avons trouvé quelques bonnes bouteilles miraculeusement intactes, nous avons trinqué à la victoire. Je me souviens qu'il y avait un Margaux 1929. J'ai vu un lieutenant emporter la lunette des W.-C. : il était fou de joie à l'idée qu'Hitler avait posé ses fesses dessus.

– Et vous, qu'avez-vous déniché ? Si ce n'est pas indiscret…

– J'ai trouvé une dague, un très bel objet. Les initiales “A. H.” étaient gravées sur le manche, au-dessus d'un aigle qui tenait une croix gammée dans ses serres. Je l'ai encore. Mais je ne l'ai pas accrochée sur le mur de mon salon, rassurez-vous !

– Mon grand-père a récupéré un trophée, lui aussi ?

– Il ne vous en a jamais parlé ?

– Jamais ! Je vous l'ai dit, il ne parlait pas de la guerre…

– Le soldat Azerbier est reparti avec la plus belle pièce qu'on pouvait trouver sur le site. Nous avions repéré dans les ruines une salle dont les murs tenaient encore à peu près debout. Couché au milieu des briques, il y avait un secrétaire en acajou. Les pieds étaient brisés, le reste semblait intact. Les tiroirs étaient verrouillés mais, avec la dague, je n'ai pas eu de mal à les forcer. Il y avait des papiers, sans doute importants, mais ils ne nous intéressaient pas. Et puis nous avons trouvé une montre, une montre en or. Elle était carrée, le boîtier pivotait pour montrer les aiguilles. Des dates y étaient gravées, une croix gammée, aussi. Et des initiales : "A. H.". C'était la montre d'Hitler ! Nous avions entre les mains la montre d'Hitler !

– Et mon grand-père l'a mise à son poignet ?!

– C'est plus compliqué que ça. Nous avons d'abord tiré au sort. J'ai posé ma dague sur une brique… Je m'en souviens comme si c'était hier ! J'ai posé ma dague sur une brique et je l'ai fait tourner. Quand elle s'est arrêtée, la pointe de la lame désignait votre grand-père… À la loyale, il l'avait emportée. Mais il n'a pas accroché la montre à son bras, il l'a discrètement empochée. Les officiers n'aimaient pas nous voir parader avec des trophées. Il fallait avoir le pillage discret.

– Et ensuite ?

– Ensuite, j'ai tenté à plusieurs reprises de convaincre mon camarade Azerbier de remettre en jeu la montre. Aux cartes, aux dés, même aux fléchettes. Chaque fois, il me souriait et secouait la tête… Nous étions devenus très proches. Il m'a même donné ceci. »

Thadée sortit de sa poche une petite enveloppe dont il extirpa une plaque en aluminium.

« C'est sa plaque militaire, avec son nom et son matricule. Nous en avions chacun deux exemplaires, nous nous les sommes échangés avant de nous séparer, quand j'ai été muté. Je peux vous la rendre, si vous voulez…

– Mon grand-père vous l'a donnée, elle vous appartient.

– Je ne l'ai jamais revu. Je suis alsacien, je parle couramment allemand, on demandait des traducteurs pour interroger les nombreux prisonniers… Je suis allé à Munich, puis à Nuremberg, et je n'ai été démobilisé qu'à la fin du procès, en octobre 1946. La plupart de mes camarades avaient été rendus depuis longtemps à la vie civile, je les avais perdus de vue. Nous avions tous envie de tourner la page, j'ai oublié la montre d'Hitler et mon copain du Berghof. Quelques années plus tard, quand même, j'ai essayé de le retrouver. Il ne venait jamais aux rencontres des Anciens de la 2e DB, son adresse n'était pas dans l'annuaire du régiment, personne n'avait de ses nouvelles, il semblait s'être volatilisé. J'ai même pensé qu'il était mort. Et puis, il y a quelques jours, j'ai lu *Le Figaro…* »

Thadée saisit sa tasse de thé et but une gorgée après un léger soupir. Mia remarqua un léger tremblement sous le gant gris clair.

« Votre thé doit être froid, je vais vous en verser une autre tasse. »

Quand Mia revint de la cuisine, Thadée était devant la bibliothèque, les mains derrière le dos, scrutant les reliures.

« Quel homme érudit ! Déjà, à l'époque, il nous impressionnait par sa culture. Histoire, musique, littérature… Il savait tant de choses ! »

Il saisit la tasse brûlante et s'assit de nouveau.

« Mais vous, mademoiselle, je ne vous ai pas demandé ce que vous faisiez dans la vie, je n'ai parlé que de moi et de mes souvenirs d'ancien combattant.

– Je suis comédienne. Enfin, apprentie comédienne. Je suis élève au Conservatoire.

– Félicitations ! J'espère pouvoir venir vous applaudir bientôt au théâtre. Et que jouez-vous ? Les jeunes premières, bien sûr ? »

Mia lui parla du *Cid*, des tragédies de Racine et des drames de Musset, mais aussi de sa passion pour Claudel. Elle avait vu *Le Soulier de satin* avec son grand-père, trois ans plus tôt, dans la cour d'honneur du Palais des papes d'Avignon, et avait été subjuguée. Ensemble, ils avaient applaudi au même endroit, l'année suivante, le *Hamlet* mis en scène par Chéreau. Elle aimerait tant travailler avec ce metteur en scène ! Raymond Thadée lui confia alors qu'il avait assisté en 1976, à Bayreuth, à la première du *Ring*, de Wagner, dirigé par Pierre Boulez et mis en scène par Patrice Chéreau : la représentation avait entraîné un formidable scandale, suivi par un triomphe sans pareil… Il se mit à lui raconter ces heures inoubliables.

Les minutes filaient. Mia appréciait d'entendre une voix âgée dans cet appartement englouti par le silence depuis la mort de son grand-père. Dans la courtoisie surannée de ce vieil homme, elle retrouvait un peu de l'élégance de Papya. Dans sa conversation raffinée, il y avait comme un écho des longs monologues qu'elle écoutait, allongée sur le canapé, tandis que son grand-père s'agitait sur le fauteuil craquelé. Soudain, Thadée jeta un œil sur sa montre.

« Mais il est déjà bien tard et je vous ai assez importunée. Tenez, regardez ma montre, c'est aussi une Reverso, comme celle d'Hitler. On fait pivoter le cadran, et comme ça, il est à l'abri des chocs. Le dispositif a été inventé avant la guerre, pour les joueurs de polo. Je suis tout de même surpris que votre grand-père n'ait jamais évoqué son trophée. S'il avait vendu la montre aux enchères, cela aurait fait du bruit. Peut-être l'a-t-il cédée à quelqu'un, ou peut-être est-elle cachée dans cet appartement ? Vous n'avez rien trouvé en préparant les premiers cartons ? Ou à la cave ?

– Je suis loin d'avoir tout rangé, mais si j'étais tombée sur cette montre, je pense que je l'aurais remarquée. Une croix gammée…

– Voici ma carte. Prévenez-moi pour les représentations de vos premiers spectacles, je serais très heureux de venir vous applaudir. Et si vous retrouvez la montre, contactez-moi. La vie m'a fait cadeau d'une belle réussite professionnelle, je pourrai vous en offrir un très bon prix. Ce serait pour moi l'occasion de rendre un dernier hommage à mon vieil ami Azerbier. Le meilleur d'entre nous, sans aucun doute. Je vous renouvelle mes condoléances, Mia. Je peux vous appeler Mia ? Si vous avez besoin de quoi que ce soit, n'hésitez pas. »

- 5 -

Torgau, RDA, le 14 mai 1954

« Est-ce que tu m'entends ?

– Qui êtes-vous ?

– Un ami. Le seul que tu aies ici...

– Vous êtes un bourreau.

– Je t'ai apporté quelque chose. Un remontant.

– De l'alcool ?

– De la vodka de chez moi. D'Irkoutsk. Ailleurs, ils ne savent pas faire la vodka. Ils n'ont pas assez froid. En Sibérie, on sait. Sauf les Polonais. Les Polonais, ils savent faire la vodka. Pas parce qu'ils ont assez froid, mais parce qu'ils sont fous. C'est joli, Irkoutsk. Tu iras peut-être là-bas, un jour. Nous avons des goulags dans les environs. Le lac Baïkal est très beau. Quand il n'est pas gelé, il est d'un bleu étrange. On dirait de l'acier fondu. Oui, de l'acier. Tiens, bois. Ça va mieux ?

– Que me voulez-vous ?

– Tu le sais bien, ce que je veux. Je veux le secret de la

montre. Il faut que tu me le donnes, sinon mes camarades vont recommencer. J'ai vu tes mains... Tes doigts ne seront plus jamais droits. Tu ne jouais pas de piano, j'espère ? Ils vont recommencer, et toi, tu vas mourir si tu ne parles pas...

– Vous ne me tuerez pas.

– Ah bon ? Et pourquoi ?

– Parce que je suis le seul à pouvoir vous parler de la montre. Tous les autres sont morts.

– C'est faux. Porsche est vivant. Speer est vivant. À l'Ouest, mais vivant. Thorak est mort, c'est vrai... Je te l'apprends ?

– C'était un imposteur. Une fausse valeur. Il n'avait pas le centième du talent de Breker.

– Mais il était dans le petit groupe de la montre. Il savait...

– Il ne savait rien. Je suis le seul à savoir.

– À savoir quoi ?

– ...

– Parle-moi de la montre. Quand l'as-tu vue pour la dernière fois au poignet d'Hitler ?

– Le 14 juillet 1944.

– Ta mémoire est bien précise...

– Jamais je n'oublierai ce jour, cette soirée.

– Pourquoi ?

– Parce que c'était le début de la fin. Même si ce ne sera jamais fini.

– Juillet 1944... C'était au Berghof, donc ?

– Oui. Hitler devait partir à l'aube, le lendemain. Il avait convoqué l'état-major, tous les chefs. Enfin, ceux qui avaient pu rejoindre Berchtesgaden à temps.

– Il est vrai que la grande armée du Reich commençait à partir en morceaux.

– Le Führer pouvait redresser la situation. Il a été trahi par l'armée.

– Qu'est-ce qu'il leur a dit ?

– Il est d'abord entré dans une colère noire. Depuis quelque temps, toutes les réunions d'état-major commençaient par une colère noire. Il a expliqué que l'armée faisait n'importe quoi. Il s'en est pris à Jodl, à Keitel, à Guderian aussi, qui n'était pourtant pas là. Même Goering en a eu pour son grade. Hitler ne comprenait pas pourquoi la Luftwaffe ne bombardait pas plus l'ennemi à l'ouest.

– Ensuite ?

– Ensuite, le Führer a parlé de Varsovie. Il voulait que la ville soit rasée, anéantie. Jodl essayait de lui parler de la Vistule, des ponts sur la Vistule, mais Hitler était obsédé par Varsovie, par les Juifs de Varsovie. Il hurlait qu'il fallait les exterminer au plus vite…

– Quel rapport avec la montre ?

– Hitler ne cessait de jouer avec son cadran réversible. Il le faisait pivoter à toute allure, on entendait un cliquetis infernal chaque fois qu'il arrêtait de crier. Puis il a interrompu la réunion brutalement. Il est passé au salon. Tout le monde a suivi. Eva Braun discutait avec Magda Schneider. Il y avait ce soir-là Ferdinand Porsche et Josef Thorak.

– Votre sculpteur préféré…

– Cet abruti était venu présenter sa dernière œuvre, un buste du Führer qui devait partir pour la Pologne, justement, pour Gdansk. Il l'avait posé sur la cheminée et il attendait, planté à côté, qu'Hitler arrive et le félicite.

– Et… ?

– Hitler est entré et ne l'a même pas regardé. Il s'est assis au bout de la table, comme d'habitude, et tout le monde s'est précipité. Le dîner a duré vingt minutes à peine, personne ne disait un mot, le Führer était prostré, il n'a pas touché à son assiette.

– Vous ne l'avez pas quitté ?

– Pas une seconde. Je me tenais deux mètres derrière lui.

– Et la montre ?

– Soudain, Hitler s'est levé. Tout le monde a arrêté de manger. Le Führer a regardé sa montre, puis il a dit qu'il allait mener la grande contre-attaque victorieuse. À l'ouest d'abord. Il a parlé de la destruction de Paris, d'un repli sur la Marne. Puis à l'est, avec une vaste offensive vers l'Ukraine. Il a déplacé la salière, puis un verre, en parlant de la 9e armée et de la 20e Panzergrenadier. Il a dit que le Volkssturm serait prêt à attaquer à l'automne. Keitel regardait Goering qui regardait Jodl qui regardait sa fourchette…

– Vous avez noté tout cela dans votre journal ?

– Oui… Mais même sans avoir rien noté, je m'en souviendrais encore. C'était… C'était terrible… Est-ce que je peux avoir encore un peu de vodka ?

– Bois… Les empires finissent, Traub, tous les empires…

– Curieuse remarque dans la bouche d'un Soviétique…

– Comment disais-tu, la dernière fois ? “La flèche du temps”, c'est ça ?

– L'Union soviétique s'effondrera et le IIIe Reich renaîtra de ses cendres.

– Ne rêve pas. L'Internationale sera le genre humain. Le nazisme sera effacé des mémoires.

– Si vous n'aviez pas peur du retour du Reich, vous ne vous intéresseriez pas à la montre. Vous m'auriez déjà tué.

– C'est donc cela, le secret de la montre ? Une clef pour le IVe Reich ?

– Allez savoir…

– Encore un peu de vodka et tu me le diras peut-être ?

– La grande Russie soviétique ne contient pas assez de vodka pour me faire parler…

– Revenons au 14 juillet 1944. Comment s'est terminé le dîner ?

– Hitler a demandé à trois convives de le suivre sur la terrasse. Porsche, Thorak, et Jakob Werlin.

– Le vendeur de voitures ? Que faisait-il là ?

– Hitler le recevait souvent, il aimait se confier à lui, ils s'isolaient pendant des heures, ils marchaient. Hitler l'avait même emmené au Salon de thé. Pourtant, il s'y rendait rarement.

– Quel salon de thé ?

– La Kehlsteinhaus. Un chalet perché sur un promontoire. On y accédait par un tunnel et un ascenseur.

– Ce soir-là, ils y sont allés ?

– Non, c'était trop loin. Les quatre hommes sont restés sur la terrasse. Personne ne les a suivis, pas même moi. Je suis resté derrière la vitre. Hitler les a regroupés autour de lui. Il était très animé. Je voyais son dos, il était secoué de spasmes. Il agitait les mains au-dessus de lui.

– De quoi ont-ils parlé ?

– Je ne sais pas…

– Tu mens !

– Qu'est-ce que ça change si je mens ? De toute façon, je ne vous dirai rien, vous le savez bien.

– Ne me provoque pas, Traub.

– …

– Traub ?

– Je ne vous mens pas : je n'étais pas sur la terrasse.

– Combien de temps a duré l'aparté ?

– Cinq minutes, sept peut-être, pas plus. Hitler est revenu dans le salon, les militaires se sont levés. Le Führer leur a dit qu'il partait en tournée d'inspection sur le front de l'Est. Il leur a donné rendez-vous pour la semaine suivante dans son Q. G. de la Wolfsschanze.

– La "Tanière du loup"… Bien sûr… La semaine suivante, c'est l'attentat du 20 juillet…

– La preuve que Dieu était avec Hitler.

– Ou que sa montre ne lui portait plus bonheur…

– Il ne la portait pas à la Wolfsschanze.

– Pardon ?

– Il ne l'avait pas, cette semaine-là.

– Pourquoi ?

– Quand il est revenu de la terrasse, le 14, il a congédié tout le monde et nous sommes restés seuls au salon. Lui, moi, et Eva Braun. Il a demandé un verre de Fachingen, de l'eau gazeuse. Il jouait avec le cadran de sa montre, lentement. On entendait "clac, clac" dans le silence. Puis il a baissé les yeux et il a dit : "Elle s'est arrêtée." Il l'a portée à son oreille, il a secoué le poignet, il l'a écoutée encore et puis il a détaché le bracelet et il me l'a tendue. "Traub, vous ferez le nécessaire."

– Le nécessaire ?

– Il était hors de question de la faire réparer sans qu'Hitler soit présent. Alors, je l'ai enfermée dans un tiroir du secrétaire personnel du Führer, dans sa chambre. Notre retour était prévu pour la fin du mois, j'aurais le temps à ce moment-là de convoquer l'horloger.

– Mais vous n'êtes jamais revenus à Berchtesgaden.

– Jamais…

– Tu sembles fatigué.

– Je le suis.

– Nous continuerons demain. Reprends un peu de vodka. Mes camarades t'attendent… »

- 6 -

Paris, le 17 mai 1990, 10 heures

Mia ne connaissait pas bien maître Schnerb. Elle l'avait vu à quelques reprises rendre visite à son grand-père, lui apporter des papiers à signer, mais elle n'était jamais venue dans son étude. Dans le couloir, il y avait de grands tiroirs jusqu'au plafond, avec de petites poignées dorées sur leurs façades carrées. Mia songea un instant aux tiroirs métalliques qu'elle avait vus à la morgue. « Est-ce qu'il y a ici aussi un cadavre dans chaque tiroir ? » songea-t-elle, avant de se dire que c'était le cas. Dans chacun d'entre eux, sans doute, des testaments, et derrière chaque testament, un cadavre… Puis une autre image s'imposa à elle : la vieille pharmacie qu'elle avait visitée un jour avec son grand-père, avec son enseigne « Apothicaire ». Où était-ce ? Petite fille encore, elle avait été impressionnée par les étagères immenses, les superpositions de tiroirs en bois tous identiques et les rangées de bocaux posés au sommet, avec de larges étiquettes cernées de bleu, comme à l'école. Sur chaque étiquette, d'une belle écriture arrondie, des mots mystérieux : thériaque, mandragore, hellébore, valeriana… Où était-ce ? Mia fouillait ses souvenirs en gardant les yeux fixés sur le sol, où un carrelage fendillé dessinait comme la carte des fleuves et des rivières d'une contrée mystérieuse. Soudain, deux vaisseaux de cuir marron écrasèrent le réseau hydrographique imaginaire : les souliers de maître Schnerb, notaire à Paris.

« Mlle Robst, si vous voulez bien me suivre. »

Le notaire l'avait appelée du nom de sa mère, celui que son grand-père inscrivait dans les papiers officiels. Elle le suivit dans le couloir aux tiroirs, jusqu'à la porte du fond. Son bureau n'était pas très grand, mais sur les murs, il y avait de grands portraits, sans doute de famille. Le cuir des fauteuils était de la même couleur que celui des chaussures du notaire. Mia en conclut que c'était une étude sérieuse.

« Mademoiselle, j'aimais beaucoup votre grand-père. Nous étions liés, entre autres, par une passion commune, celle des livres anciens. Par mes contacts, par ma connaissance des inventaires de nombreuses successions, j'ai pu l'aider à réaliser quelques acquisitions… intéressantes. Et lui-même, par sa lecture assidue des catalogues érudits, m'a aidé à trouver des ouvrages que je cherchais depuis longtemps. C'est pourquoi je me suis occupé personnellement de son testament. Il est… particulier. »

Mia crut bon à ce moment-là de croiser les jambes afin d'adopter une posture qu'elle pensait de circonstance.

« Avant tout, poursuivit le notaire, il faut que vous sachiez que votre grand-père craignait pour votre vie. Il a toujours été persuadé que la mort de vos parents n'était pas accidentelle, que cet incendie était criminel. Il pensait qu'on voulait, comment dire, l'intimider. Mais il ne m'en a pas confié plus. "Je sais ce que je sais", affirmait-il. Je lui ai dit que s'il avait des preuves, des indices, il devait prévenir la police ; il m'a répondu que personne ne le croirait, qu'il perdrait son temps. C'est pour cela qu'il a toujours utilisé le patronyme de Robst vous concernant, et qu'il a effacé toute trace de son propre nom dans sa vie personnelle. Il ne s'est jamais inscrit nulle part, dans aucun club, n'a jamais souscrit aucun abonnement. Tout passait par son bureau, au ministère du Plan. Edmond Azerbier était devenu un fantôme. Je l'ai aidé, de ma place, à préserver cette discrétion, pour ne pas dire cet incognito. Je lui ai arrangé une sorte d'anonymat administratif, mon étude servait de boîte aux lettres. »

Le notaire se leva et tourna le dos à Mia pour ouvrir un petit secrétaire adossé à la cloison, derrière lui. La jeune femme en profita pour lever les yeux vers le portrait accroché au mur en face d'elle, qui dominait la pièce de son regard. Il s'agissait d'un gros homme en costume trois-pièces, les pouces fichés dans les fentes de son gilet, avec une chaîne de montre qui dégringolait comme une glycine. Il avait des bésicles ovoïdes et fixait Mia d'un air sévère et bonhomme à la fois. Mia pensa immédiatement à Eugène Labiche mais se demanda d'emblée pour quelle raison un portrait de l'auteur d'*Un chapeau de paille d'Italie* serait suspendu dans le bureau d'un notaire du XIe arrondissement.

Maître Schnerb posa une chemise en carton marron sur le bureau et en sortit une enveloppe cachetée. Le coupe-papier du notaire représentait une tête d'animal; Mia la vit subrepticement, il lui sembla reconnaître une chèvre ou un mouton. «Cocasse», pensa-t-elle. Un petit éclat de cire rouge tomba devant elle sur le cuir vert bronze du sous-main. Déjà, le notaire dépliait le papier, qu'il lut d'une voix douce et monotone. «Je, soussigné...» Mia écouta d'une oreille un peu distraite. Les images de son grand-père défilaient devant ses yeux. Leurs promenades en forêt, leurs dimanches pluvieux au milieu des livres, ses applaudissements, au premier rang, quand elle joua *Antigone* au collège...

«Tout est accompli dans le respect des formes, conclut le notaire en repliant le testament. Mon étude veillera à sa bonne exécution. Vous n'aurez à vous occuper de rien, je l'ai promis à votre grand-père. Il n'avait qu'une seule banque, qu'un seul appartement, pas de voiture, aucun placement compliqué... Dans quelques semaines, tout sera bouclé.»

Mia se demanda pourquoi le notaire avait parlé d'un testament «particulier».

«Mais il y a un codicille», ajouta-t-il alors.

Une autre enveloppe, un autre cachet. Ce texte-là commençait par «Ma petite-fille»... Edmond Azerbier y parlait de deux objets qu'il avait mis à l'abri pour elle. Le premier était la pendulette qu'elle avait connue, enfant, posée sur la cheminée, cette pendulette qui avait veillé sur eux le soir de leur arrivée à Paris. «C'est mon talisman, le seul de mes objets, à part mes livres, qui a un peu de valeur. » Le notaire avala une gorgée d'eau, passa le pouce et l'index sur ses yeux, et reprit sa lecture. Le deuxième objet était inconnu de Mia. Son grand-père le décrivait comme le journal intime d'un Allemand, les souvenirs d'un soldat important du IIIe Reich. « C'est quelqu'un qui a bien connu Hitler. » La phrase sortit Mia de sa torpeur. Son grand-père ne lui avait jamais parlé de ce journal ni de cet homme. « Encore aujourd'hui, j'ai honte d'avoir dépouillé cet homme. C'était un nazi, bien sûr, mais il était mon prisonnier et je n'avais pas à lui voler son bien. Et si j'avais jugé ce document important pour la suite des combats, j'aurais dû le transmettre à mes supérieurs. J'ai essayé de retrouver ce soldat, mais il a été porté disparu après la guerre, il est désormais considéré comme mort. Par la suite, j'ai eu peur qu'on me reproche d'avoir caché l'existence de ce journal. J'ai eu peur aussi qu'en le restituant à des Allemands, il ne tombe en de mauvaises mains. C'est un texte important pour comprendre le nazisme, comment savoir qui allait le lire, le déchiffrer ? Alors, je l'ai gardé et me suis tu. » Mia décroisa les jambes et se pencha un peu sur son fauteuil marron. Le notaire semblait parler de moins en moins fort tandis qu'il avançait dans sa lecture. « Ma petite-fille, maintenant que je ne suis plus de ce monde, ce journal te revient. Je souhaite que tu le restitues aux descendants de cet homme. Son nom est inscrit en première page : Julius Traub. Ta génération ne recommencera pas les erreurs de la mienne et de celles qui l'ont précédée. L'amitié franco-allemande est solide, il ne faut pas entretenir les haines et les préjugés de jadis. Ce que je n'ai pas eu le courage de faire, aller en Allemagne et clore ce sombre chapitre, tu le feras. Pour moi. Et si Traub n'a pas d'héritier, je te recommande d'en faire don, de manière anonyme, aux Archives nationales.» Mia n'entendit pas la suite. Le notaire parlait trop bas et elle songeait à cet objet dont son grand-père ne lui avait jamais parlé, et qui semblait avoir tant pesé sur sa conscience.

La lecture s'acheva. Maître Schnerb replaça les deux testaments dans la chemise marron puis se leva à nouveau et passa derrière Mia. Il saisit un carton posé contre le mur, dans un coin de la pièce, et revint à son bureau. Mia se leva, le notaire ouvrit le carton en restant debout. Sur la pendulette, le berger aux cheveux bouclés et le squelette dans sa cape étaient identiques à son souvenir, plus petits et un peu patinés seulement. Le bronze était très froid sous les doigts de Mia. Le journal de Julius Traub était couvert de petites crevasses, fendillé comme la peau d'un vieillard. Une lanière enserrait ce gros portefeuille, comme si un serpent plat en interdisait la lecture. Quelques feuillets dépassaient de la liasse, ils semblaient avoir été ajoutés. Mia caressa l'objet, le cuir était tiède.

«Je vais vous trouver un sac», murmura le notaire.

Pour la première fois de leur entretien, il souriait. Mia continua à caresser le journal, sans oser l'ouvrir, tandis que maître Schnerb quittait la pièce quelques instants. Près de l'objet en cuir était posé le coupe-papier, Mia remarqua que l'animal qu'elle avait pris pour un mouton était en fait un chameau.

«Voilà, il est assez grand, je crois.»

Le notaire était revenu avec un sac de voyage fatigué.

Au bout du bras de Mia, le sac pesait lourd ; avant de le soulever, elle passa en bandoulière la sacoche en toile de jean qui contenait ses textes pour le Conservatoire, une douzaine de livres annotés et cornés.

« Ça va aller », ajouta le notaire, mi-interrogatif, mi-rassurant.

Il la précéda pour ouvrir la porte du bureau. Avant de sortir, Mia leva les yeux vers le grand portrait accroché au-dessus du bureau. Eugène Labiche avait un regard moins sévère. Il semblait triste.

Maître Schnerb accompagna Mia jusqu'au bout du couloir. Il se retourna juste devant la porte de l'étude.

« Mlle Robst, j'ai connu votre grand-père à la fin de la guerre. Je me suis engagé à la Libération de Paris et j'ai été affecté à son unité. Je tiens à vous dire que c'était l'un des hommes les plus courageux que j'aie rencontrés. »

Dans l'ascenseur, Mia regarda sa montre : elle n'avait pas le temps de repasser dans sa chambre d'étudiante ni chez son grand-père pour y déposer le sac. Elle devait filer au Conservatoire, où la première série d'épreuves de la fin de première année commençait dans trois heures.

- 7 -

Torgau, RDA, le 15 mai 1954

« Les dents, c'est le plus douloureux, paraît-il…

– Paraît-il…

– Je te proposerais bien un peu de vodka sibérienne, pour désinfecter tout cela, mais je n'en ai plus.

– Je m'en passerai.

– Et puis, tu ne la mérites pas. Tu m'as menti, hier…

– Seulement hier ?

– Pas d'ironie, Traub. Il te reste très peu de temps pour me dire ce que tu sais. Hier, tu m'as menti quand tu as dit que tu n'étais pas revenu à Berchtesgaden après le 14 juillet 1944.

– C'est vous qui l'avez dit…

– C'est à Berchtesgaden que tu as été arrêté par les Américains, le 4 mai 1945. C'est dans ton dossier.

– Vous l'aviez donc mal lu…

– Raconte-moi ton arrestation.

– Je n'ai pas été arrêté par les Américains. J'ai été livré

aux Américains. Par les Français. Je comprends que les Yankees ne s'en soient pas flattés quand ils m'ont vendu aux Russes. En échange de quoi, d'ailleurs ?

– En échange d'un ingénieur atomiste qu'ils prenaient pour un génie. Mais nous l'avions un peu… comment dire… secoué… Il n'était plus en mesure de leur apprendre grand-chose. Le plus drôle, c'est que les Américains étaient persuadés de réaliser une bonne affaire. Ils n'avaient aucune idée de ta valeur.

– Je n'ai aucune valeur. Mon journal en avait, pour les historiens, pour rétablir la vérité sur Hitler et sur le Reich. Moi, je ne vaux rien…

– Raconte-moi ton arrestation.

– Personne ne peut imaginer dans quel état était l'Allemagne au printemps 1945. J'ai traversé le pays, de Berlin jusqu'à Berchtesgaden. Tout était en ruines, pas une ville ne tenait debout. Nos ennemis voulaient raser le Reich, nous exterminer. Chaque jour, c'était un miracle de trouver de l'essence pour continuer la route. Je croisais des soldats hagards qui remontaient en petits groupes vers le nord, vers Berlin ; pour défendre la capitale, disaient-ils, mais ils n'avaient même plus de fusils. Je suis arrivé au Berghof à la fin de la nuit. Je ne suis pas passé par Berchtesgaden, les Américains y étaient déjà, on voyait les phares de leurs colonnes blindées à des kilomètres. Après Salzbourg, je suis passé par Hallein et Dürrnberg. J'ai traversé Obersalzberg, toute la population était partie, les maisons avaient été bombardées, seule l'église était intacte. Je roulais sans lumière, très lentement. Le Berghof est apparu devant moi mais je ne l'ai pas reconnu. Il n'y avait plus rien de ce que j'avais connu. Cette maison où j'avais passé tant de jours et de nuits, je ne savais même plus dire où était la porte. Il y avait encore des flammes dans les ruines, les bombardiers étaient passés peu de temps avant moi…

– Les Lancaster britanniques ont détruit le Berghof le 25 avril. Les flammes que tu as vues, ce sont tes amis SS qui les ont allumées. Quelques heures avant ton arrivée. Il fallait effacer les traces, les preuves des crimes nazis. Continue. Qu'as-tu fait sur place ?

– J'ai contourné la maison, j'ai essayé de me remémorer le plan du bâtiment. Mais les deux étages supérieurs s'étaient effondrés sur le rez-de-chaussée, et toute la façade avait basculé dans la pente. J'ai réussi à localiser ce qui restait de la chambre du Führer. J'ai retrouvé le secrétaire en acajou qui lui servait de bureau. Les pieds étaient brisés mais la caisse était intacte. J'ai réussi à les forcer. Les papiers que je cherchais étaient là…

– Quels papiers ?

– Un classeur noir, en carton bouilli, avec une serrure métallique. C'était le dossier médical du Führer.

– Il t'avait demandé de le récupérer ?

– Il m'avait demandé de le détruire. Alors, je l'ai jeté dans les flammes. Au bout de quelques secondes, il ne restait plus que la serrure, déformée par la chaleur.

– Mais ce n'est pas tout…

– Non, ce n'est pas tout…

– La montre.

– La montre. Elle était à l'endroit exact où je l'avais

laissée dix mois plus tôt. Personne n'avait osé ouvrir le secrétaire du Führer.

– T'avait-il demandé de la détruire aussi ?

– Non…

– De la rapporter à Berlin ?

– Non. Il savait que je ne reviendrais pas. Il savait que c'était la fin. Pour lui, mais pas pour le Reich.

– Alors ?

– Alors, je devais garder cette montre. Pour la transmettre.

– À qui ?

– Au prochain Führer, le moment venu…

– Et comment surgirait-il, ce nouveau Führer ?

– Hitler le connaissait déjà. Il l'avait désigné.

– Et tu connaissais son nom ?

– Bien sûr, puisque je devais lui remettre la montre…

– Quel est ce nom ?

– Il est des secrets qu'aucune torture ne peut arracher.

– Tu sous-estimes l'imagination soviétique en la matière. Tu parleras.

– …

– Peu importe. Qu'as-tu fait de la montre ?

– Je l'ai glissée dans la poche de ma veste. J'étais en civil.

– Et ?

– Quand j'ai voulu redescendre vers la route, j'ai entendu arriver des half-tracks. Ils roulaient tous feux éteints, mitrailleuses pointées vers le ciel. C'étaient des Français. Je me suis laissé glisser dans la pente pour récupérer ma voiture, mais il était trop tard. Le premier véhicule m'a coincé contre le talus, il a allumé ses phares, j'ai levé les bras.

– Fin de l'aventure.

– 20 avril 1933, 4 mai 1945. Douze ans et quatorze jours à servir le Führer. La fierté de ma vie.

– Regarde où cela t'a mené. Neuf ans et onze jours de captivité. Sans voir la lumière, sans avoir de nouvelles de ta famille.

– Ma seule lumière, c'est le Führer.

– Pauvre fou ! Et la montre ? Ce sont les soldats qui te l'ont prise ?

– Le mitrailleur est descendu du véhicule, il m'a fouillé. J'avais de faux papiers, j'étais garagiste à Dresde. Il a pris mon argent, ma dague, ma montre, et celle d'Hitler. Il parlait allemand, il m'a demandé où je l'avais volée, je lui ai répondu que j'avais le droit de récupérer un peu de ce que les nazis nous avaient pris. Il m'a demandé ensuite s'il restait des choses à récupérer dans la maison d'Hitler, j'ai dit qu'il devait sûrement y avoir de l'or quelque part. C'est alors que l'autre est sorti.

– L'autre ?

– Le conducteur du half-track. Il m'a giflé, il criait en français. Je n'ai rien compris. Le premier lui a montré ce qu'il m'avait pris. Ils se sont mis à discuter en regardant les objets. Je ne les voyais pas très bien, à cause des phares, ils étaient à contre-jour. Puis le deuxième est allé fouiller ma voiture, il a trouvé mon journal.

– Tu l'avais emporté ?

– Je savais que si je le laissais à Berlin, il serait détruit. Je voulais le confier à un ami, à Salzbourg, mais il avait disparu.

– À quoi ressemblait-il ?

– C'était un gros portefeuille de cuir noir, avec une lanière, en cuir aussi, tout autour.

– Les Français ont tout emporté ?

– Ils ont posé la dague sur le capot du half-track, ils l'ont fait tourner, et le deuxième s'est mis à rire ; il a enfilé la montre, celle d'Hitler, à son poignet, tandis que le mitrailleur a empoché la mienne, et mon argent. Il est revenu vers moi, il m'a demandé de baisser les bras et il m'a pris mon alliance. L'autre s'est approché à son tour, il secouait le bras et portait la montre d'Hitler à son oreille. Il m'a dit : "*kaputt*", et il m'a frappé au visage, j'ai senti l'angle du boîtier contre ma pommette.

– C'est alors que les Américains sont arrivés ?

– Pas tout de suite. Les Français m'ont ligoté les pieds et les mains. Et ils m'ont couché à l'arrière du half-track. Et puis ils sont montés au Berghof. Les autres y étaient déjà, j'entendais leurs cris. Il y a eu quelques coups de feu. Le jour s'est levé, et c'est alors que les Américains sont arrivés. Les Français ont vite déguerpi. Ils voulaient redescendre vers Berchtesgaden, mais les blindés des Yankees les empêchaient de passer. Alors ils sont allés à Obersalzberg.

– Et toi ?

– Les Français m'ont laissé dans le caniveau, ligoté. Les Américains m'ont enfermé à Berchtesgaden, avec quelques soldats de la Wehrmacht. Quelques jours plus tard, j'ai été transféré à Munich, j'ai été interrogé par un officier de l'OSS, les services de renseignement. C'est lui qui m'a démasqué.

– Comment ?

– Ma photo. Ils avaient ma photo dans un dossier sur l'entourage du Führer…

– Tu lui as parlé de la montre ?

– Pour qui me prenez-vous ? Ni de la montre ni du Führer. Je n'ai rien dit. Je suis resté à l'isolement plusieurs semaines. Puis j'ai été livré à l'Armée rouge. À Vienne. C'était l'été…

– Le Français qui a volé la montre, quel était son grade, son régiment ?

– Je ne sais pas. Je n'ai rien vu. La nuit, les phares. Seulement…

– Seulement quoi ?

– Quand il s'est avancé pour me frapper, son bras a caché la lumière, j'ai vu un écusson sur sa vareuse. Un drôle d'écusson, avec une tête de chameau.

– De chameau ?

– Ou de dromadaire… Et il y avait la croix des Français, avec la double barre.

– La croix de Lorraine. C'est tout ?

– Non, il y avait aussi l'odeur. Ils puaient, ces Français.

– Deux Français qui puent… Avec une tête de dromadaire. Ça ne va pas être facile à retrouver… Mais tu es bien bavard, aujourd'hui. Tu espères une récompense ?

– C'est vrai qu'elle est bonne, votre vodka sibérienne, et puis…

– Et puis quoi ? Du caviar, peut-être ?

– Le chancelier allemand… Celui qui veut récupérer des soldats…

– Adenauer. Il négocie. Mais je crois que tu ne feras pas partie du voyage de retour. D'abord, tu n'existes pas pour lui, tu n'es sur aucune liste de prisonniers. Tu as simplement disparu à la fin de la guerre, sans doute tué dans le bombardement du bunker d'Hitler. En tout cas, c'est ce qui a été raconté à ta famille. Ceux qui ont survécu, du moins. Ensuite, tu es trop précieux pour nous. Tant que nous n'aurons pas récupéré la montre du Führer, tu resteras dans cette prison, ou dans une autre.

– Vous ne retrouverez jamais cette montre.

– L'Union soviétique est plus puissante que tu ne crois. Nous avons des amis partout. Même si elle est en Amérique, nous la retrouverons. Et nous percerons son secret, parce que tu vas nous le dire. Le temps accélère, Traub, c'est la lutte finale entre le monde socialiste et l'empire capitaliste. La guerre ne s'est jamais arrêtée, en fait. Il se passe des choses, dehors, la planète est en feu. Partout, le communisme avance. Et il n'est pas question que nous perdions de temps à cause d'un nazi têtu, d'un SS-Obergruppenführer qui se prend pour le Messie.

– *Heil Hitler!*

– Je crois que j'ai tiré de toi tout ce que je pouvais. Je n'ai plus de vodka, et je n'ai plus de patience. Je vais passer la main. Tu me regretteras, Traub, tu me regretteras. Adieu. »

- 8 -

Paris, le 17 mai 1990, 14 heures

Son grand-père lui disait toujours : « Ne jamais courir avant un événement important. » Alors Mia marcha tranquillement du métro jusqu'au Conservatoire, d'autant que ses deux sacs commençaient à lui tirailler les épaules. « Apprendre son métier à deux pas de la station Bonne-Nouvelle, cela porte bonheur », ajoutait Papya. Au premier sous-sol, Mia déposa dans son casier le sac contenant la pendulette et le journal saisi par son grand-père en 1945. Puis, comme pour le cacher, elle plaça devant lui son autre sac, chargé de ses livres de théâtre, dont elle avait seulement retiré le premier volume de l'édition intégrale de Corneille dans la « Pléiade » – un cadeau de son grand-père, bien sûr. Elle n'aimait pas beaucoup apprendre ses rôles sur le papier bible, trop fin, de cette collection, mais pour le jour de l'examen, elle avait pensé que cela ferait bonne impression de s'afficher avec un tel volume... Et puis, c'était une façon supplémentaire d'associer Papya à ces instants si importants. Dans l'escalier, Mia croisa nombre de ses camarades, fébriles. Les concours de sortie des élèves de dernière année avaient commencé quelques jours plus tôt et les examens sanctionnant la première année débutaient l'après-midi même. Mia devait « passer » les quatre scènes finales du *Cid*, de Corneille : les scènes 4 à 7 de l'acte V, où Chimène tremble à l'idée de perdre Rodrigue, dont elle a pourtant souhaité publiquement la mort, avant de laisser éclater sa douleur et son amour. Alors Don Sanche paraît, laissant croire qu'il a vaincu le Cid en duel, puis Chimène écoute Fernand, le roi de Castille, lui dire qu'elle a tenu son rang, servi son honneur et défendu au mieux la mémoire de son père : elle peut donc s'abandonner à son destin heureux et épouser Rodrigue, bien qu'il soit l'assassin du comte de Gormas. Le Cid vient de défaire Don Sanche mais l'a épargné, il surgit, plus noble et valeureux que jamais. Mia avait demandé à sa meilleure amie, Suzanne, de jouer Elvire et l'Infante, et elle aimait beaucoup Guillaume, le camarade qu'elle avait choisi pour lui donner la réplique dans les rôles masculins – Sanche, Diègue, Fernand et Rodrigue. C'était un grand jeune homme un peu maigre, mais qui affichait déjà une maturité et un calme idoines pour interpréter un souverain, un aristocrate chenu ou un héros déterminé. Il maniait l'alexandrin avec aisance, servi par une belle voix grave qui lui faisait promettre par ses enseignants un parcours au service de la tragédie classique, même si lui ne rêvait que de cinéma et de films d'action ou de science-fiction. Guillaume était déjà dans la petite salle de cours où ils s'étaient donné rendez-vous pour une ultime répétition. Mia aimait aussi sa patience et son tact ;

il ne s'agaçait jamais et ne lui avait fait aucune remarque ces derniers jours, alors qu'elle savait que depuis la mort horrible de son grand-père, elle n'était plus la même amie, ni la même apprentie comédienne. Elle n'écoutait plus vraiment les autres, jouait de manière absente, ne cessait de penser à l'enquête, aux assassins en fuite, au scénario de la nuit fatale. Elle songeait à tout ce qui l'attendait : choisir un avocat pour l'accompagner pendant l'enquête et jusqu'au procès, si on attrapait les coupables ; harceler l'inspecteur Favier et ses supérieurs pour que le « dossier Edmond Azerbier » ne soit pas classé ; contacter les médias, peut-être… Et pendant ce temps, répéter et jouer le plus possible, parce que, elle le savait, c'est ce que son grand-père lui aurait dit de faire. Guillaume l'accueillit par un large sourire et la serra dans ses bras avec vigueur.

« Ça va être grand ! » déclara-t-il.

Il tenait à la main une édition de *Bérénice*, de Racine – il passait le lendemain dans le rôle d'Antiochus.

« Chimène, sors d'erreur, ton amant n'est pas mort, / Et Don Sanche vaincu t'a fait un faux rapport », lança-t-il avec l'emphase d'un sociétaire cacochyme de la Comédie-Française pour détendre Mia, tandis que Suzanne poussait à son tour la porte. Ils n'avaient que le temps d'une rapide « italienne » – réciter le texte à toute vitesse pour muscler et réveiller la mémoire.

> *« À deux rivaux pour moi je fais prendre les armes :*
> *Le plus heureux succès me coûtera des larmes ;*
> *Et quoi qu'en ma faveur en ordonne le sort,*
> *Mon père est sans vengeance, ou mon amant est mort.*

Un même coup a mis ma gloire en sûreté,
Mon âme au désespoir, ma flamme en liberté. »

Les vers se succédaient dans la tête de Mia, posés sur des images entrelacées. Elle voyait dans la pénombre de l'amphithéâtre la petite lampe qui éclairait le pupitre du jury. Elle avait surtout devant les yeux, comme un filigrane surgi de sa mémoire, cette répétition du 24 juin 1984. Elle ne pouvait oublier la date : c'était le jour de ses dix-huit ans. *Le Cid*, déjà, qu'elle devait jouer quelques jours plus tard au lycée. Elle interprétait alors l'Infante, et son grand-père, en plus de lui donner la réplique, lui avait soufflé quelques conseils pour adopter un port de tête digne de la couronne de Castille. Après avoir répété, ils étaient allés au restaurant fêter son anniversaire, parler de la représentation qui approchait et du baccalauréat, aussi – il ne fallait tout de même pas l'oublier, celui-là…

« *Enfin Rodrigue est mort, et sa mort m'a changée*
D'implacable ennemie en amante affligée.
J'ai dû cette vengeance à qui m'a mise au jour,
Et je dois maintenant ces pleurs à mon amour. »

C'est ce soir-là, après lui avoir offert un pendentif en or à ses initiales, que son grand-père lui avait confié ses doutes sur la mort de ses parents. « Tu es majeure, désormais, tu peux savoir, tu dois savoir. » Pour lui, l'incendie de la maison familiale où ils avaient vécu tous ensemble n'avait pas été accidentel, mais volontaire. Lui-même était absent, ce soir-là, et les pompiers avaient retrouvé les corps inconscients de son fils et de sa belle-fille, asphyxiés par les fumées, au milieu de la nuit. Mia, qui dormait un étage plus haut, ne s'était rendu compte de rien jusqu'au moment où un pompier l'avait extirpée de son lit, légèrement intoxiquée. «Quelqu'un voulait me faire peur, m'intimider, me dire que je devais répondre aux messages envoyés.» Quels messages ? Papya n'en avait pas révélé plus, se contentant d'évoquer la guerre, les années troubles, les fantômes du passé. «Je me suis peut-être fait des idées, j'ai peut-être cédé à la peur, mais je ne le regrette pas. Nous sommes tranquilles, depuis. "Vivons heureux, vivons cachés."» À l'époque, il avait décidé de quitter la Touraine pour venir à Paris afin de se fondre dans la grande ville, de s'y dissimuler et d'escamoter sa petite-fille.

«Rodrigue a des vertus que je ne puis haïr;
Et quand un roi commande, on lui doit obéir.»

Le jury ne manifesta aucun sentiment. Un bref «Merci, mademoiselle», prononcé d'une voix douce, tomba des travées, et Mia quitta le plateau avec ses camarades.

«Tu as été parfaite, bouleversante, c'était incandescent, affirma Guillaume dans la coulisse en lui saisissant les mains.

– Quand ils ne sont pas contents, on le sent, ils remuent sur leur siège. Là, tu les as scotchés. Moi aussi, tu as failli me faire pleurer ! ajouta Suzanne.

– Alors, tous au café, je vous dois bien ça», conclut Mia en ramassant sa «Pléiade» de Corneille.

Tandis que ses camarades se dirigeaient vers la sortie du Conservatoire, Mia retourna au sous-sol. Le poids du sac de voyage récupéré chez le notaire la dissuada. Elle laissa la pendulette dans cet emballage improbable, à l'abri dans son casier cadenassé, et glissa seulement le journal de Traub dans son sac en bandoulière, au milieu de ses livres. « Les écrits d'un nazi entre Corneille, Racine, Brecht et Tennessee Williams, ça ne manque pas de sel… » Elle souriait intérieurement. Cette première épreuve s'était bien passée, elle avait senti la présence rassurante de Papya, malgré ses pensées sombres. Dehors, le soleil l'étonna. Le printemps devenait audacieux. Au loin, elle vit ses amis déjà installés à la terrasse des Deux-Masques, le bistrot-repaire des élèves du Conservatoire. Elle fonça vers eux, son sac en bandoulière battant la mesure de sa jeunesse, en pensant que la vie, malgré tout, était belle.

- 9 -

Torgau, RDA, le 30 août 1954

« Je vois que la piqûre est efficace. Il réveillerait un mort, ce sérum.

– Qui êtes-vous ?

– Tu ne te souviens pas de moi ? Je suis venu te chercher pour l'interrogatoire... Il est vrai que c'était il y a... combien, déjà ? Cinq jours. C'est long, cinq jours de coma. On oublie les visages. Tu ne me connais pas, mais moi je commence à bien te connaître, avec tout ce que tu nous as raconté.

– Je n'ai pas parlé. Je sais que je n'ai pas parlé.

– Toi, non. Tu étais comme hypnotisé. Mais ton inconscient a été très bavard. Je suis épaté par tous ces nouveaux produits, cette pharmacopée. Ils appellent ça des sérums de vérité. Il y en a toute une liste. Pour toi, ils ont utilisé du pentothal. C'est le plus efficace, paraît-il. Nous avons volé la formule aux Américains pendant la guerre. C'est ce qu'on m'a raconté, en tout cas. Mais ils ont forcé la dose, cette fois. D'où le coma. C'est de ma faute. Tu étais tellement passionnant. Je leur ai demandé de pousser la seringue. On a failli te perdre, tu sais. Cela m'aurait ennuyé. Pour mon rapport. Tu connais la bureaucratie, les chefs n'aiment pas les bavures, ils sont convoqués par leurs supérieurs, ça devient vite politique. Pas bon pour l'avancement. Mais tu as survécu, heureusement. Je te remercie. Tu es solide.

– Où est l'officier qui venait d'habitude ?

– Disparu. Muté. C'est gentil de prendre de ses nouvelles. Les choses changent, en Union soviétique. Vite. Beaucoup. Fini le *Narodnii Komissariat Vnoutrennikh Diel*, voici le *Komitet Gossoudarstvennoï Bezopasnosti*. KGB à la place de NKVD. Le Commissariat du peuple aux affaires intérieures a cédé la place au Comité pour la sécurité de l'État. C'est très différent. Même si cela ne change rien. Je ne devrais pas parler comme ça… L'ironie n'est pas socialiste. En tout cas, pour toi, ça ne change rien. Sauf que c'est moi, désormais, qui suis chargé de te faire parler. Ça n'a pas été trop difficile. Il suffisait de changer de méthode. Les coups, les ongles arrachés, les brûlures, c'est barbare et peu efficace. Le progrès, Traub, le progrès, il n'y a que ça. Vous autres, les nazis, vous êtes passés à côté. Vous avez raté la bombe atomique. Tu sais que nous avons la nôtre, désormais ? Si les impérialistes nous menacent, boum ! Vous avez raté aussi le pentothal. Pourtant, votre Führer aimait la chimie. Les amphétamines. La pervitine. C'est ce qu'on t'a injecté tout à l'heure pour te réveiller. Tu vas être en pleine forme. Tu ne vas pas dormir pendant trois jours. Peut-être que tu auras encore des choses à me raconter.

– Je n'ai pas parlé.

– Bien sûr que si. Heureusement que j'ai pris des notes, sinon tu ne me croirais pas. Le 28 avril 1945, ça te dit quelque chose ?

– …

– Nous y voilà. "Le Führer me convoque à l'aube. Il me reçoit dans la pièce qui sert de salon. Hitler est allongé sur le canapé, avec un linge mouillé sur le front. Il y a des tasses vides sur la petite table devant lui. Son chien est couché le long du mur. Blondi." J'ai mis en forme, car tu étais un peu… un peu désordonné dans tes propos. Je reprends. "J'entends des conversations dans la salle des cartes, juste à côté, des éclats de voix. Le Führer se redresse et me fixe un long moment. J'ai l'impression qu'il ne me voit pas, qu'il regarde à travers mon corps. Je n'ose pas parler. Puis il a un sursaut et me dit : 'Bonjour, Traub. Vous aussi vous croyez que la guerre est perdue ?' Alors, je lui réponds que rien n'est perdu tant que le peuple suit son Führer. Il soupire et me demande si je dors bien dans le bunker. Je n'ai pas le temps de répondre, il ajoute : 'Vous allez partir. J'ai une mission pour vous. La mission la plus importante de l'histoire du Reich.' Et il m'explique que je dois retourner au Berghof, que je dois détruire le dossier noir. Il disait toujours 'le dossier noir' pour parler de son dossier médical." Au fait, Traub, pourquoi Hitler tenait-il tant que ça à détruire les informations sur sa santé ? Il était malade ?

– Je ne sais pas… Il n'aimait pas les médecins. En même temps, il prenait beaucoup de pilules. Et il y avait les piqûres. C'était le docteur Morell qui s'en occupait.

L'aide de camp n'était pas au courant. Je vérifiais juste que le Führer ne manquait pas de médicaments lors de ses déplacements.

– Je continue... Ne prends pas cet air accablé. Ce n'est pas grave d'avoir parlé. Personne ne résiste au pentothal. "Le Führer me parle ensuite de la montre. Il ne sait plus où elle est, alors je lui explique qu'elle est restée au Berghof, dans son secrétaire, en attendant d'être réparée. Il semble soulagé, il me dit : 'Bien ! Bien !' Puis il me demande de la récupérer pour la transmettre à Wilfried Graben." Ici, Traub, tu me poses une colle. Je ne connais pas ce Graben. Le seul nazi que je connaisse sous ce nom, c'est Günther Graben. Mais il est mort. Il a été blessé dans l'attentat du 20 juillet 1944 et il n'a pas survécu. Qui est ce Wilfried ? Tu peux me répondre, au point où tu en es...

– C'est son fils.

– Hitler, qui sait que ses jours sont comptés, te demande de récupérer sa montre pour la transmettre au fils d'un ami de jeunesse, rencontré dans les tranchées de 14-18 ? Touchante sollicitude...

– C'est autre chose. Hitler avait choisi Graben. Pour la suite...

– Tu veux dire, pour être le prochain Führer ? Il a pourtant désigné l'amiral Dönitz avant de se suicider, non ?

– Dönitz, c'était pour la fin du IIIe Reich, pour négocier avec les vainqueurs, pour limiter la casse. Graben, c'était pour l'avenir. Pour tout recommencer...

– Recommencer ?

– Le Reich. Le IVe Reich...

– Je comprends mieux...

– Qu'est-ce que vous comprenez mieux ?

– Tu vois que je parle très bien l'allemand. J'ai parfois l'impression que c'est ma langue maternelle. Il m'arrive de rêver en allemand, tu sais. C'est parce que j'ai passé huit ans dans l'armée du Reich. Eh oui ! Dans la Wehrmacht. Dans les transmissions. J'ai fini au grade de Hauptmann. J'étais infiltré, comme on dit. Un espion. De 1937 à 1945. J'ai vu passer des milliers d'informations. Les plus importantes étaient sur le bureau de Staline le lendemain. On m'a décoré pour ça. Tu vois cette barrette rouge et blanc ? C'est l'ordre du Drapeau rouge. Je suis un héros en Union soviétique. Mais je suis aussi allemand que toi dans ma tête, je sais comment raisonnent les Allemands, je connais toutes les subtilités de votre langue. Et pourtant j'ai eu du mal à comprendre ce que tu disais, à le déchiffrer. Oui, déchiffrer, car c'était comme un code. C'est pour ça que j'ai demandé une autre piqûre, et puis une autre et une autre encore. J'ai failli te tuer, mais tu as fini par le lâcher, ton secret.

– Quel secret ?

– Le secret de la montre. Pourquoi la montre est si précieuse.

– Je n'ai pas parlé.

– Tu as raison, tu n'as pas parlé. Ce n'est pas toi qui as parlé, c'est le Julius Traub du 28 avril 1945. Il était là, devant moi, les yeux grands ouverts. Il tremblait, il transpirait, il souffrait. Tu te tordais, attaché sur ton fauteuil… Si tu avais vu ça… Et puis tu me l'as dit, en hurlant, comme si on t'arrachait le cœur.

– Qu'est-ce que j'ai dit ? Qu'est-ce que j'ai dit ?

– Le trésor, Traub, le trésor ! La montre mène au trésor du IVe Reich !

– …

– N'aie pas honte. Tu l'as protégé de ton mieux, ce secret. Pendant des années. Et puis, pour tout te dire, nous le savions déjà… Quelqu'un a parlé avant toi.

– Qui ? Qui a trahi ?

– En décembre 1945, les Français ont invité Ferdinand Porsche à visiter leurs usines d'automobiles, les usines Renault. Ils l'ont arrêté à notre demande. Il y avait plusieurs ministres communistes, en France, à ce moment-là. Maurice Thorez était ministre d'État, il nous appelait tous les jours. Il y avait aussi Ambroise Croizat, au Travail. Et puis Marcel Paul, à la Production industrielle. C'est lui qui a monté le traquenard pour Porsche. Ça ne te dit rien, tous ces noms, mais c'est la nouvelle guerre : nous avons des hommes à nous partout à l'Ouest. En Allemagne, en France, en Italie. Même aux États-Unis, même à Washington. Nous sommes partout.

– Porsche a parlé ?

– Un vieil homme… Vingt mois de prison, à soixante-dix ans… Bien sûr qu'il a parlé, il n'avait plus aucune raison de protéger Hitler. Alors il a tout raconté aux policiers français. Et nous, nous avons lu tout ce qu'il a raconté. Nous lui avons même fait poser des questions sur des points qui appelaient précision. Par exemple, la soirée du 14 juillet 1944, au Berghof, avec l'aparté sur la terrasse… Ce que le Führer leur a dit… Le fameux “trésor du Reich”. Porsche a précisé que le Führer avait parlé de sa montre, mais il n'a pas compris le rapport avec le trésor.

– Le traître ! Il sera châtié !

– Ne te fatigue pas, il est mort depuis trois ans. Il a eu du mal à se remettre de ses vacances dans les prisons françaises… Mais toi, comment as-tu appris, pour le trésor ? Hitler te l'a dit ?

– Non… C'est Werlin qui m'a informé. Le même soir. Quand Hitler est allé se coucher, j'ai rangé la montre dans son secrétaire puis je suis revenu au salon. Werlin était dans un fauteuil, effondré. Il avait un verre à la main, du whisky. Il se servait copieusement, comme d'habitude. Alors, il s'est mis à parler…

– Et il t'a raconté que le Führer leur avait parlé du trésor du Reich. Et que la montre y menait.

– Non, il m'a juste parlé du trésor. Pour la montre, c'est Hitler qui m'a confié le secret quand il m'a chassé du bunker. Il m'a dit que Graben serait le prochain Führer et que la montre l'aiderait à bâtir le IVe Reich, qu'elle le guiderait comme une boussole. C'était son expression, il l'a martelée : “comme une boussole”. Un Reich pour mille ans… Alors, j'ai compris que la montre menait au trésor.

– Et que t'a dit Werlin sur ce trésor ?

– Les propos du Führer étaient confus. Il leur avait raconté qu'un trésor était caché quelque part, le vrai trésor du Reich. Il a dit “le bien le plus précieux du Reich”. Werlin m'a dit que des tonnes d'or avaient été cachées depuis des années. Que tout pourrait recommencer.

– Recommencer… Wilfried Graben est inconnu au bataillon, la montre a été volée par un soldat français non identifié, et les Américains ont trouvé deux cent cinquante tonnes d'or dans une mine de sel, en Thuringe, en 1945.

Je me demande si nous ne devrions pas clore le dossier… Et, peut-être, te libérer, Traub…

– …

– Ça te dirait de vivre en Allemagne ? En Allemagne de l'Est, bien sûr.

– De l'Est ?

– Eh oui, l'Allemagne est coupée en deux. L'Est avec nous, l'Ouest avec les impérialistes. La République démocratique d'un côté, la République fédérale de l'autre. Tu préférerais l'Ouest, peut-être ? Ils viennent de gagner la Coupe du monde de football, les Allemands de l'Ouest. En Suisse. Ça, ça n'a pas changé : tout le monde se retrouve en Suisse. Ils ont battu les Hongrois en finale. Dommage, ça aurait été bien pour le communisme, une victoire des camarades hongrois.

– L'Allemagne s'est vite redressée…

– En effet. C'est une grande nation.

– Elle sera bientôt réunifiée. Et elle pourra reprendre le cours de son destin, sa vocation sur cette Terre : dominer le monde ! Je ne le vivrai sans doute pas, mais le IVe Reich est inéluctable ! Vous ne pourrez pas l'empêcher.

– Tu es incorrigible. Je crois que nous allons devoir te garder en prison. Et moi, je vais chercher encore. Chercher Wilfried Graben. Chercher le soldat français avec l'écusson à tête de chameau. Chercher la montre.

– Un jour, je retournerai en Allemagne.

– Mais tu y es déjà. Tu n'as jamais quitté l'Allemagne. Elle est là, au-dessus de toi, à la surface. L'Allemagne de l'Est, bien sûr. Depuis 1945, tu es détenu à Torgau. Là où vous autres, nazis, aviez installé votre cour martiale. Là où l'Armée rouge et l'armée américaine ont établi leur jonction en 1945.

– Je n'ai jamais quitté l'Allemagne…

– Et tu ne quitteras jamais ta prison. »

DEUXIÈME PARTIE

- 10 -

Berlin, le 18 mai 1990

La salle de lecture de la bibliothèque de l'université Humboldt semblait construite avec des murs de livres, tant il n'y avait aucun interstice entre les volumes, du parquet jusqu'au plafond où veillaient de grandes gloires de la pensée allemande dans leurs médaillons peints. La plupart des étudiants la fuyaient, détestant ses vieilles lampes à la lumière pâlichonne, son silence et sa froideur d'église, et la poussière qui ressemblait à de la neige quand un rayon de soleil venait frapper en biais la haute verrière. Hans, lui, aimait bien se replier ici entre deux cours, quitter le tohu-bohu des couloirs et se plonger quelques minutes dans un ouvrage parfois choisi au hasard dans les rayonnages. Il enlevait sa montre, la posait devant lui pour ne pas rater le prochain cours, et parcourait quelques dizaines de pages. Dans la vaste nef de la bibliothèque, le bruit d'un feuillet tourné trop vite résonnait comme un coup de vent dans un arbre… Hans portait sa préférence sur des livres d'histoire, parfois d'astronomie. La seconde matière constituait le cœur de ses études ; la première discipline le passionnait en soi. Il s'installait toujours à droite, au fond de la salle. Ainsi adossé à une tapisserie de reliures, il voyait qui entrait et sortait, regardait le ballet des appariteurs chargés de livres, suivait le parcours des chariots qui allaient de rayonnage en rayonnage pour combler les trous dans les rangées d'ouvrages, comme on remplirait des dents creuses dans une bouche de géant. Il observait les lecteurs, aussi : ici, un dormeur ; là, un binoclard acharné sur ses notes ; plus loin, une rêveuse…

Pourtant, ce jour-là, il ne vit pas approcher Rachel. Il lisait un exemplaire de la vie de Dürer, par Anton Springer, et il lui fallait mobiliser toute son attention pour ne pas perdre le fil de ce classique un peu abscons.

« Bonjour. C'est bien toi, Hans ? »

Il leva les yeux vers la silhouette qui se découpait dans un léger contre-jour.

« Hans ? Hans Traub ? C'est bien toi ? »

Le ton était net et tranchant, même si la jeune femme s'efforçait de parler à voix presque basse.

« C'est moi. Il y a un souci ? »

Il ne lui semblait pas avoir déjà vu cette étudiante sur le campus.

« Aucun souci. On m'a dit que je pouvais te trouver là. J'ai besoin de toi. De ton aide. Qu'est-ce que tu lis ? »

Hans replia le gros volume à reliure de cuir brun qui émit en se refermant un bruit étouffé, comme un soupir.

« Le *Dürer* de Springer. »

Rachel pencha la tête pour déchiffrer, à l'envers, les lettres dorées aux effilochures gothiques qui traversaient la couverture.

« Impressionnant...

– Incompréhensible, surtout, fit Hans avec un sourire.

– Je peux m'asseoir ? »

Tandis qu'il lui indiquait d'un geste avenant la place en face de lui, Hans remarqua deux détails sur le visage de son interlocutrice : une fossette sur le bas de sa joue gauche, qui s'escamotait dès qu'elle parlait ; un minuscule triangle rouge dans l'iris vert de son œil droit.

« C'est mon regard vairon qui t'intrigue ? » murmura la jeune femme une fois assise.

Elle s'était légèrement penchée en avant, et Hans nota un troisième détail. Elle portait un parfum français qu'il connaissait, sans pouvoir donner son nom.

« Pas du tout, souffla le jeune homme en piquant des yeux vers le *Dürer* doré posé devant lui.

– Mais si. Tout le monde le remarque. »

Hans releva la tête. Elle le regardait dans les yeux et sa fossette s'était creusée parce qu'elle souriait, ironique.

« Hétérochromie unilatérale partielle. C'est de naissance. Ça me donne un côté extraterrestre. Très pratique pour draguer. »

Hans ne put s'empêcher de pouffer.

« Mais je ne me suis pas présentée : Rachel Milstein. Je suis en troisième année. Je viens de Tel-Aviv. Il y a des bourses d'échange avec Humboldt. »

Hans avait souvent croisé de ces élèves étrangers,

dépêchés pour quelques mois ou quelques années à Berlin afin d'y valider un double diplôme ou achever un travail de recherche.

« En troisième année de quoi ?

– Histoire. Ravie de te rencontrer. »

Elle lui tendit la main et Hans sentit soudain un peu de poussière au creux de sa propre paume : les pages du *Dürer* se desquamaient.

« Ravi aussi. Tu dis que tu as besoin de moi ? »

De nouveau le sourire ironique, de nouveau la fossette creusée.

« Oui, j'écris une thèse sur Dürer. »

Avant même que Hans ait écarquillé les yeux, Rachel laissa échapper un petit rire.

« Je blague. Tu as eu peur ? »

Un raclement de gorge sévère fendit le cône de soleil qui traversait la salle de lecture : l'appariteur n'aimait pas beaucoup les bavardages dans son antre de silence où seul le froissement du papier était toléré, comme une respiration du savoir.

« Allons à la cafet'. Ça sera plus facile pour parler. »

Sans attendre la réponse de son vis-à-vis, Rachel se leva. Quatrième détail : ses cheveux noirs descendaient exactement jusqu'à cette incurvation du dos que la délicatesse nomme chute de reins. Hans en oublia de restituer le *Dürer*, dont les lettres dorées attendirent au milieu de la table que le soleil les honore d'un rayon.

* * *

Passer de la salle de lecture de la bibliothèque à la cafétéria des étudiants, c'était comme quitter une église pour entrer dans une volière. Depuis quelques jours, le printemps bien installé avait fait fleurir des tenues colorées dans les cours et les couloirs. Ici, ce bavardage bariolé se superposait aux piaillements pétillants des conversations. En entrant dans la vaste salle aux murs vert pomme et rose, Hans bouscula un grand jeune homme frisé qui portait un walkman aux écouteurs orange : l'inconnu n'entendit pas son mot d'excuse et s'éloigna au rythme de la musique que lui seul entendait.

« Café ?

– Au lait. »

Rachel géra la commande avec le même allant qu'elle mettait à diriger la conversation.

« Sucre ? »

Le plateau était posé entre eux, sur une table ovale dont la peinture rouge cerise était striée de rayures aux dessins mystérieux, comme une empreinte de vieux reptile.

« Je vais aller droit au but, Hans, c'est ta famille qui m'intéresse. »

Pour souligner son propos, Rachel pointa vers lui, sans agressivité, la petite cuillère de plastique blanc qu'elle n'avait pas encore plongée dans son gobelet.

« Plus précisément ton grand-père, Julius Traub. »

Hans but une gorgée et pensa que le serveur avait versé trop de lait dans le café.

« Je sais qu'il vient de rentrer à Berlin. Je sais aussi qu'il a passé quarante-cinq ans en prison chez les Soviétiques, puis en résidence surveillée en RDA. Je l'ai lu dans les journaux en janvier, quand il a été libéré. Je voudrais le rencontrer. »

Depuis ces articles de presse, personne sur le campus n'avait interpellé le jeune homme à propos de son grand-père, à part un professeur qui en avait fait mention, avec tact, alors qu'il faisait passer à Hans un examen sur les syzygies, les alignements de planètes. Traub était un nom assez répandu en Allemagne, et puis, tout cela, c'était de l'histoire ancienne. La chute du Mur de Berlin, la réunification de l'Allemagne, la fin de la Guerre froide : voilà ce qui passionnait la jeunesse et les médias. Un vieil officier nazi réapparu alors qu'on le pensait mort depuis mai 1945, c'était à la fois banal et incongru. Sans intérêt. Quelques paragraphes dans la presse, un portrait sévère d'une demi-page un jeudi dans *Die Zeit*, puis la curiosité publique était passée à autre chose.

« Qu'est-ce que tu lui veux, à mon grand-père ? »

Rachel plongea sa cuillère dans le café et se recula.

« Aucun mal. Je voudrais juste qu'il me raconte. J'écris un mémoire sur les derniers jours d'Hitler, de son arrivée au bunker jusqu'à son suicide. Ton grand-père était là, ses souvenirs me seront précieux. Il est le dernier témoin vivant de la fin du Führer. »

Depuis un instant, il n'y avait plus de fossette sur la joue de Rachel. Hans prit une grande inspiration et, pour se donner de l'assurance, regarda avec insistance le triangle rouge dans l'œil droit de la jeune femme. Il tenta de prendre un ton dur pour lui répondre :

« Une étudiante qui vient de Tel-Aviv pour enquêter sur Hitler et ses derniers soutiens… J'ai du mal à imaginer qu'elle soit animée de bons sentiments envers l'ancien aide de camp du Führer. »

À l'autre bout de la cafétéria, un verre chuta sur le sol et explosa en morceaux, soulevant un tonnerre d'applaudissements moqueurs.

« Je rédige un mémoire en histoire contemporaine, pas un procès-verbal supplémentaire pour le procès de Nuremberg. Je suis juive, et alors ? Tu crois que je veux venger six millions de morts dans les camps en torturant un vieillard réapparu par miracle ? »

Après une gorgée de lait au café, Hans reprit plus doucement, en espérant presque que les derniers rires des étudiants couvriraient ses propos :

« Moi, à ta place, je voudrais me venger de tous les nazis encore vivants. »

Il fut surpris que Rachel lui saisisse vivement le poignet.

« Je ne veux venger personne, je veux comprendre. Savoir. Savoir ce qui s'est passé. Savoir comment un dictateur, le pire monstre de l'histoire de l'humanité, met en scène sa propre mort. »

Elle lâcha le bras de Hans. Dans la vivacité du mouvement, une goutte de breuvage beige avait sauté du gobelet pour s'affaler sur le rouge craquelé. Elle regarda la tache de liquide et ajouta :

« De toute façon, je crois qu'il a assez payé. Quarante-cinq ans dans les prisons communistes, ça me semble suffisant, comme châtiment. »

« Alors, tu l'as trouvé, notre oiseau rare ! »

Enjouée et tonitruante, la voix ne pouvait pas plus

contraster avec la froideur triste des derniers échanges entre Hans et Rachel. Une silhouette imposante, plus confortable qu'adipeuse, s'agitait dans une large veste de lin crème. Et, sur la main tendue vers lui, Hans remarqua une chevalière dorée sans avoir le temps d'en apercevoir le motif.

« Tu fais les présentations, Rachel ? »

La jeune femme se mit à l'unisson de cette jovialité surjouée et la fossette réapparut sur sa joue.

« Hans, je te présente Marwan Tizri. Marwan, Hans Traub. »

La chaise que Tizri traîna d'une main, en un vif geste circulaire, grinça sur le sol de la cafétéria.

« L'homme qu'il nous faut. Tu lui as dit ? »

Rachel écarta un peu son siège pour que le nouvel arrivant installe le sien face à Hans.

« On était justement en train d'en parler. Marwan vient du Liban. De Beyrouth. Il est étudiant en histoire, lui aussi.

– Doctorant ! rectifia le Libanais en levant un index solennel que corrigeait un sourire d'autodérision.

– Mais on ne bosse pas sur le même sujet », ajouta Rachel.

Marwan se cala mieux sur sa chaise et parla soudain moins fort.

« Moi, je fais des recherches sur les liens entre les dirigeants arabes et les nazis pendant la Seconde Guerre mondiale. Notamment sur la légion mise sur pied en Irak et sur la 13e division SS « Handschar ». Les deux ont été créées à l'initiative du grand mufti de Jérusalem, al-Husseini. J'enquête aussi sur la rencontre du mufti et d'Hitler. C'était le 28 novembre 1941, ici, à Berlin. J'ai toutes les raisons de croire que ton grand-père y a assisté. Ou au moins qu'il était présent ce jour-là. Je voudrais qu'il me raconte, tout simplement. D'accord ? »

Hans ne savait pas ce qui était le moins désagréable : la rudesse chaleureuse du Libanais ou la délicatesse intrigante de l'Israélienne. Avant de répondre, il but une gorgée presque froide.

« Vous me demandez une chose qui n'est pas facile pour moi. D'abord, il faut que vous sachiez que mon grand-père est très âgé, il a bientôt quatre-vingt-trois ans, il a été très… très abîmé par ses années de prison. Il ne parle pas, ou presque. Je ne l'ai vu que cinq ou six fois depuis son retour. Le premier jour, début avril, quand l'ambulance l'a transporté de sa résidence surveillée de Leipzig jusqu'à la maison de retraite où il est installé, à Dahlem. Puis, de loin en loin, parfois quelques minutes seulement. Enfin, il y a une semaine, parce qu'il avait fait une chute et que le médecin m'a appelé. Sinon, il préfère ne voir personne. Je suis son seul visiteur. Le premier jour, il y avait des photographes, des flashes, c'était agressif. Il y a eu aussi des courriers, des lettres anonymes, des menaces. Et puis ça s'est calmé. »

Marwan Tizri et Rachel Milstein ne disaient plus rien. Le Libanais faisait pivoter sa chevalière dans un sens puis dans l'autre, machinalement. L'Israélienne tournait lentement sa cuillère dans le reste de café froid.

« Je vous le répète, ça n'est pas facile. Mon père ne veut plus voir mon grand-père. Il m'a toujours dit que c'était un soulagement qu'il soit mort pendant la guerre. Pourtant, mon père avait dix ans en 1945, il aurait dû souffrir d'être orphelin. Mais il me disait toujours que c'était mieux d'être sans père que d'être le fils d'un nazi. Quand la police est venue nous annoncer il y a quelques mois que mon grand-père était vivant, qu'il vivait à l'Est, mon père s'est mis en colère. Il hurlait que c'était faux, il maudissait son père. Il criait : “T'aurais pas pu crever comme les autres ?!” Je ne l'oublierai jamais. Il a donné un grand coup de pied dans le sapin de Noël, ma mère ne savait plus comment le calmer. »

La cafétéria était moins bruyante depuis quelques minutes. Sans doute les cours avaient-ils repris, il ne restait dans la salle que les oisifs, mais cela donnait l'impression que tout le monde avait fait silence pour écouter Hans Traub parler de son grand-père Julius, aide de camp d'Adolf Hitler.

« Et toi, pourquoi as-tu décidé d'aller le voir ? »

Hans leva les yeux vers Marwan. Finalement, cette franchise sans fard, presque bon enfant, était moins désagréable qu'une psychologie onctueuse et tortueuse.

« Je ne sais pas. Je me suis dit qu'il fallait assumer. Qu'aider un vieillard, ce n'était pas approuver ce qu'il avait fait. Qu'il fallait être humain avec un vieux nazi puisque les nazis ne l'étaient pas. Et puis, je crois que j'avais envie de voir à quoi il ressemblait, ce grand-père dont il était interdit de parler à la maison.

– Il t'a bien accueilli ?

– Il a fait : “Ah ?” quand je me suis présenté. Il ne m'a pas parlé de mon père ni de mes deux tantes. Il m'a dit : “Merci jeune homme” quand je l'ai laissé avec les infirmières. Chaque fois que je suis revenu, j'ai eu droit à un sourire, à quelques mots sur ce qu'il fait de ses journées, rien de plus. Je ne reste pas trop longtemps.

– Tu l'as embrassé quand tu l'as vu ? »

Marwan retrouvait sa curiosité vorace maintenant que Hans était lancé dans sa confession.

« Non, je ne lui ai même pas serré la main, je ne l'ai pas touché. On était quand même deux étrangers. Je crois qu'une fois, je lui ai mis la main sur l'épaule. C'était bizarre.

– Tu vas continuer à aller le voir ? »

Cette fois, c'était Rachel qui avait repris la parole, cuillère suspendue au-dessus du gobelet.

« Je crois, oui. J'aimerais bien que... J'aimerais bien qu'avant de mourir, il regrette ce qu'il a fait. Son engagement, son nazisme, le service d'Hitler, tout ça... Qu'il ait un mot... C'est idiot, mais j'aimerais qu'il le fasse pour moi. Je lui demanderai peut-être, une prochaine fois. Mais il parle si peu. Je ne sais même pas s'il se souvient encore de quelque chose. Le médecin m'a dit qu'il avait trouvé des séquelles de torture sur son corps. Il pense qu'il a peut-être une amnésie traumatique, qu'en fait, il ne sait plus qui il est.

– Pour le questionner sur son passé, ça va être compliqué... »

Quand elle virait à la balourdise, la simplicité libanaise était gênante, pensa Hans, mais Marwan enchaîna.

« Tu lui parleras quand même de nous ? Tu lui demanderas s'il peut nous recevoir ? On ne l'embêtera pas longtemps, promis. »

Hans regarda le Libanais aux yeux marron et au drôle de menton arrondi, puis le visage régulier de Rachel. Le détail rouge de son œil semblait plus étincelant qu'à la bibliothèque, relevé peut-être par le reflet de la table écarlate.

« D'accord, je lui poserai la question. J'espère qu'il dira oui. Ça pourrait l'aider à prendre conscience qu'il a commis… »

Hans laissa sa phrase en suspens. L'œil de Rachel envoya un éclair rouge.

« … qu'il a *cautionné* des atrocités. »

Marwan Tizri se leva d'un bond en empoignant le gobelet de Rachel Milstein, dont il engloutit le contenu d'une gorgée.

« Tout ça, c'est du passé ! C'est pour les historiens comme nous. La vie continue ! Vous buvez autre chose ? »

Hans devait regagner l'amphithéâtre, il avait déjà raté le début du cours sur la spectroscopie spatiale. Au moment de le laisser partir, Marwan lui serra la main avec autant de vigueur que son « Merci ! » fut sonore. Hans sentit le relief de la chevalière sous ses doigts. Rachel contourna la table et embrassa Hans sur les deux joues avec, elle aussi, un empressement méditerranéen qui se voulait l'expression de sa gratitude. C'est alors que Hans eut un éclair : le parfum français, c'était Eau de Rochas.

- 11 -

Paris, le 18 mai 1990

« Voilà, vous savez tout. »

Mia avait demandé à Raymond Thadée de passer la voir, annonçant qu'elle avait un objet à lui montrer. D'emblée, au téléphone, elle avait précisé qu'il ne s'agissait pas de la montre. Thadée était arrivé vingt minutes plus tard, presque essoufflé. Cette fois, il ne portait pas de chapeau, et Mia s'était demandé si c'était dû à la météo presque estivale ou à son empressement à venir la retrouver. Il n'avait pas mis ses gants délicats, non plus, et le manteau qu'il portait le jour de l'enterrement avait cédé la place à un imperméable couleur crème. Installé devant le simple verre d'eau qu'il lui avait demandé, Thadée avait écouté Mia sans l'interrompre. Elle ne lui avait pas parlé des interrogations de son grand-père à propos de l'incendie en Touraine ni des menaces qui planaient sur lui, gênée à l'idée d'évoquer ce qui était peut-être une paranoïa. Elle n'avait pas mentionné non plus la pendulette, ni son héritage, ni les souvenirs de maître Schnerb. Elle avait simplement résumé ce que son grand-père avait écrit au sujet de Julius Traub et de ce portefeuille de cuir qu'elle avait posé sur le canapé, comme un invité supplémentaire dans leur conversation : le soldat dépouillé, proche d'Hitler, son journal intime, la restitution à ses héritiers…

« Voilà, vous savez tout. »

Durant quelques secondes, Thadée regarda Mia, assise devant lui dans le vieux fauteuil de son grand-père. Il gardait le silence et agitait lentement la tête de haut en bas, pensif. Puis, sans dire un mot, il tourna le visage vers la gauche et regarda l'objet de cuir noir fendillé, près de lui sur le canapé, sanglé par sa lanière plate comme s'il n'avait pas, lui, enlevé son imper.

« Ouvrez-le, regardez, poursuivit Mia. Je l'ai feuilleté hier soir mais c'est écrit tout petit, en allemand bien sûr, avec des pages entières de chiffres. Je n'ai rien compris. »

Le cahier bourré de feuillets crépita comme un feu de brindilles quand Thadée le déplia sur ses genoux, prenant garde à ce que les papiers ajoutés, dont un plié en quatre, ne s'échappent pas d'entre les pages où ils étaient glissés. Pendant de longues minutes, il parcourut l'ouvrage, sautant parfois des passages en faisant filer entre ses doigts une petite liasse de pages, comme un joueur de poker avec des cartes. Puis il restait quelques instants penché sur un même folio, déchiffrant l'écriture malingre.

« Mademoiselle, je ne sais pas si je vous l'ai dit mais je suis alsacien et je parle couramment l'allemand », avait-il murmuré avant de saisir le carnet de Julius Traub.

Puis Raymond Thadée avait essuyé la paume et le revers de ses mains sur son pantalon, chaussé une paire de lunettes à monture d'écaille et s'était absorbé dans sa lecture. Une délicatesse de paléographe, un visage de directeur de banque. Mia avait remonté ses jambes sur le fauteuil et posé la tête sur ses genoux. Immobile, elle regardait Thadée explorer le journal de Julius Traub. Il laissait parfois échapper un long soupir chargé de scepticisme, ou prenait de rapides inspirations successives, comme s'il avait peur de suffoquer, et Mia essayait de déduire de cette respiration irrégulière l'importance des passages lus. Au bout de vingt-cinq minutes, Raymond Thadée referma le portefeuille noir et enroula la lanière d'un geste lent, enleva ensuite ses lunettes à la même cadence et les rangea dans la poche intérieure de sa veste. Il but plusieurs gorgées d'eau, s'éclaircit la voix.

« Ma chère Mia – je peux vous appeler Mia ? Ma chère Mia, c'est là un document bien étrange. L'écriture n'est pas facile à déchiffrer – quelles pattes de mouche ! – mais ce que j'ai pu en comprendre montre qu'il s'agissait de quelqu'un d'important. Un proche d'Hitler, a dit votre grand-père ? C'est évident. Il est écrit "A. H." à de nombreux endroits, ceci explique cela. »

Thadée posa sa main gauche sur l'à-plat du journal de Traub, comme s'il voulait en vérifier la température ou lui transmettre des ondes magiques.

« Je n'ai aucun souvenir de ce Traub ni de ce document. Nous avons fait beaucoup de prisonniers lors de notre percée en Allemagne, et bien sûr, chaque fois, nous les passions à la fouille, mais c'est la première fois que je vois ce portefeuille. Votre grand-père ne m'en a jamais parlé. La plupart du temps, nous ne restions que quelques minutes avec les prisonniers, puis ils étaient embarqués vers l'arrière. La 2e DB ne pouvait s'embarrasser de détenus. Ce document est un vrai mystère. »

Thadée se leva et fit quelques pas dans la pièce, songeur.

« Traub, Julius Traub… Non, ça ne me dit rien. Mais les spécialistes du IIIe Reich le connaissent sûrement, s'il a occupé un poste influent auprès du Führer…

– Mon grand-père écrit dans son testament qu'il a été porté disparu après la guerre. On doit pouvoir vérifier.

– Je n'ai pas saisi toutes les tournures des pages que j'ai parcourues, mais avec un peu de temps, une bonne loupe et un dictionnaire, je pense que je pourrai percer quelques-uns de leurs secrets. En revanche, les feuillets remplis de chiffres sont codés, cela me semble évident, et sans la grille de déchiffrage, on ne pourra rien faire. Mais peut-être existe-t-il aussi des spécialistes pour cela ? Après tout, les messages secrets des nazis ont bien été décodés pendant la guerre… »

Debout derrière le canapé, Thadée se pencha et saisit à deux mains le portefeuille enrubanné, le tourna et le retourna.

« Acceptez-vous de me le confier quelques jours ? J'en prendrai le plus grand soin, je vous le promets. »

Mia déplia les jambes et se leva du fauteuil.

« D'accord, murmura-t-elle. Vous croyez qu'il a des héritiers, ce Traub ? »

Thadée haussa les épaules.

« Peut-être qu'il parle de sa famille, dans son journal. Sinon, nous pourrons essayer de passer par les associations d'anciens combattants. Elles ont des fichiers, des relations avec les autres pays…

– Même les anciens de la SS, ils ont des associations d'anciens combattants ?

– Je crains bien que oui. Il y a des nostalgiques d'Hitler un peu partout, aujourd'hui… »

Mia fit quelques pas pour se rapprocher de Thadée. Elle songea à la manifestation contre l'antisémitisme qui avait eu lieu à Paris la semaine précédente, à la suite de la profanation du cimetière juif de Carpentras, et dont elle avait vu des images sur le poste de télévision accroché au-dessus du zinc d'un bistrot. On voyait François Mitterrand et beaucoup d'autres hommes politiques dans le cortège ; Mia ne les connaissait pas tous mais elle avait identifié Michel Rocard et Jacques Chirac, ceux qu'elle aimait bien. L'affaire faisait toujours la Une des journaux. Le lendemain, Mia avait lu que 200 000 personnes avaient défilé, et que Mitterrand était le premier président de la Ve République à participer à une telle manifestation. Oui, il y avait des nostalgiques d'Hitler un peu partout. Et des citoyens déterminés à les arrêter.

En arrivant près de Raymond Thadée, Mia perçut un léger parfum de patchouli et pensa que, décidément, cet homme s'était arrêté dans les années 50…

« Je vais faire tout mon possible, ma chère Mia, mais je ne peux rien vous promettre. De toute façon, si nous ne trouvons pas d'héritier de Traub, vous pourrez toujours exaucer les dernières volontés de votre grand-père en léguant le journal aux Archives nationales. Je ne doute pas que ce document passionne les historiens. »

Mia tendit la main.

« Donnez, je vais vous trouver une grande enveloppe ou un sachet. »

Quelques minutes plus tard, quand Raymond Thadée se retourna sur le palier pour serrer la main de Mia, il arborait un léger sourire.

« Tout de même, votre grand-père, ce cher Edmond, que de secrets… »

- 12 -

Berlin, Dahlem, le 25 mai 1990

Marwan Tizri avait mis un costume et une cravate. Hans l'avait remarqué tout de suite. Rachel, elle, portait une robe assez simple, un peu chaude peut-être pour la saison, d'un vert profond, presque bronze. Le Libanais était chaussé de souliers à petits pompons en cuir et il traînait un cartable efflanqué : l'ensemble lui donnait un air de professeur débutant. Rachel tenait dans les bras une boîte en carton qui avait dû contenir des chaussures. Elle y avait glissé son magnétophone : si Julius Traub était d'accord…

« J'ai aussi apporté des chocolats, je me suis dit que, tout de même… »

Marwan ne termina pas sa phrase et comprit, aux regards ahuris et sévères de ses camarades, qu'il laisserait ses palets fondants dans son cartable de prof. Rachel leva les yeux vers le plafond du hall. Elle pensait découvrir une clinique de soins palliatifs, un vieil hôpital, un mouroir. Au lieu de cela, elle pénétrait dans une maison de retraite coquette, avec un jardin fleuri devant la porte et des arbres à l'arrière du bâtiment. Quelques blouses blanches et un petit peloton de fauteuils roulants rappelaient aux visiteurs l'âge moyen et l'état de santé des pensionnaires de ce gros pavillon à colonnade.

« C'est l'État qui paye, on ne nous a pas laissé le choix », glissa Hans, devinant les pensées de Rachel.

Il avait été un peu surpris de la réponse de son grand-père. Pas surpris qu'il accepte de recevoir des étudiants – lors de sa dernière visite, il lui avait semblé moins hébété, plus bavard. Mais qu'il accepte aussi vite. Hans ne lui avait pas caché que ses deux camarades voulaient l'interroger sur son passé, utiliser ses souvenirs dans leurs travaux de recherche. Hans n'aurait su dire exactement ce qu'il espérait de cette rencontre, sans doute une maïeutique. Il caressait l'espoir que ce dialogue par-delà les générations fasse germer la repentance. Il guida ses camarades dans cette résidence où il commençait à avoir ses repères. Au fond du grand hall aux dalles luisantes de propreté, il fallait tourner à droite, emprunter l'escalier aux pierres grises – un embouteillage de fauteuils roulants dissuadait de prendre l'ascenseur – puis monter deux étages. Le couloir s'enfonçait alors entre des murs vert pâle, brisés par quelques chicanes. Avec l'éclairage au néon, le lieu s'éloignait du pavillon bucolique pour ressembler un peu plus à un hôpital, impression qui augmenta à l'arrivée d'un lourd chariot métallique chargé de matériel médical et de vaisselle sale. Avançant de front dans la largeur du couloir, les trois jeunes visiteurs l'empêchaient de passer.

Avec un large sourire qui n'obtint pas de réponse et un mouvement en demi-cercle de son cartable, Marwan s'effaça devant l'infirmière qui poussait cet attelage puis la regarda s'éloigner. Il se demanda quels destins se cachaient derrière les portes découpées dans le mur comme de grands timbres-poste. Septuagénaires, octogénaires, nonagénaires… Autant de vies bousculées par les tempêtes géopolitiques du passé – guerres mondiales, tsunamis idéologiques, effondrements économiques. Désormais, l'Europe s'engageait dans une longue période de paix et de tranquillité, il en était persuadé. À la rentrée universitaire précédente, à peine arrivé à Berlin, Marwan avait longuement débattu, lors d'une séance de travaux dirigés, d'un article paru dans une revue américaine, *The National Interest* ; l'auteur, un certain Francis Fukuyama, y théorisait « la fin de l'Histoire ». Le concept lui plaisait. Ici, en effet, l'Histoire semblait se terminer en douceur pour porter ses orages ailleurs. Dans son Proche-Orient lacéré par les guerres, notamment. Marwan ne croyait pas en l'accord fragile signé à Taëf, en Arabie saoudite, quelques mois plus tôt. Le président du Liban élu dans la foulée avait été assassiné dix-sept jours plus tard… Chrétien maronite, Marwan avait vu sa propre famille se déchirer entre partisans du général Aoun et fidèles de Samir Geagea. Comment tout cela se terminerait-il ? Ou plutôt, cela se terminerait-il un jour ?

Hans toqua avec fermeté à la porte 18 et une voix tout aussi ferme répondit d'entrer. Rachel sursauta : il était étrange d'entendre la voix de l'aide de camp d'Hitler. Il était encore plus impressionnant de le voir. Dans un fauteuil à haut dossier de faux cuir rouge, Julius Traub se tenait assis. Un pantalon de velours côtelé couleur havane, un gilet d'un brun plus foncé, d'où dépassaient col et manches d'une chemise blanche qui paraissait tout à fait neuve. Un visage mince, presque émacié, marqué par de larges cernes anthracite ; la bouche était pincée, les lèvres presque sans couleur ; les yeux brillant d'une lueur métallique se posèrent avec dureté sur les visages. Quand Julius Traub regarda Rachel Milstein, la jeune Israélienne serra les mâchoires et inclina imperceptiblement la tête. Elle regardait les doigts déformés du vieillard, ses épaules aux pointes relevées presque à la hauteur des oreilles, les cheveux blancs encore drus plaqués vers l'arrière, qui faisaient penser à des labours en hiver. Rachel remarqua que Hans, avec son visage rond, sa mèche châtain et ses yeux verts, ne ressemblait en rien à son grand-père. Il s'exprima avec lenteur, en haussant un peu le ton. Il parla de ses deux camarades, de leurs travaux, de l'université Humboldt, des échanges avec les facultés étrangères, des mémoires à rendre pour valider les diplômes… Quand Hans se mit à décrire la recherche menée par Marwan, le jeune Libanais posa promptement son cartable et s'avança pour serrer la main de Julius Traub. La poignée de mains dura quelques secondes, Julius Traub regardait d'un œil interloqué la grosse pogne de l'étudiant maronite comme s'il était surpris qu'un jeune acceptât de le saluer ainsi. L'ancien nazi lui avait tendu ses longs doigts tordus et Rachel remarqua qu'il manquait une phalange à son auriculaire droit.

Hans évoquait maintenant le mémoire qu'elle voulait rédiger. Au détour d'une phrase, Rachel prit la parole et décrivit elle-même l'enjeu de son sujet : la description détaillée des derniers jours du Führer. Elle avança d'un pas vers le fauteuil de Julius Traub.

« Je vous remercie infiniment de me recevoir et de répondre à mes questions. Votre témoignage me sera si précieux. Les sources sont parfois contradictoires, et vous allez pouvoir m'aider à rétablir la vérité. Vous étiez présent à ce moment décisif... »

Julius l'arrêta en dressant sa main gauche, index pointé vers le plafond.

« Je n'étais pas dans le bunker quand le Führer s'est donné la mort. »

Rachel se dit que l'entretien allait peut-être commencer.

« Je sais. Vous avez quitté Berlin le 28 avril 1945, vous avez traversé l'Allemagne et vous avez été arrêté par les Alliés à Berchtesgaden. Les journaux l'ont raconté. C'est Adolf Hitler qui vous a demandé de partir ?

– Oui.

– Est-ce qu'il voulait vous sauver la vie ?

– Ma vie lui appartenait.

– Pourquoi êtes-vous retourné à Berchtesgaden ?

– Pour le climat. Le bon air pur de la montagne... »

Rachel marqua un temps. Elle ne savait pas comment prendre cette ironie. Julius Traub souriait, il ne semblait pas agressif.

« Est-ce que le Führer vous avait confié une mission ?

– Peut-être...

– Récupérer quelque chose ? Des documents ? Ou bien les détruire ?

– Vous êtes fort curieuse, mademoiselle...

– Pour une chercheuse, c'est une qualité. C'est même un impératif... »

Rachel souleva le couvercle de la boîte à chaussures et sortit le petit magnétophone qu'elle utilisait pour ses entretiens. Elle avait pris soin, avant de venir, de glisser trois grosses piles neuves dans les reins de l'appareil.

« Commençons plutôt par le début. Votre arrivée au bunker, l'installation, comment Hitler dirigeait les opérations militaires... Je peux vous enregistrer ?

– Approchez-vous, mademoiselle. Mettez votre engin ici. »

Julius Traub désignait la petite table à gauche de son fauteuil, sur laquelle se trouvaient un verre et une carafe d'eau. Rachel s'exécuta avec célérité, posa le magnétophone sur la table, déroula le mince fil torsadé et dirigea vers le fauteuil le petit micro à pied triangulaire, en l'orientant vers le haut. Puis elle appuya sur la touche blanche et la touche rouge, et vérifia que les roues dentées de la cassette se mettaient à tourner. Julius Traub souriait toujours.

« Alors, vous vous intéressez aux derniers jours du Führer ?

– C'est cela.

– Et vous voudriez que je vous raconte des anecdotes, que je vous donne des détails ?

– Les détails sont souvent importants.

– Je suppose que vous seriez ravie que je vous confie quelques secrets que le Führer m'aurait glissés avant de mourir... Pour votre diplôme, ça serait utile, ça pourrait vous valoir une mention.

– Je n'y pense pas, je veux juste qu'on en sache plus sur cet épisode. Vous êtes le dernier survivant du bunker…

– Alors, enregistrez bien cela, mademoiselle, et notez-le en grosses lettres dans votre mémoire… »

Rachel se redressa et sentit son pouls accélérer un peu. Julius Traub, lui aussi, se releva un peu dans son fauteuil.

« Jamais, mademoiselle, vous entendez bien ? Jamais un officier du IIIe Reich digne de ce nom ne racontera les confidences de notre Führer bien-aimé à une sale Juive. »

Rachel eut l'impression qu'une stalactite de glace la perforait du crâne jusqu'au sol. Elle resta pétrifiée quelques secondes, mais il lui sembla que cet instant durait toute une nuit. « Sale Juive » résonnait dans sa tête comme un coup de marteau sur une cloche de bronze. Puis, en un éclair, elle attrapa son magnétophone, sans même ramasser la boîte à chaussures, et quitta la pièce. Hans voulut la suivre mais, sur le seuil, elle lui lança sans même se retourner :

« Reste là. Laisse-moi. »

Quelques pas plus loin, tandis que Marwan la rattrapait, mine accablée et cartable ballant, elle fit volte-face.

« L'aider à prendre conscience de ce qu'il a commis, tu disais ? J'espère que tu as compris, maintenant ! »

Hans revint dans la chambre. Julius Traub ne souriait plus, il semblait perdu dans ses pensées. Le jeune homme sentait la colère monter en lui. Il se mit à marcher de long en large, cherchant ses mots, puis il laissa éclater sa logorrhée, reprocha à son grand-père d'avoir insulté Rachel, de lui avoir tendu un traquenard en acceptant qu'elle vienne, en lui laissant croire qu'elle obtiendrait ce qu'elle cherchait, qu'il lui parlerait. Pourquoi ne comprenait-il rien à l'Histoire ? Comment pouvait-il demeurer fidèle au nazisme ? Hans crachait les mots sans réfléchir, sans rien retenir, il hurlait sa haine de l'antisémitisme, expliquait qu'il ne pouvait supporter d'avoir un grand-père antisémite, qu'il comprenait soudain la dureté de son père, qu'il se sentait trahi alors que, depuis bientôt deux mois, il tentait d'établir une relation, de mettre le présent avant le passé. Hans perdait le souffle à force de parler. Il entassait dans son propos les horreurs nazies qui lui venaient à l'esprit, le nom des camps de concentration, les chiffres des massacres. Il expliquait tout ce qui avait été fait pour extirper le nazisme du peuple allemand, de la culture allemande, de l'âme allemande. Il s'immobilisa, laissa passer une seconde de silence et conclut :

« Tu ne veux pas revenir parmi les vivants. »

Julius Traub se leva de son fauteuil avec plus de facilité qu'on ne pouvait en attendre d'un vieillard privé de sa liberté pendant quarante-cinq ans. Il se dirigea vers la fenêtre, écarta le rideau d'un index crochu et vit au loin, sur le parking, s'éloigner Rachel Milstein et Marwan Tizri. Quand ils franchirent la grille, Traub laissa retomber le voilage et regarda, à travers ce filtre laiteux, la grande pelouse et les buissons fleuris caressés par le vent.

« Hans, tu ne sais pas de quoi tu parles. Tu es mon petit-fils, mais tu es un inconnu pour moi. Je vais bientôt mourir et peu m'importe qui tu es. Je n'ai rien à te léguer, je n'espère rien de ce que tu feras pour moi, ni aujourd'hui ni quand je serai mort. Mais je vais te dire une bonne chose : ne fais jamais confiance aux Juifs. Ne fais pas confiance à cette Juive. J'ai bien vu comment tu la regardais. C'est la malédiction divine : pourquoi faut-il que les plus belles femmes de la création soient des Juives ? Elle te manipule. Elle te trahira. Qu'elle ne revienne jamais. L'autre, l'Arabe, je veux bien le revoir. Il est visqueux, comme tous les Moyen-Orientaux, mais on peut s'entendre avec les Arabes. S'entendre contre les Juifs, surtout. Tous les Juifs sont communistes. Tout le monde dit que c'est fini, le communisme, que l'Union soviétique est fichue. C'est faux. Je les connais bien, les communistes, je les ai regardés pendant quarante-cinq ans, je les ai étudiés pendant qu'ils me surveillaient. Pendant seize mille jours ! Crois-moi, le communisme reviendra. Il reviendra par les Juifs. Il revient déjà, ta copine la youpine en est la preuve. »

Hans n'entendit pas la fin, il avait claqué la porte de la chambre 18 au moment même où son grand-père prononçait le mot honni.

Julius contemplait les fleurs roses d'un grand buisson d'azalées qui frémissait sous la brise. Il se dit qu'en début d'après-midi, il irait avec plaisir s'asseoir sur un banc, dans le jardin, pour goûter la tiédeur du printemps.

- 13 -

Paris, le 25 mai 1990

« Extraordinaire ! C'est extraordinaire ! » Mia n'avait pas le téléphone dans sa chambre d'étudiante, Raymond Thadée lui avait donc laissé un long message débordant d'enthousiasme sur le répondeur de l'appartement de son grand-père. Emporté par le récit des détails dénichés dans le journal de Traub, il était arrivé au bout du temps accordé par la machine et le répondeur lui avait raccroché au nez sans ménagement. Le vétéran de la 2e DB avait donc réitéré, en se montrant beaucoup plus bref : « Il faut que je vous voie, que je vous raconte. Appelez-moi au plus vite. Je vous embrasse. » Cet élan d'affection surprit Mia, qui s'imaginait mal faire la bise à cet altier personnage figé dans le passé. Mais pourquoi pas ? Il s'installait comme un grand-oncle dans sa vie, et il était dans son entourage le seul être qui avait connu Papya, à part maître Schnerb, le notaire aux impressionnants souliers. Les deux messages dataient du mercredi 23 mais Mia n'était pas repassée à l'appartement de son grand-père depuis un moment, accaparée par la deuxième épreuve de fin d'année au Conservatoire. Il s'agissait de jouer une scène de comédie. Mia avait proposé de donner un passage de *L'Échange*, de Paul Claudel – elle avait tellement envie d'incarner la jeune Marthe ! Mais son professeur avait refusé tout net en roulant de gros yeux derrière son binocle suranné : « Claudel ? Pour l'épreuve de comédie ? Vous plaisantez, Mlle Robst... » Sans insister, elle avait accepté la proposition du maître : *Léocadia*, de Jean Anouilh. « Amanda, c'est pour vous. Sauf que vous n'êtes pas blonde, mais ça nous changera. » Mia n'aimait pas beaucoup les « pièces roses » d'Anouilh, ces amourettes mélancoliques chez des aristocrates déclinants, en villégiature sur la côte bretonne. Mais elle obtempéra et trouva finalement quelque amusement à travailler ces saynètes légères. Et puis l'œuvre contenait *Les Chemins de l'amour*, cette belle chanson composée par Poulenc pour la pièce... L'épreuve s'était bien passée – Suzanne en était persuadée, Guillaume aussi.

Raymond Thadée était arrivé, comme la semaine précédente, vingt minutes à peine après le coup de téléphone de Mia. Cette fois, il n'avait même pas mis d'imperméable, et son costume semblait d'un gris plus clair que d'habitude.

« Depuis deux jours, je ne tiens plus en place. J'avais peur que vous ne vouliez plus me voir, que vous en ayez assez de toutes ces histoires. »

Il refusa les propositions de Mia – café, thé ou verre d'eau – et s'assit directement sur le canapé en extirpant de l'enveloppe kraft cabossée le journal de Julius Traub, d'où dépassaient de fines lamelles de papier blanc.

«J'ai tout lu, tout traduit. Enfin, tout sauf les pages codées, j'y reviendrai. C'est extraordinaire ! Vous avez là un document de première importance sur la Seconde Guerre mondiale. Et même avant. Cela commence en 1933, il y a presque tous les faits et gestes d'Hitler pendant douze ans. Il nous dit même ce qu'il mange. Il parle de sa santé, beaucoup – il y a des listes de médicaments. Bien sûr, les rendez-vous du Führer, parfois avec des notes sur la conversation tenue, parfois sans – on devine qu'il n'assistait pas à certains entretiens confidentiels. Ah ! Je ne vous ai pas dit l'essentiel : votre Julius Traub était l'aide de camp d'Hitler pendant toutes ces années.»

Mia nota avec un peu de déplaisir l'expression «votre Julius Traub». Ce n'était pas le «sien», elle n'avait rien à voir avec lui. Elle était tiraillée entre une répulsion totale envers celui qui ne pouvait être qu'un nazi convaincu, et une certaine pitié pour le soldat vaincu qui avait donné des remords à son grand-père. Quoi qu'elle fasse de ce journal, elle le ferait pour Papya, pas pour Traub. Mais elle n'en voulait pas à Thadée, elle voyait bien que sa passion pour cette guerre qu'il avait traversée lui faisait perdre toute retenue, ou presque. Il manipulait l'épais document en sautant de marque-page en marque-page.

«Ici, tenez, c'est le bref récit de la première rencontre entre Hitler et Mussolini, le 14 juin 1934, près de Venise. Traub explique pourquoi le Führer a choisi de s'habiller en civil et non en uniforme. Pas du tout pour des raisons politiques ou pour la propagande, mais parce qu'un flacon de camphre avait fui dans une malle et taché les trois uniformes emportés ! Ça fait cinquante ans que les historiens glosent sur ce détail et qu'ils sont complètement à côté de la plaque ! Et ici, deux pages sur le dialogue entre Hitler et le grand mufti de Jérusalem, le 28 novembre 1941. »

Plus la dissection du journal avançait, moins Mia savait qu'en penser. Elle se demandait si son grand-père avait pris la peine de faire traduire le document, puisqu'il ne parlait pas l'allemand. Sans doute non, il l'avait enfoui avec les rares reliques de sa guerre, sous une couche d'amnésie et de remords… Mais Thadée continuait à jongler avec les pages : les demandes de rendez-vous avec le Führer envoyées par le compositeur Richard Strauss, qui ne serait jamais reçu ; les caprices de Leni Riefenstahl quand elle tournait le film sur les Jeux olympiques de Berlin ; l'arrivée d'Hitler à Paris, à l'aube du 23 juin 1940, dans son quadrimoteur Condor, suivie d'une visite éclair de la capitale, en décapotable, avec le sculpteur Arno Breker et l'architecte Albert Speer assis à l'arrière.

« L'opéra Garnier, la Madeleine, la Concorde, l'Arc de Triomphe, le Trocadéro, le Panthéon, Montmartre, les Halles, tout est noté », s'enflammait Thadée.

Soudain, l'ancien de la 2e DB réalisa la stupeur de Mia et s'arrêta de parler.

« Pardonnez-moi, Mia, mais c'est de l'Histoire vivante, pour moi, c'est ma jeunesse. Ce document est… extraordinaire, exceptionnel, unique. Et encore, le meilleur est sans doute dans les pages que je n'ai pas pu déchiffrer. Tenez, celle-ci, où seule la date est lisible, 21 juin 1941, et où il est question de l'opération Barbarossa, l'invasion de la Russie. Ou celle-là, datée du 19 janvier 1942, à propos de la conférence de Wannsee: je pense qu'il s'agit des consignes que donne Hitler pour la tenue de la réunion du lendemain. Vous savez que les nazis y ont lancé la solution finale, l'extermination des Juifs? Chaque fois, c'est le même procédé: un titre en haut, en toutes lettres, à côté d'une date, et puis des chiffres empilés, des carrés de chiffres qui remplissent la page. Et aucune indication pour déchiffrer tout cela, bien sûr.»

Mia quitta le fauteuil de cuir fatigué pour venir s'asseoir à côté de Thadée. Elle regarda de près ces grilles numériques incompréhensibles. Cela ressemblait aux carrés magiques que son grand-père aimait remplir le dimanche après-midi, entre deux mots croisés.

«Les chiffres après les lettres, les lettres après les chiffres», disait-il à sa petite-fille.

«J'ai gardé le meilleur pour la fin, Mia», murmura Thadée.

Il sortit du journal une feuille pliée en quatre que Mia avait déjà remarquée chez le notaire, car elle dépassait; il posa le portefeuille de cuir noir sur le canapé, entre la jeune fille et lui, puis déplia délicatement le large document sur la table basse devant eux, qu'il épousseta au préalable avec sa paume droite. La page comportait les mêmes carrés de chiffres, comme des grilles de loto empilées.

«Voyez ce qui est griffonné en haut. La date, d'abord, 28 avril 1945. Hitler va se suicider deux jours plus tard. Dans le journal de Traub, il n'y a plus rien après cette date. Je ne sais pas pourquoi il a noté cela sur une page à part. Peut-être était-il chargé de transmettre un message… Ensuite, il est inscrit : "*Das wertvollste Gut des Reiches*". Cela peut se traduire par "Le bien le plus précieux du Reich". On peut aussi dire "Le plus beau trésor du Reich". Et juste au-dessous, en soulignant, Traub a ajouté : "*Die Uhr des Führers*". Cela veut dire "la montre du Führer", Mia, "la montre du Führer" ! Vous comprenez ? Traub nous dit que la montre d'Hitler, c'est le trésor du Reich. En tout cas un élément de ce trésor. Peut-être l'instrument qui mène à la cachette du trésor du Reich ! La montre que votre grand-père a récupérée au Berghof, celle que le sort lui a attribuée plutôt qu'à moi, c'est la clef ! »

Mia saisit la page, parcourut les hiéroglyphes numériques inscrits avec méticulosité par Traub. Elle cherchait une suite logique, un ordre caché, mais il n'y avait rien d'autre qu'un enchevêtrement de 7, de 4, de 3 ou de 9 dans leurs cases, dix chiffres démultipliés en désordre et posés comme des taches de couleur dans un tableau pointilliste.

« C'est quoi, le trésor du Reich ? »

Thadée répondit en repliant la page consacrée à ce sujet.

« On ne le sait pas exactement, mais on pense qu'il s'agit de tonnes d'or et d'argent, ainsi que de nombreuses œuvres d'art. Le résultat de tous les pillages effectués par les nazis à travers l'Europe. On a retrouvé beaucoup de choses après la guerre, je me souviens que les Américains avaient composé un commando spécial pour ça, nous l'avons croisé en Bavière. Mais il manque énormément de biens. Certains ont dû être détruits, évidemment. Les bombardements, les nazis qui voulaient effacer les preuves… Mais il est probable que des caches soient encore remplies de tableaux, de sculptures, de lingots. Cela fait courir les aventuriers depuis 1945. Et même certains États. On raconte que les Soviétiques ont beaucoup cherché le trésor du Reich, que ça obsédait Staline, qu'il a ordonné des dizaines de fouilles, en vain. Imaginez que grâce à votre grand-père, on le retrouve, ce trésor… Ce serait formidable, non ? »

Mia regarda Thadée en souriant.

« Formidable ?

– On pourrait restituer les tableaux à ceux qui ont été spoliés, rendre l'or aux États pillés…

– Oui, mais nous n'avons pas la montre, juste le journal… »

Thadée rangea la page pliée à l'endroit exact où elle avait été insérée, vers la fin du journal de Traub.

« C'est vrai. Mais si l'on arrive à décrypter ce document, nous en saurons peut-être plus. Et j'ai une idée à vous soumettre. »

Mia prit le journal de Traub sur ses genoux et posa la main sur la couverture. Elle sentait la lanière serpenter sous ses doigts.

« Dites…

– Il y a en Autriche un universitaire très réputé, le professeur Arend Fischer. Il enseigne à Vienne et à Salzbourg, mais sa renommée est internationale. J'ai lu une interview de lui dans *Historama*. Il est spécialiste des documents nazis, notamment des documents codés. Je vous propose de le contacter, de lui envoyer peut-être quelques extraits des pages chiffrées. C'est possible grâce à ce nouvel appareil, le téléfax – j'en ai vu un à la Poste. »

Mia sourit ; Thadée avait quelque difficulté avec la modernité.

« Et si vous acceptez, nous pourrons même aller lui rendre visite. J'organiserai le voyage, vous n'aurez à vous occuper de rien. Je vous l'ai dit, la vie m'a gâté, j'ai tous les moyens nécessaires. Et puis, je dois bien cela à mon vieux camarade Azerbier, vous aider à exaucer ses dernières volontés. »

Les premières épreuves du Conservatoire étant terminées, Mia était en vacances jusqu'à la dernière session, le 8 juin. Il s'agissait d'une scène imposée, tirée au sort la veille de l'audition – rien à préparer, donc… L'Autriche, pourquoi pas ? Bien sûr, elle pouvait se débarrasser de ce journal nazi en le donnant anonymement aux Archives nationales, comme son grand-père le lui avait suggéré dans son testament. Ou bien se contenter de rechercher les héritiers de Traub, sans décrypter quoi que ce soit ni se lancer sur la trace d'un hypothétique trésor. Mais sa curiosité commençait à être piquée. Petite, elle dévorait les volumes de la série *Les Six Compagnons*, dans la « Bibliothèque verte ». Au milieu de ces garçons qui menaient leurs aventures au cœur de Lyon, il y avait une fille, Mady, à laquelle Mia aimait alors s'identifier. Mady avait une santé fragile, mais elle participait aux enquêtes en usant de ses intuitions et de sa réflexion.

« C'est d'accord, M. Thadée. Opération fax, puis direction l'Autriche. »

Tandis que l'Alsacien levait les bras comme un cycliste victorieux, elle fut surprise de ressentir une forme de tendresse pour le camarade de guerre de son grand-père.

- 14 -

Berlin, le 28 mai 1990

Le cours magistral « L'industrie allemande au service de la guerre (1933-1945) » se tenait dans l'amphithéâtre Johann-Winckelmann. Hans patientait sous le panonceau orné du profil de ce fameux savant allemand, découpé en noir sur fond blanc comme une ombre chinoise. Hans connaissait mal cet historien et archéologue du XVIIIe siècle, assassiné dans un hôtel pour d'obscurs motifs liés à son homosexualité. La double porte capitonnée s'ouvrit soudain, poussée par le fleuve désordonné et bavard des étudiants sans doute pressés de rejoindre le restaurant universitaire ou d'aller s'affaler sur les pelouses ensoleillées. Il était 11 h 55, le cours du professeur Stauffenberg venait de s'achever. Hans laissa passer le troupeau jovial en accrochant chaque visage d'un bref regard pour être certain de ne pas manquer Rachel. Trois jours avaient passé depuis l'incident de la chambre 18, elle avait dû se remettre de la violence de Julius Traub, il semblait à Hans que le moment était venu de reprendre contact. Mais la salle se vida sans que la jolie Israélienne apparût. Hans entra dans l'amphithéâtre où ne restait que le vieux maître, affairé à ranger ses notes. L'étudiant descendit les marches au parquet usé et s'approcha de l'enseignant.

«Pardon, monsieur, est-ce que Rachel Milstein a assisté à votre cours ?»

Surpris, le professeur leva les yeux vers son interlocuteur.

«Qui êtes-vous ? Que lui voulez-vous ?»

Hans se présenta et mentit.

«Je suis en deuxième année, elle a promis de m'aider pour un exposé, nous avions rendez-vous ici.»

L'enseignant prit la liste d'émargement posée sur le bureau à destination de l'appariteur, en tourna deux pages et posa le doigt sur une ligne.

«Non, Mlle Milstein n'était pas là aujourd'hui. Et si je ne me trompe pas, je ne l'ai pas vue au cours d'avant-hier. C'est bien l'étudiante envoyée par Tel-Aviv, n'est-ce pas ?»

Hans hocha la tête et remonta les marches de l'amphi après avoir bredouillé un remerciement.

«Elle est partie.»

Hans reconnut la voix chaude et franche de Marwan Tizri. Il se retourna et vit la silhouette généreuse dodeliner vers lui dans le couloir, enveloppée dans la veste de lin de leur première rencontre.

«Comment ça, partie ?»

Marwan lui posa la main sur l'épaule.

«Partie. Retournée en Israël. Elle a glissé un mot dans mon casier, hier, elle a dû rentrer chez elle pour des raisons familiales. Elle ne m'en a pas dit plus. Elle n'a même pas laissé ses coordonnées là-bas. Elle m'a juste demandé de prévenir l'administration de l'université. »

Des raisons familiales... Hans ne pouvait s'empêcher de penser que les insultes antisémites de son grand-père avaient traumatisé la jeune femme, et que c'était pour cette raison qu'elle avait repris l'avion.

« Je pense qu'en écrivant à l'université de Tel-Aviv, tu arriveras à la joindre. »

Marwan arborait un sourire complice et un regard protecteur, se donnant l'air du gars qui a compris les sentiments de son copain. Hans ne répondit rien.

« Et en cas de situation désespérée, j'ai un pote à Beyrouth qui a fait ses études là-bas. Il connaît tout le monde, il te retrouvera ta Rachel sans difficulté... »

Hans se força à sourire et regarda sa montre.

« Viens, je te paye un sandwich, il faut que je te parle. Et puis, ça te changera les idées », reprit Tizri.

* * *

La cafétéria était quasi déserte, non parce que les étudiants de l'université Humboldt avaient décidé de jeûner mais parce que la majorité d'entre eux préférait pique-niquer sous les frondaisons du campus. Certains cherchaient les ombres dentelées des arbres sur la pelouse, quelques audacieux grignotaient en plein soleil, les plus spartiates s'étaient assis sur le bitume autour de la fontaine. Marwan avait jeté son dévolu sur un banc qui tournait le dos au jardin pour faire face aux verrières imposantes du bâtiment marqué «*Angewandte Physik*», «Physique appliquée». D'autorité, il avait commandé des saucisses au curry emportées dans des assiettes en carton pliées en deux, d'où s'échappait une poignée de frites. Le Libanais les trempait dans la sauce pimentée et les engloutissait une à une avec une impitoyable méticulosité. Hans n'avait pas moins d'appétit que son camarade, dont la bonhomie optimiste le réjouissait. Rachel était partie, et alors ? C'est après avoir léché son pouce droit et écrasé l'assiette en carton tachée de gras rouge-brun que Tizri se mit à parler. Il voulait revoir Julius Traub, qu'il tenait à interroger sur al-Husseini, le grand mufti de Jérusalem, sur sa rencontre avec Hitler.

«Il y a des trucs qui ne sont jamais sortis, j'en suis sûr, ça serait super pour mon mémoire. Je pourrais même en parler aux journaux, proposer des articles aux revues américaines.»

Hans ne savait que répondre. Il n'avait plus aucun espoir de voir son grand-père s'amender et condamner son passé idéologique. Il avait compris que le nazisme était une prison mentale dont on ne s'évade pas. Celui qui avait résisté pendant quarante-cinq ans aux interrogatoires communistes ne céderait pas aux objurgations de jeunes démocrates idéalistes. Il accepta toutefois d'organiser une nouvelle entrevue entre Marwan et l'aide de camp d'Hitler. Hans était touché par l'attitude du jeune Libanais, son intérêt pour un pays et une histoire si éloignés de ses origines. Il avait appris l'allemand, il voulait établir la vérité sur la complaisance, voire la complicité des pays arabes avec Hitler. Cela ne devait pas lui valoir que des compliments à Beyrouth, parmi ses amis, ses professeurs... Ce courage méritait soutien. Marwan le remercia chaleureusement et lui promit de ne pas fatiguer le vieillard, de ne pas le brusquer. Il s'engagea même à conclure l'entretien en reprochant à Julius Traub son attitude envers Rachel, à lui dire que son obstination n'avait aucun sens et que son petit-fils méritait mieux, comme grand-père, qu'un hitlérien indécrottable.

« Ne te donne pas cette peine, répondit Hans avec un sourire. Pose tes questions. Mais ne compte pas sur moi pour entrer dans la chambre. Je t'accompagne pour qu'on te permette de le voir mais je vous laisse tous les deux en tête à tête. Je crois que je ne retournerai pas lui rendre visite avant longtemps. »

Marwan Tizri hocha la tête puis posa une main vigoureuse sur l'épaule de Hans.

« Et maintenant, on va chercher un dessert ! »

- 15 -

Berchtesgaden, le 28 mai 1990

Mia regardait l'immense blason accroché au mur de la mairie, la Rathaus. « La maison des rats ? » pensa-t-elle en souriant. Il comportait des clefs entrecroisées et des fleurs de lys. « Pas besoin de venir jusqu'en Bavière pour ça. Avignon et la Touraine, ce sont les mêmes motifs. Aucune imagination, ces héraldistes. » La jeune femme se détourna et contempla au loin la silhouette du Watzmann se découpant dans le ciel bleu du dimanche bavarois. Le massif aux deux sommets formait comme un M rocailleux et gigantesque, saupoudré de blanc sur quelques flancs – la neige était tombée en abondance cet hiver-là, tenace. « M le maudit », songea Mia, qui ne pouvait s'empêcher d'imaginer les rues de Berchtesgaden grouillant de dignitaires nazis trépignant dans l'attente d'une invitation chez Hitler, au Berghof ou au Kehlsteinhaus.

Le voyage avait été confortable et printanier. L'avion jusqu'à Munich, puis une confortable Mercedes 190 de location, avec sa calandre striée comme un radiateur électrique et son curieux emblème étoilé à la pointe du capot – Mia ne pouvait voir cet insigne sans songer au symbole des anarchistes… Raymond Thadée conduisait avec souplesse, un bras posé sur la vitre baissée, l'autre en haut du volant, les deux mains gantées d'un cuir percé de trous minuscules. Avec ses cheveux blancs malaxés par les doigts du vent, il avait un air moins austère, et ses lunettes de soleil achevaient de l'humaniser. Il avait réservé deux chambres au Berghotel Rehlegg ; jamais Mia n'était entrée dans un établissement aussi luxueux. Durant le dîner, Thadée lui avait confié son émotion. Depuis la guerre, il n'était revenu qu'une seule fois sur les lieux, au milieu des années 60. Mais c'était en compagnie d'autres anciens de la 2e DB, lors d'un voyage organisé par le ministère des Anciens combattants ; le ministre lui-même était là, Alexandre Sanguinetti, un ancien de l'armée d'Afrique. « C'était en 1966, nous avions fait des photos sur les lieux de nos exploits, pour *Paris-Match*. Le journal avait titré : "Les héros de retour chez Hitler". C'était en mars ou en avril, il y avait encore de la neige. » Le repas ne s'était pas prolongé, le chauffeur était fatigué et le lendemain promettait d'être riche en événements. Mia regardait l'église de Berchtesgaden, avec ses toits pointus, et pensa aux bulbes étranges de l'église Saint-Bartholomée qu'elle avait vue la veille sur les rives du Königssee, se reflétant dans les eaux bleues du lac. Plutôt que de les recevoir à Salzbourg, le professeur Arend Fischer les avait invités à se joindre à une visite guidée du Kehlsteinhaus puis du Berghof, suivie d'une conférence qu'il donnerait dans l'après-midi au centre-ville. Le rendez-vous était fixé aux premières heures de la matinée, sur la place de la mairie de Berchtesgaden, et Mia s'était levée aux aurores pour profiter un peu de la ville avant le départ. Le lieu était étrange, mais après tout, c'était pour elle des vacances anticipées.

* * *

Autant Mia avait été impressionnée par le Salon de thé, que l'ambassadeur de France auprès du Reich avait surnommé le « Nid d'aigle », autant le Berghof n'éveillait en elle aucun intérêt. Au Kehlsteinhaus, la vue était vertigineuse sur les vallées alentour et sur le crénelé des Alpes bavaroises. Le bâtiment était presque le même qu'un demi-siècle plus tôt, quand le Führer venait de temps à autre sur ce perchoir – il en détestait l'accès trop compliqué, avait précisé le guide. Il est vrai qu'il fallait marcher dans un tunnel humide puis patienter pour prendre un ascenseur poussif, mais le panorama défiait toute concurrence. Il était difficile de croire que derrière ce guide, petit homme rondelet et jovial, se cachait l'un des meilleurs spécialistes du IIIe Reich. Le professeur Arend Fischer avait accueilli Mia et Raymond Thadée avec beaucoup de cordialité. Il s'était étonné de la jeunesse de Mia et lui avait glissé, dans un français impeccable : « Vous avez découvert un document fondamental, nous en parlerons tout à l'heure. » Puis il avait longuement serré la main de Raymond Thadée en lui demandant en allemand la permission de le présenter au reste des visiteurs, une vingtaine de touristes de tous âges, autrichiens et allemands pour l'essentiel, hormis un couple de Suisses et un Britannique mutique. « Mesdames et messieurs, avait-il déclaré, nous avons parmi nous un héros de la Seconde Guerre mondiale, un soldat d'élite de l'unité la plus prestigieuse de l'armée française, la 2e division blindée, celle qui est arrivée la première en ces lieux au tout début du mois de mai 1945. » L'assemblée avait poliment applaudi Thadée, qui avait esquissé un geste humble avant de se fondre dans le cortège.

Parvenus au Berghof, les visiteurs s'étaient éparpillés après la présentation des lieux par le professeur Fischer. Quelques-uns avaient pénétré dans le centre de documentation sur le nazisme mais la plupart avaient préféré rester au soleil, certains s'aventurant jusqu'à l'hôtel situé en contrebas, à la recherche d'une terrasse et de boissons rafraîchissantes. Thadée, dont les jambes fatiguaient après quelques heures d'excursion, s'était installé sur un banc face au paysage ; il semblait plongé dans sa mémoire, à la recherche de souvenirs qu'il ne retrouvait pas, tant les lieux avaient changé depuis 1945 et surtout depuis 1952, quand le gouvernement de la République fédérale allemande avait fait raser les ruines de la résidence du Führer pour mettre fin aux rassemblements de nostalgiques. Mia, elle, avait préféré se diriger vers les frondaisons, un alignement de résineux maigrelets qui semblaient au garde-à-vous. Sous les arbres, on distinguait encore les fondations bétonnées qui portaient jadis la maison d'Hitler. Elle imaginait Papya tel qu'elle l'avait vu sur de rares photos, grand soldat maigre, escalader les ruines du Berghof bombardé, fouiller les gravats du regard, ouvrir le secrétaire du Führer, découvrir la montre… Près du parking où s'était garé leur petit bus, Mia s'était demandé où Julius Traub avait bien pu être fait prisonnier par son grand-père et ses camarades. Un long talus courait sur des dizaines de mètres, alternant des pentes herbagées, des zones ensablées et de petits murets en cailloux enfermés derrière des grillages. Le terrassement touristique avait fait son œuvre, et Thadée lui-même était complètement désorienté. « En plus, il faisait sombre, ce jour-là. En 1966, déjà, je n'avais rien reconnu. » Le vétéran semblait peiné, comme si c'était sa jeunesse héroïque qu'avaient rasée les bulldozers de la voirie allemande.

La voix joyeuse et chantante du professeur Fischer se fit entendre. La matinée touchait à sa fin et il devait ramener son troupeau à Berchtesgaden, où la plupart des visiteurs avaient rendez-vous avec les animateurs de l'office du tourisme afin d'aborder la partie gastronomique de leur dimanche bavarois. Nonchalants, lançant d'ultimes regards vers le fantôme de la résidence d'Hitler et le paysage coloré, ils montèrent dans le bus en bavardant. Mia et Thadée fermaient la marche.

« Et maintenant, à table ! Vous êtes mes invités ! » leur glissa Fischer tandis que le chauffeur refermait la portière dans un bruit d'air comprimé.

Mia et Thadée les avaient remarqués lors de la visite du Kehlsteinhaus, tant ils tranchaient par leur jeunesse sur le reste du groupe. Ce fut à eux, aussi, que plusieurs excursionnistes posèrent des questions sur l'organisation de la journée. Les deux Français les avaient pris pour des étudiants du professeur Fischer, chargés sans doute de l'assister lors de ces visites guidées dominicales. Quand ils quittèrent leurs sièges à l'arrière du bus pour venir s'asseoir près d'eux, de l'autre côté de l'allée centrale du véhicule, Thadée les salua en allemand et les félicita pour le programme du jour. Fischer s'était levé et, appuyé sur le dossier du rang précédent, paracheva les présentations en français.

« Mes amis, je vous présente les véritables organisateurs de notre petite expédition, dont je ne suis que l'animateur improvisé. Ces deux jeunes gens, qui ne parlent pas votre langue, hélas, car la nouvelle génération n'apprend que l'anglais, se nomment Joachim Schlacht et Wanda Klaff. Ils sont encore étudiants en histoire, à l'université de Salzbourg pour Joachim et de Vienne pour Wanda, et j'espère qu'ils embrasseront la carrière d'enseignant. Ils ont fondé avec quelques camarades l'association Nie wieder, que vous traduiriez je crois par “Plus jamais ça”. Ce sont de farouches militants antinazis, qui multiplient les initiatives pour entretenir la mémoire. »

Thadée, avec une grande courtoisie et une curiosité qui ne semblait pas feinte, échangea quelques phrases avec eux en allemand. Mia se tourna vers la vitre et regarda, au gré des virages, les maisons typiques serrer de plus en plus leurs rangs tandis que le car approchait de Berchtesgaden.

* * *

Ils avaient tous les trois commandé un poisson du lac, un mets qui faisait la célébrité du Gasthaus Königssee. Thadée avait chaussé ses lunettes noires, tant les scintillements du soleil sur l'eau étaient agressifs. Le professeur Fischer avait posé sur le dossier de sa chaise la veste bavaroise qui lui servait de costume de guide et retroussé les manches de sa chemise. Il se montrait aussi à l'aise que dans un repas de famille alors qu'il ne connaissait ses interlocuteurs français que depuis une poignée d'heures. Promenant dans une flaque de beurre fondu l'arête de son poisson dévoré, le professeur prit soudain un ton plus grave.

« Vous avez fait une découverte cruciale, qui va compléter, voire corriger ce que l'on sait d'Adolf Hitler, le Hitler intime. Jusqu'à présent, nous disposions des mémoires de quelques-uns de ses proches : un médecin, son photographe Heinrich Hoffmann, des domestiques. Mais aucun témoin ne l'a fréquenté chaque jour, dans ses activités publiques et privées, aussi intensément que Julius Traub. Ni surtout aussi longtemps, de 1933 à 1945. C'est extraordinaire. Les extraits que vous m'avez envoyés sont passionnants, et j'espère lire l'intégralité de ce journal au plus vite. Vous me ferez une copie, n'est-ce pas ? Je pourrai publier des articles dans des revues universitaires dès la rentrée prochaine. »

Raymond Thadée ôta ses lunettes par politesse.

« Je suis certain que Mlle Robst se réjouit d'aider la science, mais notre principale requête concernait les pages chiffrées. Avez-vous pu les décoder ?

– Bien sûr ! » s'exclama Fischer.

Sa fourchette fit jaillir de l'assiette quelques gouttelettes de beurre.

Le professeur pivota sur sa chaise pour attraper un

stylo dans la poche intérieure de sa veste, puis dessina un quadrillage bancal sur la nappe en papier. Dans chaque case, il inscrivit non sans habileté un chiffre à l'envers afin que Mia et Thadée, assis en face de lui pour avoir la vue sur le lac, puissent les reconnaître.

« Regardez le premier chiffre en haut à gauche. Il donne la première clef de déchiffrage. Il renvoie à une certaine ligne d'une certaine page d'un certain livre. Le deuxième chiffre donne la position du mot clef sur la ligne, et le troisième, la position de la lettre clef dans ce mot. Par exemple, si les premiers chiffres sont 9, 7 et 2, il faut trouver la deuxième lettre du septième mot de la neuvième ligne. Celle-ci correspondra durant tout le décodage au A de l'alphabet, donc il faudra décaler chaque lettre trouvée d'autant de lettres qu'il y a d'écart entre le A et cette lettre. Suis-je clair ?

– Pas du tout ! J'ai compris le début mais pas la fin ! » répliqua Mia en s'esclaffant.

Fischer rit aussi, se retroussa un peu plus les manches, et reprit.

« Si la deuxième lettre du septième mot de la neuvième ligne est un L, vous êtes d'accord qu'il y a onze lettres d'écart entre le A et le L ; donc, les lettres suivantes seront à décaler d'autant : si vous trouvez un Q, ce sera en réalité un F. Et si vous trouvez un H, ce sera un W. Quand vous avez déchiffré la ligne, vous passez à la suivante, avec le même mécanisme : les trois premiers chiffres donnent la ligne, le mot, la lettre et donc le nouveau décalage à opérer dans l'alphabet. Attention, il y a des pièges. Dans certains messages, un chiffre est neutralisé, il correspond aux espaces entre les mots. Dans d'autres, il faut partir de la fin de la ligne et non du début pour trouver les clefs de chiffrage. Cela demeure tout de même un encodage élémentaire, que l'on fait à la main, sur des messages courts. Rien à voir avec Enigma. Je n'ai eu aucun mal à reconstituer les pages envoyées. Celle sur l'opération Barbarossa est la plus intéressante car Hitler s'inquiète du retard pris dans l'organisation, il est furieux que l'attaque n'ait pu avoir lieu trois semaines plus tôt, à cause des militaires. Celle sur Wannsee ne comporte que des propos généraux sur l'importance de l'administration. Elle propose néanmoins des critiques intéressantes sur Heydrich et une allusion inattendue à la récente conversation d'Hitler avec le grand mufti de Jérusalem. Vous prendrez bien un dessert ? »

Thadée saisit la carte des plats que lui tendait Fischer mais ne l'ouvrit pas.

« Il manque tout de même un élément important dans votre démonstration : comment sait-on à quelle page de quel livre se référer pour effectuer le décodage ?

– Ah ! C'est à cela que l'on voit le talent du décodeur ! » répondit le professeur avec un sourire.

Il ouvrit le menu du restaurant à la page marquée « *Nachtisch* ». Après quelques secondes de silence, il poursuivit :

« Il faut savoir d'où vient le message. Chaque émetteur a son livre de référence, et il en change parfois. Goering se servait d'un guide de chasse aux fauves en Afrique. Rommel, pour ses messages codés au moment de l'attentat du 20 juillet 1944, utilisa son propre ouvrage, *Infanterie greift an*, en français *L'infanterie attaque*, publié en 1937, et dont chaque officier allemand digne de ce nom possédait un exemplaire, ce qui facilitait les choses. Souvent, c'était la Bible, dans la dernière édition homologuée par l'épiscopat.

– Et pour Traub ? s'impatienta Mia.

– Pour moi, ce sera des profiteroles, clama Fischer en roulant des yeux avec gourmandise.

– Pour moi aussi, *Windbeutel*, répéta Thadée.

– Soupe de fraises, *Erdbeersuppe* », conclut Mia, pas peu fière de sa prononciation.

L'universitaire rassembla les trois cartes et les tendit au garçon, qui avait saisi la commande au vol.

« Pour Traub, c'était simple. Comme toute la maisonnée d'Hitler, il utilisait un seul et même livre, une sorte de bible aussi, en tout cas la bible des bons nazis : *Mein Kampf*, dans l'édition originale de 1925-1926. Vous pourrez vous amuser à déchiffrer le journal à votre retour à Paris. Vous avez bien chez vous une édition originale de *Mein Kampf* ? »

Mia et Thadée n'osèrent répondre.

« Je plaisante ! Même en Allemagne, ça ne se trouve pas… comment dites-vous, en France ? Ça ne se trouve pas sous la patte d'un cheval.

– Sous le sabot, corrigea Thadée. *Pferdehuf*. Mais une fois que l'on a deviné le livre, comment trouver la page ? »

À peine commandés, les desserts atterrissaient déjà sur la nappe ornée d'une grille chiffrée dessinée au stylo et de quelques taches de beurre.

« Grâce à la date. Toutes les pages chiffrées sont datées, et c'est la date qui donne la page du livre de référence, le plus souvent par l'addition de ses chiffres. Par exemple, pour celle du 19 janvier 1942, celle de Wannsee, cela donne

1+9+0+1+1+9+4+2, soit 27. Il fallait donc regarder la page 27 de *Mein Kampf*. Mais parfois, il faut multiplier. En enlevant les zéros, bien sûr. 19 janvier 1942, c'est-à-dire 1×9×1×1×9×4×2, cela aurait renvoyé ainsi à la page… »

Fischer prit quelques secondes pour calculer de tête.

« 636.

– 648, corrigea Thadée.

– Bravo ! Je suis un littéraire…

– Il y a 648 pages dans *Mein Kampf* ? s'enquit Mia, naïve.

– Quand le résultat dépasse le nombre de pages du livre, il faut additionner ses chiffres. 648, cela donne 18. J'ai bon, là, M. Thadée ? »

Raymond Thadée se contenta de sourire puis il creva la panse d'un chou gavé de crème glacée à la vanille.

L'ancien de la 2ᵉ DB n'attendit pas la fin du dessert pour poser la question qui le tenaillait depuis qu'il avait rencontré le savant, au début de la matinée.

« Et la page sur le trésor du Reich, que dit-elle, que nous apprend-elle ? »

Fischer donnait de petits coups de cuillère dans le chocolat chaud qui se mêlait à la glace fondue, créant des tourbillons bicolores.

« À la fois beaucoup et peu. Peu, car il n'y a aucune indication sur le lieu de ce trésor et pas grand-chose sur son contenu. Il y est surtout question de l'avenir, du IVᵉ Reich, que ce "bien le plus précieux" permettra de créer et dont il assurera la pérennité. C'est manifestement une fortune colossale.

– À combien peut-elle s'élever ? demanda Thadée, qui s'était mis sans s'en rendre compte à parler allemand.

– C'est difficile à dire, répondit Fischer dans la même langue avant de repasser au français. Les estimations les plus fantaisistes ont circulé, mais les spécialistes les plus sérieux pensent que les nazis auraient pu mettre à l'abri 200 milliards de dollars.

– Et la montre ? Quel est son rôle ?

– C'est ici que le texte est le plus intéressant. Il est évident que rien n'est possible sans la montre. Il est précisé que les deux dernières grilles de chiffres ne peuvent être décodées qu'avec la montre, grâce à d'autres chiffres inscrits quelque part dessus. Vous avez le journal, il vous manque la montre. Trouvez la montre, et le trésor est à vous. Si trésor il y a. »

Fischer éclata de rire.

« Pourquoi dites-vous “si trésor il y a” ? relança Mia.

– Parce qu'à mon avis, tout ce qui a été caché a été retrouvé, et ce qui manque a été détruit. Je ne crois pas du tout au château en Pologne, ou en Silésie, avec dans ses caves des Monet, des Renoir, des Picasso et des lingots. C'est un fantasme, mais les fantasmes font courir l'humanité depuis la nuit des temps. »

Il y avait près de deux heures de route pour gagner l'aéroport de Munich-Riem depuis Berchtesgaden, et Raymond Thadée renonça à prendre un café. De toute façon, Arend Fischer devait rejoindre la salle de conférences où le reste des excursionnistes, cornaqués par Schlacht et Klaff et nourris du généreux programme gastronomique et culturel de l'office du tourisme, allaient bientôt converger. Le temps de déposer le professeur au centre de Berchtesgaden et de récupérer les bagages à l'hôtel, sans compter les éventuels encombrements en cette fin de dimanche ensoleillé... Il fallait quitter sans tarder les rives bucoliques du Königssee. Dans la voiture, Mia avait cédé à l'universitaire la place à côté du conducteur. Depuis la banquette arrière, elle ne perdait pas une miette de la conversation des deux hommes, sauf quand ils échangeaient quelques phrases en allemand. Elle avait tout de même saisi *fünfundvierzig* – « quarante-cinq » –, *Schweiz* – « Suisse » –, et *Geld* – « argent ». Dans un bref moment de silence, elle se risqua.

« Savez-vous si Julius Traub a des héritiers ? »

La réponse de Fischer fusa avec le plus grand naturel.

« Mais Julius Traub n'est pas mort. »

Thadée pila.

Fischer était surpris de leur surprise. Il pensait que l'information avait tout de même traversé le Rhin, malgré l'abondante actualité allemande qui noyait tout depuis la chute du Mur de Berlin, le 9 novembre précédent. Certes, ce n'était que quelques articles de presse, le plus souvent des entrefilets, mais la réapparition d'un aide de camp d'Hitler après quarante-cinq années dans les geôles soviétiques aurait dû être mentionnée dans les journaux français. Thadée passa la première et, après un coup d'œil dans le rétroviseur extérieur, reprit la route. Dans le rétroviseur intérieur, il vit Mia pétrifiée au fond de sa banquette. Traub, vivant ? Cela changeait beaucoup de choses. Au loin, le fronton de la mairie exhibait toujours ses clefs entrecroisées et ses fleurs de lys.

* * *

L'aérogare Munich-Riem était sérieusement décrépie. Les néons baignaient les salles d'embarquement d'une lueur verdâtre et les sols étaient creusés par l'usure, avec de grands sillons noirs sur le lino gris où des millions de passagers avaient traîné leurs chariots à bagages. L'aéroport était appelé à disparaître, de grands panneaux annonçaient déjà l'ouverture en 1992 de son successeur, baptisé Franz-Josef-Strauss en mémoire d'un dirigeant politique récemment disparu. Attendant devant la porte C49 l'appel de leur vol pour Paris, Raymond Thadée et Mia Robst devisaient avec gravité. Le trajet depuis Berchtesgaden avait été bien silencieux. C'était l'effet à la fois de la digestion du déjeuner lacustre, de la stupéfaction d'avoir appris que Traub était vivant, et du bruit provoqué par la circulation fort sonore sur le bitume de la Bundesautobahn 8 construite sous le IIIe Reich.

Installés dans les coques en plastique orange qui tenaient lieu de sièges, Thadée et Mia avaient retrouvé le goût de la discussion. Julius Traub était vivant, ce qui troublait beaucoup la jeune femme. D'un côté, elle voyait dans cette surprise du destin l'occasion de respecter la dernière volonté de Papya : elle remettrait en mains propres son journal à l'homme que son grand-père avait dépouillé. De l'autre, elle hésitait à priver la communauté des chercheurs d'un document qui semblait aussi important. Pouvait-elle faire l'un et l'autre, restituer le journal tout en révélant son contenu, sans porter atteinte à ce vieillard ? Au fond d'elle, quelque chose répugnait à aller à la rencontre de Julius Traub : ses héritiers étaient innocents, il était coupable. Mia confiait ses états d'âme à Raymond Thadée, qui l'écoutait avec prévenance

« Vous qui aimez le théâtre, voilà ce qu'on appelle un dilemme cornélien », murmura-t-il en souriant.

Se redressant dans sa coque orange où les corps imperceptiblement s'avachissaient, l'ancien combattant eut soudain l'œil pétillant.

« Imaginez que la montre d'Hitler réapparaisse, que votre grand-père ait mis au point un stratagème pour vous la faire parvenir après sa mort. Il y aurait alors une troisième solution : vous gardez le journal pour vous et vous vous lancez à la recherche du trésor des nazis ! Excitant, non ? »

Mia retrouva le sourire.

« Heureusement que je n'ai pas cette montre, je serais capable de relever le défi. Petite, j'ai lu tous les *Fantômette*, vous savez !

– Pensez à tout ce que vous pourriez faire avec ce trésor. Je ne parle pas de voyages ni de palaces, mais de rendre aux Juifs les œuvres qui leur ont été volées et d'aider des associations comme celle de nos jeunes amis du Berghof. Bref, vous pourriez réparer le passé, un peu, et consolider l'avenir. »

Mia ne savait que répondre, et n'eut pas le temps de le faire. Une voix nasillarde, hachée menu par des crachouillis électriques, demanda aux passagers du vol 177 pour Paris de bien vouloir se présenter à la porte C49.

- 16 -

Berlin, Dahlem, le 5 juin 1990

Marwan Tizri frappa sans hésiter à la porte de la chambre 18. Hans l'avait abandonné en haut de l'escalier, au début du couloir vert pâle. « Je t'attends dans le hall », avait-il dit avant de faire demi-tour, les mains dans les poches. Sur le chemin de la maison de repos, Hans lui avait expliqué : « Quand je l'ai appelé pour lui demander de te recevoir à nouveau, il m'a dit : "J'étais sûr qu'il reviendrait." Je pense que tu ne risques rien, tu n'es pas juif, toi. » Ce fut une voix forte, une voix qui donne des ordres, qui permit à Marwan d'entrer. Celui-ci n'avait plus de cartable mais il avait endossé son costume et sa cravate, et enfilé ses chaussures à pompons. Julius Traub était assis dans le même fauteuil que lors de leur précédente rencontre, installé un peu plus près de la fenêtre. Le temps était nuageux, ce jour-là, mais le soleil passait subrepticement par des trouées, versant par intermittence des flaques de lumière vive sur le sol de la chambre et sur le bras droit du vieux nazi. Le bras avec lequel Julius Traub indiqua à Marwan de s'asseoir sur le tabouret devant lui.

«J'apprécie votre tenue, monsieur. Un costume, une cravate... La jeunesse est négligée, aujourd'hui. Encore plus à l'Ouest que chez les rouges. Vous avez fait un effort, je vous remercie. C'est important. S'habiller, c'est respecter l'autre. J'aime beaucoup votre chevalière, aussi. Je l'ai remarquée quand vous êtes venu, la dernière fois. Il n'y a plus beaucoup de "chevaliers", à notre époque. Ce sont des cornes, le motif? Ou des défenses d'éléphant, peut-être?

– Des cornes, monsieur. Des cornes d'antilope. À Beyrouth, c'est une bague de plus en plus populaire. Très à la mode. Dans la plaine de la Bekaa aussi. C'est de là que vient ma famille.

– Vous êtes alaouite?

– Maronite, monsieur.

– Chrétien, donc. C'est bien. C'est mieux. De quoi voulez-vous parler?»

Marwan interrogea longuement Julius Traub sur le 28 novembre 1941, le jour de la rencontre entre le Führer et le grand mufti de Jérusalem. L'aide de camp d'Hitler lui donna des détails sur l'organisation de ce tête-à-tête, et surtout sur les raisons qu'avait avancées Hitler pour ne pas faire de déclaration publique liant le Reich au nationalisme arabe. Il lui raconta aussi comment Hitler avait balayé l'idée de transporter les Juifs de Palestine jusqu'à Madagascar. Pour lui, il fallait aller plus loin et se débarrasser définitivement d'eux. Traub se souvenait d'une phrase que le Führer avait répétée trois fois en frappant l'accoudoir de son fauteuil, devant un mufti qui hochait la tête en signe d'approbation : « Il ne faut pas déplacer le problème, il faut le régler. » Traub s'échauffait en imitant Hitler, il agitait les bras lui aussi. Puis il expliqua à l'étudiant qu'aujourd'hui, avec la puissance des pays arabes, un nouveau Reich aurait un puissant allié en Orient, que cela changerait tout, que la Russie pourrait être prise à revers, qu'Israël pourrait être rayé de la carte. Tizri peinait à le ramener à son sujet mais parvenait néanmoins, entre deux élucubrations géopolitiques contemporaines, à obtenir des détails sur la rencontre du 28 novembre 1941. Au bout de vingt-cinq minutes, Tizri referma son carnet et avança son tabouret de quelques centimètres.

« Chez moi, on raconte qu'avant de mourir, Hitler vous a confié le secret du trésor du Reich, comment le retrouver. C'est vrai ? »

Traub leva très légèrement la main au-dessus de son accoudoir et dirigea l'index vers le Libanais.

« À vous, je peux le dire, jeune homme. C'est vrai, j'ai détenu ce secret. Mais tout s'est évanoui en quelques jours. Le Führer avait une montre, avec des chiffres gravés dessus qui permettaient de décoder un document menant au trésor. Mais la montre et le document se sont volatilisés quand je me suis fait arrêter. Personne ne retrouvera plus le trésor. »

Marwan sourit et agita une main en l'air, comme pour brasser des hypothèses.

« On ne sait jamais. Ce qui a disparu peut réapparaître, on peut tout retrouver…

– Jeune homme, ce que je viens de vous dire, je l'ai

raconté aux Soviétiques il y a plus de trente-cinq ans. Si leurs agents n'ont rien retrouvé depuis, c'est que le trésor est perdu à jamais. À moins que…

– À moins que ?

– Un miracle, jeune homme, un miracle… Allez, filez, maintenant, et ne racontez rien à la Juive qui vous accompagnait la dernière fois. Ils l'ont cherché aussi, le trésor, tous ces Juifs. Mais personne ne le retrouvera. Jamais. »

Marwan Tizri s'arrêta au milieu de l'escalier. Avant de rejoindre Hans, il voulait noter ce que Julius Traub lui avait dit sur ce trésor. La montre, il en avait entendu parler. Le document à déchiffrer, c'était une découverte. Les recherches menées par les Russes, il s'en doutait. Et par les Juifs… Pourquoi pas ? Le Mossad était si puissant. Hans, debout sur le perron, regardait les nuages engloutir tour à tour le soleil, quelques secondes chacun.

« C'est beau, hein ? lança Marwan en levant les yeux vers le ciel lui aussi. On dirait un Pac-Man géant ! »

Hans se tourna vers lui en souriant.

« Il t'a gardé une demi-heure… De quoi avez-vous parlé ?

– Du grand mufti, uniquement du grand mufti. De sa rencontre avec Hitler. Il changeait sans cesse de sujet, il voulait parler d'Israël tout le temps, mais j'ai réussi à le canaliser. Et c'était passionnant. Il m'a donné des détails inédits. De vrais scoops. Tant pis pour la légion irakienne et pour la SS "Handschar". De toute façon, au bout de vingt minutes, il commençait à fatiguer. C'est quand même un vieillard qui yoyotte un peu du ciboulot, ton pépé. Peut-être que je pourrai revenir lui en parler dans quelques semaines, si tu veux bien.

– On verra. Je suis content que ça se soit bien passé. Il t'apprécie, c'est évident.

– C'est parce que je suis libanais. Il croit qu'on est tous contre les Juifs, là-bas, contre Israël. Je n'ai rien dit… Ce n'était pas très courageux, mais au moins, j'ai eu mes infos… »

Hans regarda à nouveau les cieux au-dessus de Berlin. Un nuage avait la forme d'un ange, un autre ressemblait à un char d'assaut avec son canon. Au loin, l'horizon était sombre. Une rafale s'amusa soudain avec la cravate de Marwan Tizri comme avec un cerf-volant.

« Ah, murmura le Libanais, j'allais oublier. Ton grand-père m'a dit qu'il regrettait d'avoir été si désagréable avec Rachel. Il m'a demandé de lui transmettre ses excuses, mais sans t'en parler. Tu vois que je n'ai pas été long à le trahir ! »

Et le maronite aux chaussures à pompons éclata de rire sur le perron de la Curata Residenz de Dahlem.

Au-dessus d'eux, au deuxième étage, l'index crochu de Julius Traub relâcha le voilage de la fenêtre tandis qu'au loin, un gros nuage noir bombait le torse. L'aide de camp d'Hitler prit une grande inspiration et murmura :

« Je le retrouverai, *Mein Führer*, je le retrouverai. »

- 17 -

Paris, le 5 juin 1990

Mia allait refermer la porte quand elle entendit sonner le téléphone. Elle n'était pas en retard, elle rentra dans l'appartement pour prendre l'appel. Plus personne n'appelait ce numéro, qui sonnait déjà fort peu du vivant de son grand-père. Le dernier message laissé sur le répondeur, qu'elle avait écouté à son retour d'Allemagne, venait de la police. Cherchant ses mots, se raclant la gorge et laissant des silences gênés qui avaient bien failli l'emmener au-delà de la durée permise par l'appareil, l'inspecteur Favier lui annonçait que les analyses de la police scientifique n'avaient rien donné. Il ajouta qu'il y avait peu d'espoir que l'on retrouve les assassins, mais que le dossier ne serait pas classé tout de suite – « On ne sait jamais. » Il encourageait Mia à passer le voir au commissariat pour obtenir plus de détails et signer quelques papiers. Cette fois, à la troisième sonnerie, Mia décrocha : c'était Thadée, et elle n'en était pas surprise.

« Je l'ai retrouvé, Mia, je l'ai retrouvé ! »

Elle savait bien de qui parlait le vieux soldat : de Julius Traub. Il lui raconta que l'aide de camp d'Hitler avait été libéré au début du mois d'avril, à la suite des élections législatives tenues le 18 mars en RDA. Il était sous protection de la police car il avait reçu de nombreuses menaces d'organisations d'extrême gauche, et son adresse était introuvable. Mais Thadée avait contacté une association d'anciens combattants avec laquelle il entretenait de bons rapports, leur ayant servi de traducteur lors d'une visite officielle en France. Son interlocuteur n'avait pas eu trop de mal à localiser Traub : il était pensionnaire de la Curata Residenz, une sorte d'hospice confortable dans les faubourgs de Berlin, plus précisément à Dahlem, un quartier résidentiel.

« Nous partons quand vous voulez, Mia », acheva Thadée.

La jeune comédienne le remercia chaleureusement, lui dit qu'elle réfléchissait encore et qu'elle était de toute façon bloquée à Paris jusqu'au 8, le jour de sa troisième épreuve au Conservatoire. Elle était justement en train de partir pour son école, y retrouver ses camarades et travailler à la bibliothèque.

« Je comprends. Vous avez mon numéro… À bientôt, et un gros "Merde !" pour votre épreuve. »

* * *

Mia avait emprunté quelques livres à la bibliothèque. *Du vent dans les branches de sassafras*, de René de Obaldia ; *Désir sous les ormes*, d'Eugene O'Neill ; *L'Atelier*, de

Jean-Claude Grumberg; *Les Temps difficiles*, d'Édouard Bourdet. De quoi se changer les idées jusqu'aux résultats du concours, prévus pour le 11 juin. Et comme elle avait pris son grand sac en bandoulière, elle avait enfin pu récupérer dans son casier la pendule de son enfance, dont le berger aux boucles dorées l'attendait patiemment. Elle était donc revenue pour quelques minutes dans l'appartement de son grand-père, désireuse de revoir la pendulette à sa place, sur la cheminée. Elle l'avait posée à côté du serre-livres en forme d'Hercule dont le jumeau était parti pour longtemps dans les scellés de la Justice.

« Quand minuit sonnera,
Réveillée tu seras,
Dans tes mains tu verras
Le trésor de Papya… »

Mia entendait encore la voix douce de son grand-père la rassurant et la berçant de cette comptine inventée pour elle. Elle eut soudain envie de faire résonner dans l'appartement le carillon mutin de cet objet familier. Pourtant, elle eut beau lancer et relancer le balancier, il s'arrêtait après quelques allers-retours grinçants et stériles. Quant à remonter la pendule, encore faudrait-il retrouver la clef, cette petite clef que deux oreilles de souris permettaient de mieux saisir et qui était jadis accrochée au manche de la faux du squelette. Mia eut alors l'idée de pousser les aiguilles pour les faire parvenir à une heure fixe et déclencher la sonnerie. Elle ouvrit le cadran de verre, fit délicatement tourner l'aiguille des minutes jusqu'à 10 heures, mais il ne se produisit rien d'autre qu'un « cloc » guttural. À 11 heures, ce fut le même borborygme métallique. Mais quand les deux aiguilles se retrouvèrent superposées sur le 12, en un minuit imaginaire, un mécanisme parut s'enclencher, suite de bruits intestins, comme si des rouages s'entraînaient les uns les autres. Soudain, le cadran entier bascula vers l'avant, détaché du reste de la pendule, et Mia l'attrapa d'un geste réflexe avant qu'il n'aille s'écraser au sol, avec ses aiguilles dorées et l'opercule en verre. Elle tenait l'ensemble dans ses deux mains tandis qu'au milieu de la pendule, comme une bouche ouverte, comme un œil crevé, un large orifice était apparu. À l'intérieur du trou, Mia vit tout de suite luire un petit rectangle d'or frappé d'une croix gammée noire cerclée de rouge, et des initiales « A. H. ». Le berger et le squelette ne marquaient aucune émotion particulière, mais Mia, elle, sentit une lame d'acier pénétrer de haut en bas sa colonne vertébrale. La montre d'Hitler était devant elle.

TROISIÈME PARTIE

- 18 -

Paris, le 6 juin 1990

Mia regardait l'étrange devanture du 59, rue Fléchier. Elle venait rarement dans ce recoin du IXe arrondissement, qui n'était pourtant qu'à un coup d'aile du Conservatoire. Son grand-père l'avait mise en garde contre « la faune de la rue des Martyrs », et ses camarades de théâtre, échappés de l'école, préféraient descendre vers les Grands Boulevards plutôt qu'escalader les contreforts de Montmartre. Elle voyait donc pour la première fois les lettres cuivrées qui dominaient sans briller la vitrine du magasin d'antiquités : « Richard Zweter ». En dessous, peints dans une couleur épinard marquée par le temps, des caractères italiques précisaient : « *Joaillerie – Bijoux anciens – Numismatique – Achat d'or* ». Mia n'était pas venue au hasard. Elle serrait dans sa poche l'enveloppe trouvée dans la pendule à côté de la montre d'Adolf Hitler. Sur un bristol, d'une écriture serrée dont il couvrait d'habitude les marges des livres qu'il dévorait, son grand-père lui avait laissé un message qu'elle connaissait déjà presque par cœur, tant elle l'avait relu tout au long de la nuit. « Mia, ma petite-fille, mon adorée, lumière de mes jours. Si tu lis ce message, c'est que je ne suis plus de ce monde. Sache, avant tout, que ma vie fut heureuse grâce à toi. Malgré la guerre, malgré la mort si précoce de mes parents, malgré la tragédie qui nous a enlevé si brutalement les tiens, malgré tout, oui, je dirais malgré tout que cette vie fut belle. Maître Schnerb ou son successeur t'aura expliqué comment j'ai fait en sorte de ne pas te laisser dans le besoin. Alors que j'écris ces mots, tu as quinze ans. Au moment où tu les lis, je ne doute pas que tu aies accompli ton rêve : devenir comédienne. Mia, je te lègue aussi des objets maudits. Le journal de ce soldat allemand que je n'aurais jamais dû croiser, et la montre qui est désormais entre tes mains. Nous lui devons, j'en suis certain, le grand malheur de notre vie, et cette clandestinité que je t'ai imposée. Je n'ai pas eu le courage de donner cette montre, ni la lâcheté de la détruire. La donner, c'était remettre en circulation une relique recherchée par tous les nostalgiques du nazisme. La détruire, c'était priver l'humanité d'un objet qui doit nous rappeler comment est advenue l'horreur. C'est à toi désormais de décider. N'hésite pas à la vendre si tu as besoin d'argent. Au moins, je ne l'aurai pas gardée pour rien. Au 59, rue Fléchier, tu trouveras, si elle existe encore, l'échoppe de M. Richard Zweter. C'est le meilleur spécialiste de ce type d'objets. Il saura te conseiller. Je te demande pardon, Mia, je ne t'ai pas offert l'enfance que tu méritais. Je t'aime. Papya. » Mia avait souri en lisant « échoppe » – son grand-père aimait tant les mots surannés. Elle murmura :

« Je t'aime aussi, Papya. »
Et elle poussa la porte.

« Impossible. »

Richard Zweter n'avait pas, comme l'imaginait Mia, une lunette-loupe d'horloger vissée sur l'un de ses globes oculaires. Il ne portait pas non plus de blouse blanche ou grise, comme les antiquaires de son imagination. Dans un costume trois-pièces anthracite à fines rayures, il se tenait assis derrière un bureau bien rangé sur lequel un tapis de feutre, vert épinard comme les lettres de sa devanture, était creusé par endroits, virant au gris taupe à cause de l'usure. Il avait levé la montre dans la lumière, quelques secondes, avait fait tourner le cadran à plusieurs reprises, scruté attentivement l'arrière de l'objet. Puis il l'avait reposée devant lui.

« C'est bien elle. C'est bien la vraie. Franchement, je la croyais détruite, après tant d'années. Mademoiselle, je ne vous demanderai pas comment vous vous êtes procuré cette montre, cela ne me regarde pas. En revanche, je peux vous conseiller si vous voulez vous en débarrasser. Est-ce le cas ? »

Mia avait bredouillé, mélangeant dans sa réponse que des musées pourraient être intéressés, ou des collectionneurs, ou peut-être qu'une vente aux enchères…

« Impossible. »

L'antiquaire ne la laissa pas poursuivre. Il était évident que l'argent public ne pouvait être dépensé pour acheter la montre du Führer, surtout en ignorant les circonstances de son acquisition préalable. Quant à une vente publique, elle déchaînerait la curiosité des médias, l'anonymat de Mia ne pourrait être garanti par la maison d'enchères, des articles seraient publiés sur elle, sa réputation serait entachée.

« Et puis, je dois vous prévenir, mademoiselle, que d'innombrables néonazis traquent cette relique depuis quarante-cinq ans. Qu'elle apparaisse dans un catalogue et vous serez vite démasquée, pourchassée, harcelée. C'est d'ailleurs un miracle qu'ils ne vous aient pas déjà débusquée. Ne me dites rien sur le parcours de cet objet et comment il s'est retrouvé entre vos mains. Je ne veux pas le savoir. »

L'antiquaire se leva et fit quelques pas derrière son bureau. Il sortit de la poche intérieure de sa veste un mouchoir blanc, qu'il passa sur ses paumes.

« Je peux seulement vous donner un conseil. Cette montre porte l'appellation Huber, une marque créée en 1856. Andreas Huber était l'horloger fournisseur officiel de la cour royale de Bavière. Avez-vous vu *Ludwig*, le film de Visconti ? Eh bien, Louis II, le roi un peu fou, avec ses châteaux incroyables, était parmi ses premiers clients. Huber est devenue ensuite la marque préférée des officiers allemands. Mais le mouvement de votre garde-temps est un calibre LeCoultre, cela se reconnaît à l'œil nu. Je vous recommande d'aller voir LeCoultre. Eux peuvent avoir intérêt à vous racheter cette montre. Ne serait-ce que pour éviter de la voir un jour exhibée dans un meeting néonazi.

– LeCoultre ? interrogea Mia. Jaeger-LeCoultre ? »

Richard Zweter sourit.

« Les deux maisons n'ont fusionné qu'en 1937. Quand cette montre a été offerte à Hitler, sans nul doute en 1933 ou en 1934, comme l'indiquent les dates gravées sur le boîtier, il n'y avait que LeCoultre. La maison Huber a disparu à la fin de la guerre, l'usine a été bombardée et entièrement détruite. Les héritiers l'ont relancée plus tard, mais elle n'a plus le même prestige. Elle finira par être vendue à une firme suisse, vous verrez. Je vous donne l'adresse de LeCoultre et le nom de la personne à rencontrer. Mais ne lui dites pas que vous m'avez consulté, promis ? »

Avant de sortir du magasin, Mia prit une grande inspiration et, relevant le menton pour jouer l'assurance, demanda :

« À votre avis, combien vaut-elle ? »

Richard Zweter la regarda, interloqué, et Mia se dit qu'elle avait forcé le trait et que son assurance jouée devait ressembler à de l'arrogance.

« Dans la folie de ce monde, un admirateur d'Hitler pourrait vous en donner des millions. Si l'on ne considère que l'objet d'horlogerie, en faisant fi de son premier propriétaire, elle vaut quelques dizaines de milliers de francs, tout au plus. Il y a de l'or jaune pour le boîtier et de l'or blanc pour le brancard, c'est assez rare. Oui, peut-être un peu plus, après tout. Mais elle a eu un propriétaire, c'est là le problème. »

Quelques détails trottaient dans la tête de Mia tandis qu'elle se dirigeait vers le métro – ligne 7, pour aller de Le Peletier à Opéra. D'abord, cette expression de « garde-temps » pour désigner une montre ; elle lui semblait parfaitement adaptée à ce que son grand-père avait vécu avec cet objet, qui préservait le souvenir de sa jeunesse héroïque et dont il pensait que la vente faciliterait l'avenir de sa petite-fille. Ensuite, l'expression « faire fi », qui l'avait toujours amusée ; « faire fi » d'Adolf Hitler, c'était un peu compliqué, en effet. Enfin, les quelques mots griffonnés sur sa carte de visite par Richard Zweter étaient tracés de la même écriture fine, vraies pattes de moustique, que celle de son grand-père sur le bristol. À méditer ainsi, Mia laissa passer la station Opéra et descendit à Pyramides. C'était à peine plus loin de la rue de Castiglione, au coin de la place Vendôme. « M. Brunel », dont le nom était inscrit sur le carton, la reçut immédiatement dans un modeste bureau entouré de petites vitrines vides.

« Asseyez-vous, mademoiselle. Que puis-je pour vous ? »

Mia posa devant lui la montre d'Hitler, mais « M. Brunel » ne la saisit pas, il ne se pencha même pas. Il se leva et déclara :

« Nous n'avons rien à voir avec cet objet, mademoiselle. Ceux qui affirment que la maison LeCoultre a fourni le mouvement sont dans l'erreur ou dans la malveillance. Nos archives sont claires : Huber n'a jamais fait partie de nos clients. LeCoultre est depuis toujours un fournisseur intransigeant, et si certaines des pièces de cette montre proviennent de nos usines, il ne peut s'agir que d'un détournement. Je crois que nous nous sommes tout dit. Voulez-vous que nous vous appelions un taxi ? »

Mia en eut le souffle coupé. Elle n'avait pas eu le temps de proposer à son interlocuteur de lui racheter la montre, pas même de lui demander une estimation. Elle refusa le taxi et se dirigea vers le jardin des Tuileries. Elle avait besoin de réfléchir.

Devant le grand bassin, Mia se demanda ce qu'il se passerait si elle laissait glisser la montre au fond de l'eau… Elle regarda les enfants pousser leurs petits bateaux à voile, imagina l'un d'eux la repêcher avec son bâton et rapporter à sa mère, en train de lire sur un banc, la montre d'Adolf Hitler… Mia laissa au fond de sa poche le « garde-temps » du Führer. Les mots de Zweter sur les « innombrables néonazis » cliquetaient dans sa tête, elle se retourna même en pensant être suivie. Elle avait présenté son legs à deux personnes, et se dit que c'était déjà trop. Devant l'arc de triomphe du Carrousel, tandis que se profilait derrière la muraille du Louvre le toit de la Comédie-Française, elle résolut de ne plus s'occuper de la montre avant son épreuve du Conservatoire et le voyage à Berlin. Une fois son journal rendu à Julius Traub, elle passerait au second héritage sulfureux légué par son grand-père, et déciderait de son sort. Peut-être en parlerait-elle à Raymond Thadée dans le train du retour d'Allemagne ? Après tout, le vétéran lui avait fait une offre d'achat claire et il était, après Papya, le propriétaire logique, et même légitime, de cette montre, puisque seul le hasard avait choisi, un jour de mai 1945, lequel des deux soldats en deviendrait le gardien.

Mia sortit du jardin pour récupérer la ligne 1. En descendant l'escalier du métro, elle songea soudain qu'à aucun moment, elle n'avait envisagé de se lancer à la recherche du trésor des nazis, maintenant qu'elle possédait la montre et le journal. « Fantômette a grandi », songea-t-elle avec un sourire en plongeant sous la peau bitumée de Paris…

- 19 -

Berlin, Dahlem, le 6 juin 1990

Julius Traub s'était levé pour conclure son propos. Face à lui, onze jeunes gens, sept garçons et quatre filles, l'avaient écouté religieusement. Pendant une demi-heure, il leur avait raconté quelques anecdotes de sa vie aux côtés d'Hitler, leur avait parlé de l'amour du Führer pour la jeunesse, de sa foi en l'avenir. Il avait évoqué les derniers mots qu'il avait pu échanger avec lui dans le bunker, avant son départ, le 28 avril 1945.

« Il m'a dit que le IVe Reich serait encore plus grand. Le IVe Reich, mes amis, mes enfants, c'est vous. Bientôt, très bientôt, se lèvera une nouvelle aube pour le peuple aryen. Je détiens le secret qui nous permettra de rendre sa grandeur à l'Allemagne. Dans quelque temps, j'aurai en main tous les moyens d'ouvrir cette ère que nous attendons depuis 1945. Vous tous, vous toutes, jeunes gardiens de l'ordre de Thulé, pionniers du IVe Reich, vous vous tiendrez autour de moi le jour venu. Je suis trop vieux pour être votre nouveau Führer, un autre que moi est dans l'ombre, que je vais bientôt désigner ; il ignore encore quel rôle sera le sien. Je sais que pendant toutes ces années, avec vos aînés, vous avez patienté dans la nuit. Encore quelques semaines, encore quelques jours, et tout pourra recommencer. L'ordre de Thulé était là avant le national-socialisme, il est demeuré, invisible mais vivant, pendant cette longue éclipse, il sera demain aux avant-postes de la renaissance. »

Julius Traub prit une grande inspiration, contourna sa chaise et posa les mains en haut du dossier. Il était satisfait de sa voix qu'il trouvait ferme et profonde, il voyait qu'elle hypnotisait ses interlocuteurs. Les années de torture communiste ne l'avaient pas brisé. Il se mit à murmurer presque, réjoui de ne rien perdre de sa force en baissant le ton.

« Mais nos ennemis nous guettent dans l'ombre, ils sont sur nos pas. Méfiez-vous de tout et de tout le monde. Ne parlez pas au téléphone, soyez prudents dans vos courriers, n'utilisez jamais d'autre nom que celui que l'ordre vous a donné. Si l'un de vous tombe, vaillant soldat, il n'entraînera personne dans sa chute et Thulé poursuivra son œuvre de résurrection. Les dernières heures avant le lever du jour sont toujours les plus difficiles, mais le soleil est là, et vous êtes ses premiers rayons. *Heil Hitler !* »

Traub n'avait pas levé le bras, il n'avait plus la force d'exécuter ce salut avec l'énergie nécessaire pour lui donner la puissance virile qu'il déployait dans sa jeunesse. Mais face à lui, dans la chambre de sa résidence, les onze jeunes néonazis avaient comme un seul soldat du Reich tendu leur dextre vers le plafond. Et s'ils s'étaient contentés, selon la consigne, de souffler à voix basse leur «*Heil Hitler!*», ce rugissement retenu avait quand même fait vibrer la poitrine de Julius Traub. Soudain, le groupe l'entoura, on lui pressait les mains, on lui posait chaleureusement des paumes sur les épaules. Une svelte blonde aux yeux bleu glacier lui demanda même la permission de l'embrasser sur la joue, il se sentait rajeunir.

«Mes amis, mes amis ! Tenez-vous prêts, j'aurai bientôt besoin de vous. Maintenant, partez, nous ne devons pas attirer l'attention. Vous avez été assez habiles pour que personne ne vous voie entrer, personne ne doit vous voir sortir. Partez par petits groupes. Vous pouvez aussi emprunter l'escalier du fond, il y a une grille au bout du jardin. Je ne garde ici que Markus et Yolanda.»

L'escouade ouvrit la porte et s'éparpilla par ensembles de deux ou trois, comme des parachutistes sautant d'un avion, surjouant la prudence dans cette maison de retraite qui somnolait déjà tandis que l'après-midi s'alanguissait.

Alors que Traub se rasseyait, Markus et Yolanda approchèrent des sièges pour parler sans hausser la voix.

«Mes amis, votre dernier courrier m'a réchauffé le cœur. Nous touchons au but. Avoir retrouvé aussi vite la trace d'Edmond Azerbier et de mon journal constitue le premier exploit du IVe Reich. Mais avant tout, rassurez-moi : personne ne sait qui vous êtes vraiment ?»

Le garçon prit la parole en secouant la tête. Dès que Julius Traub avait fait son retour à l'Ouest, dès qu'il avait signalé aux membres de Thulé que le vice-chancelier de l'ordre, disparu en mai 1945, n'était pas mort, la machine invisible s'était mise à son service. Traub avait donné un nom, Azerbier, repéré sur la vareuse du soldat français qui l'avait arrêté. Il ne savait ni son grade ni son régiment, doté en emblème d'une tête de chameau. À Paris, l'ordre de Thulé avait de nombreux correspondants, et Edmond Azerbier fut rapidement identifié. Il avait achevé la guerre avec le grade de lieutenant de la 2e division blindée, le fameux régiment du maréchal Leclerc, très connu en France. Mais au moment d'entrer en contact avec lui, l'envoyé de l'ordre trouva porte close et la concierge de l'immeuble lui confia qu'Edmond Azerbier était mort la veille, assassiné par un cambrioleur. Traub interrompit son interlocuteur.

« Ce n'est pas un hasard, ce n'est pas une coïncidence. Quelqu'un était sur sa trace. Les rouges, sans doute. Je ne leur ai jamais donné le nom d'Azerbier, mais ils ont des agents partout en Europe. Peut-être ont-ils infiltré l'ordre. Et ils sont aux abois, maintenant, ils sont capables de tout. Ou alors ce sont les Américains… Continuez… »

Markus reprit son récit, expliqua que la secrétaire du professeur Arend Fischer, à Vienne, les avait alertés quelques jours plus tard.

« Elle partage nos idées, elle était au courant pour Azerbier, de ce qu'il avait volé aussi, elle avait capté notre message d'alerte. Elle nous a expliqué que le professeur Fischer avait reçu des documents de Paris, des copies d'un journal écrit pendant le Reich. Elle a réussi à en photocopier quelques fragments.

– Êtes-vous sûrs d'elle ? » coupa Traub.

Yolanda prit la parole.

« Totalement sûrs. C'est elle qui surveille le milieu

universitaire depuis des années. Elle a déjà repéré plusieurs étudiants qui tentaient de nous infiltrer, mais aussi des recrues de valeur pour l'ordre, y compris des chercheurs importants. C'est un élément fiable.

– Les documents ne nous ont pas permis d'identifier à coup sûr votre journal, mais quelques jours plus tard, par nos informateurs à la douane, nous avons été prévenus de la venue en Allemagne d'une certaine Mia Robst-Azerbier. C'est là que nous avons fait le rapprochement, car son billet d'avion était couplé avec celui d'un certain Thadée, or c'était le nom du correspondant du professeur Fischer, celui qui avait faxé les documents de Paris.

– Et c'est à ce moment-là que vous m'avez écrit. C'est imprudent, le courrier, je suis certain que la police ouvre toutes mes lettres. Même si celle-ci était évasive, elle pouvait attirer l'attention. »

Yolanda se permit de poser la main sur celle du vieil homme, comme elle l'aurait fait avec son grand-père.

« Notre couverture est idéale, elle nous permet d'endormir tous les soupçons. L'association Nie wieder est réputée pour sa lutte contre le nazisme, elle a pignon sur rue. Aujourd'hui encore, c'est en son nom que nous sommes là, à Berlin. Et c'est grâce à elle que nous avons sympathisé avec Fischer il y a deux ans. Pour lui, nous sommes deux étudiants engagés dans le combat mémoriel, Joachim Schlacht et Wanda Klaff. Il ignore nos vrais noms, et encore plus nos pseudonymes dans l'ordre. Il a une totale confiance en nous. Il est déjà venu une demi-douzaine de fois, à notre invitation, donner des conférences et guider des visites partout en Bavière, sur les traces du Führer. La preuve qu'il ne se méfie pas, c'est qu'il nous a présenté Thadée et la descendante d'Azerbier, dans le car, à Berchtesgaden. »

Après avoir avancé son siège de quelques centimètres, Markus continua le récit.

« En quelques minutes, nous avons appris beaucoup de choses : Mia Robst est bien la petite-fille d'Edmond Azerbier, qui était à Berchtesgaden le 4 mai 1945, avec Thadée, d'ailleurs. Il n'y a pas de doute, c'est elle qui possède votre journal. Thadée a demandé une expertise à Fischer parce qu'il y a des pages codées dont il voulait comprendre le contenu. Fischer a réussi à les décrypter, sauf une. Une page qui parle du trésor du Reich… »

Traub leva une main avec autorité pour intimer le silence. Il tendit l'oreille vers le mur derrière lui.

« La guerre est finie, monsieur le vice-chancelier, murmura Yolanda. Nous pouvons parler en confiance…

– La guerre n'est jamais finie, Yolanda, elle ne le sera jamais. L'ennemi bouge, il est partout. »

Sous son regard dur, Yolanda s'était redressée et avait cessé de sourire.

« A-t-il parlé de la montre, votre Fischer, de la montre d'Hitler ? »

Markus jeta un œil vers sa comparse, qui ne semblait plus vouloir parler ; il reprit la parole en choisissant ses mots.

« Oui, mais c'est peu clair. Un garçon de restaurant, au Königssee, est des nôtres. Je l'avais chargé d'écouter la conversation entre les Français et le professeur. Il leur a parlé d'une montre, une montre très importante pour décrypter cette fameuse page. Mais je n'en sais pas plus. »

Julius Traub se leva, fit quelques pas et s'assit sur le bord de son lit. Markus s'était dressé aussi. Il laissa passer de longues secondes de silence avant de reprendre.

«Je pense que nous devons aller à Paris. Avec les camarades sur place, il nous sera facile d'espionner cette fille, de lui voler la montre si elle l'a. J'ai déjà demandé des renseignements sur elle : elle est juive, comme l'étaient sa mère et sa grand-mère ! »

Traub avait de nouveau levé la main.

« N'attirez pas l'attention. Je suis certain que nous ne sommes pas les seuls à mener cette quête. Nos ennemis sont redoutables. L'ordre n'a pas encore la force nécessaire pour agir en France. Contentez-vous de la faire surveiller, de la protéger s'il le faut, que personne ne nous devance. Organisons-nous avec patience, nous passerons à l'action quand nous serons sûrs de réussir. »

Markus ouvrit la bouche pour insister mais Traub s'allongeait déjà sur le lit.

« Maintenant, laissez-moi, ces visites m'ont épuisé. Ne quittez pas Berlin, je peux avoir besoin de vous. Très bientôt. Vous avez fait du beau travail. Le Führer serait fier de vous. »

Yolanda se leva et fendit l'air d'un salut hitlérien aussi énergique que silencieux. Quand les deux jeunes néonazis refermèrent la porte de la chambre 18, Julius Traub s'était déjà assoupi.

- 20 -

Paris, le 7 juin 1990

Mia ne savait pas si elle l'avait fait par superstition ou par sens pratique. Elle avait toujours répété dans l'appartement de son grand-père, et devant lui, les scènes clefs de son parcours de comédienne, celles qu'elle présentait en concours notamment. Ici, il y avait de la place, une acoustique agréable, molletonnée par les livres alignés sur les murs comme des spectateurs muets, et aussi de « bonnes ondes », comme disait Papya. Bien sûr, ce n'était plus la même chose maintenant, et le chagrin envahissait Mia autant que le fantôme de son grand-père emplissait chaque recoin où elle portait les yeux. Néanmoins, elle avait choisi de faire résonner ici les mots de Bertolt Brecht. Le tirage au sort lui avait attribué Betty Dollfoot dans *La Résistible Ascension d'Arturo Ui.* Mia avait beaucoup étudié la pièce, inspirée de *Richard III* mais encore plus de la montée en puissance d'Hitler. Elle se passait à Chicago, dans le milieu des marchands de légumes lentement dominé par une mafia locale. Dollfoot, c'était Dollfuss, le chancelier autrichien débordé par les nazis de son pays en 1934. Dans la scène, Betty essaye de convaincre son mari de s'entendre avec Ui, en vain, puis le truand survient et discute avec elle du rapport entre le pouvoir et la violence. Ce serait Guillaume, bien sûr, qui lui donnerait la réplique, jouant Ignace Dollfoot puis Arturo Ui. Mia aimait beaucoup Brecht. Au lycée, elle avait incarné Shen-Té, l'héroïne de *La Bonne Âme du Se-Tchouan*. Dans la Chine reculée, une jeune prostituée accorde l'hospitalité à trois voyageurs qui se révèlent être des dieux et la récompensent en lui offrant de quoi s'acheter un débit de tabac, et donc sortir de la misère. Confrontée à l'envie et à la cupidité de ses congénères, Shen-Té fait appel à son cousin Shui-Ta, qui la protège, avec brutalité s'il le faut. Mais Shui-Ta n'existe pas, c'est Shen-Té déguisée, et ce double lui permet d'abandonner ses scrupules et sa morale pour défendre son intérêt. Mia adorait ce personnage à deux faces, cette confrontation du Bien et du Mal, et le travestissement acrobatique qu'il exigeait.

« Qui est là ? » demanda Mia, pas sûre d'avoir bien entendu.

On n'avait pas sonné mais toqué doucement à la porte. « La concierge, peut-être. » Elle avait souvent demandé à son grand-père d'installer un judas, mais lui, si méfiant de tout, ouvrait grand à ceux qui parvenaient jusqu'à son palier. « Seuls des amis connaissent mon adresse », expliquait-il quand elle lui en faisait la remarque.

Mia était juste derrière le chambranle, elle avait même

écarté le rideau chargé d'arrêter les courants d'air et les bruits de l'escalier.

« Je veux vous parler de la montre. Je viens vous aider. »

Mia ressentit comme une piqûre sur la nuque. Son pressentiment des Tuileries était le bon. Elle en avait parlé à deux personnes et savait que c'était deux de trop. La voix était néanmoins douce et féminine, et elle ouvrit, consciente qu'elle agissait mue par un mélange de curiosité, de fatalité et de défi. Elle vit des cheveux noirs coupés au carré, des yeux plus clairs au milieu d'un visage encore jeune.

« M'aider à quoi ? »

La femme n'avait pas débouclé le trench-coat noir qui lui serrait la taille, elle gardait même les mains dans les poches, et Mia se demanda avec un frisson si elle ne cachait pas un revolver dans l'une d'elles. La visiteuse frôla la bibliothèque, regarda la pendulette éventrée sur la cheminée et se retourna. Elle affichait un très léger sourire, comme si elle voulait rassurer et impressionner en même temps.

« M'aider à quoi ? » répéta Mia.

Elle retourna le script d'*Arturo Ui* sur le canapé.

« Vous ne me demandez pas comment j'ai su que vous étiez en possession de la montre ? »

La voix était plus forte, maintenant, assurée. Il y avait de l'autorité chez cette femme de trente ans environ, élégante sans être bourgeoise. Un large jean noir dépassait de l'imper et couvrait en partie des bottines que Mia crut un instant être des santiags.

« Lequel des deux vous a parlé, c'est la seule question

que je me pose, mais ça n'a pas d'importance», susurra Mia sans nommer Zweter ni Brunel.

L'imper noir glissa devant l'autre bibliothèque, une main sortit d'une poche pour caresser le dos d'une reliure.

«Je m'appelle Gerfano, Elsa Gerfano. Je suis antiquaire, spécialiste des objets… comment dire… des objets délicats.

– Vous voulez dire des reliques nazies», répliqua Mia, cinglante.

Elle se cambra un peu – toujours ce jeu de menton pour paraître assurée.

«Soviétiques, aussi, fit Gerfano avec un sourire. Le marché démarre. Et franquistes. Et napoléoniennes, c'est plus chic. En fait, tout ce qu'on trouve sur les marchés parallèles.»

Sa franchise rassura Mia plus que son demi-sourire.

«Je repère, je retrouve, j'achète… Et quand ce sont des objets volés ou interdits à la vente, je dénonce à la justice.

– Vous allez me dénoncer, pour la montre?»

Gerfano remit la main dans sa poche.

«Non, nous avons là affaire à un objet qui dépasse tout. Je vous demande de me la confier pour vous mettre à l'abri, pour vous protéger.»

Mia songea aux «innombrables néonazis» de Zweter.

«Me protéger de quoi?»

Elsa Gerfano défit la ceinture de son imperméable, qui bâilla avec générosité, dévoilant un «8» couché qui était la boucle d'un large ceinturon.

« Je peux m'asseoir ? »

En la regardant s'installer dans le fauteuil de Papya, Mia constata que ses chaussures étaient bien des santiags. Il y avait de la cow-girl chez cette antiquaire.

« Est-ce que vous connaissez l'ordre de Thulé ? »

Mia reprit le texte de Brecht et s'assit à son tour sur le canapé.

« Dites-moi… »

Et Gerfano raconta.

« L'ordre de Thulé était une société secrète allemande. Elle a été créée au début du XXe siècle, à Munich, dans le culte des mythes germaniques les plus anciens. Thulé est une île mythique, tout au nord de l'Europe. Depuis la Grèce antique, c'est le refuge des dieux. L'ordre de Thulé glorifie Wotan, que les Scandinaves appellent Odin. C'est le chef des dieux, si vous voulez. Son symbole est une croix, qui ressemble beaucoup à la croix gammée. Vous voyez où je veux en venir ? »

Mia marqua une seconde de silence.

« Pas du tout. »

Gerfano croisa les jambes et la pointe d'une santiag se dressa comme un index autoritaire dans la direction de Mia.

« L'ordre de Thulé a inspiré le parti nazi. Plus qu'inspiré, il l'a construit. Il lui a légué la croix gammée mais aussi son journal, le *Völkischer Beobachter*. Rudolf Hess, Alfred Rosenberg étaient membres de l'ordre de Thulé avant de devenir des piliers du NSDAP, et ils ne sont pas les seuls. D'ailleurs, le fondateur de l'ordre a publié un livre dans les années 30, un livre qui s'intitulait *Avant que Hitler ne vienne*. Cela lui a valu de gros ennuis, le Führer n'a pas supporté qu'il revendique l'invention du nazisme et il l'a envoyé en camp de concentration… »

Mia l'interrompit.

« Quel rapport avec la montre ?

– L'ordre de Thulé n'a jamais disparu. Après 1945, il est même devenu le principal réseau d'anciens nazis en Europe. L'ordre a récolté des fonds pour aider les dirigeants du IIIe Reich réfugiés en Amérique du Sud, il a fait circuler des textes, il a même présenté des candidats à des élections. On le trouve partout en Europe de l'Ouest.

– Y compris en France ?

– Oui. Et encore plus en Allemagne, en Autriche, en Suisse aussi. On a même identifié des membres dans la famille royale britannique. Thulé n'est pas qu'un club de nazis nostalgiques. Il recrute parmi les étudiants d'extrême droite. Il a une antenne aux États-Unis. La police le suit de près, elle perquisitionne parfois le domicile de certains membres. »

Mia saisit la balle au bond.

« Et elle trouve des objets que vous avez vendus. »

Elsa Gerfano décroisa les jambes, la santiag se planta dans le parquet.

« C'est souvent l'inverse. Je signale un vendeur de reliques hitlériennes et il reçoit la visite des flics… »

Mia se leva, elle ne savait plus quel tour donner à la conversation. Est-ce que cette femme voulait la dénoncer à la police ? Est-ce qu'elle allait au contraire lui faire une offre pour la montre ? Elle se félicita de ne pas avoir rapporté l'objet la veille dans cet appartement mais de l'avoir enfermé dans son casier du Conservatoire, emballé dans l'enveloppe kraft tachée du gras d'un chausson aux pommes acheté pour le goûter…

C'est Elsa Gerfano qui reprit la parole, sans dissiper le trouble de son interlocutrice.

« L'ordre de Thulé cherche cette montre depuis quarante-cinq ans, Mia. S'ils ne le savent pas déjà, ils apprendront bientôt qu'elle a ressurgi, que vous l'avez en votre possession. Pour eux, elle est la clef du IVe Reich, elle détient des secrets capitaux. »

« Je sais, elle mène au trésor des nazis », faillit lancer Mia pour faire la maligne. Mais l'instinct de prudence bloqua les mots dans sa gorge et elle ne dit rien.

« Ils sont prêts à tout, et les plus jeunes sont les plus déterminés. Ils peuvent tuer, Mia. D'ailleurs… »

Elsa s'interrompit.

« D'ailleurs ? répéta Mia, déjà certaine de ce qu'allait dire l'antiquaire.

– Votre grand-père… Le cambriolage qui tourne mal… Vous y croyez ? Vraiment ? »

Mia s'approcha du fauteuil ; elle dominait sa visiteuse, qui avait posé les mains à plat sur les accoudoirs.

« Et à quoi devrais-je croire ? »

Elsa se leva à son tour et se remit à presque chuchoter, comme lorsqu'elle était derrière la porte.

« Mia ! Ils sont venus chercher la montre, ils ont fouillé pour la trouver.

– Et comment ont-ils su que mon grand-père l'avait ? Après toutes ces années… »

Elsa glissa sur le côté du fauteuil, s'approcha de la

fenêtre, se retourna. Avec la vive lumière du printemps et le noir de son imper, elle se découpait comme une ombre chinoise sur le fond laiteux des voilages.

« Les archives s'ouvrent à l'Est, tout se débloque. Je suppose qu'ils ont obtenu un renseignement. Le nom, une adresse peut-être. L'Armée rouge a saisi beaucoup de documents, en 1945. Je ne sais pas, en fait. Mais je ne crois pas que votre grand-père soit mort par hasard après des années de vie presque clandestine. Et je suis persuadée que c'est vous, désormais, qui êtes en danger si vous gardez cette montre. Confiez-la-moi. Elle ne tombera pas en de mauvaises mains et vous serez à l'abri. »

Mia n'avait pas confiance. Pas assez, en tout cas. Elle se sentait comme Shen-Té débordée par la réalité, aurait voulu que Shui-Ta vienne à sa rescousse, bouscule Elsa Gerfano, lui arrache la vérité, apprenne de quel côté elle était. Mais Shui-Ta n'était pas là, Shui-Ta n'existait pas.

« Je n'ai plus la montre, osa rétorquer Mia. Je l'ai cédée. »

Elsa ne dit rien pendant quelques secondes, puis elle saisit les deux extrémités de sa ceinture ballante et serra son imper. Sans un mot, elle se dirigea vers la porte.

« Quelle pièce préparez-vous ? » demanda-t-elle.

Elle avait une main sur la poignée, l'autre désignait le script que Mia serrait contre elle. Celle-ci la trouva bien renseignée, pour une antiquaire.

« Je vous ai entendue répéter quand je suis arrivée, j'ai écouté un peu avant de frapper. C'est du contemporain ?

– *Arturo Ui*, Brecht, répondit Mia.

– La métaphore d'Hitler ? Ironique, vous ne trouvez pas ? »

Mia n'eut pas le temps de préparer une réplique, la porte avait déjà claqué.

- 21 -

Berlin, KuDamm, le 8 juin 1990

« La première bonne nouvelle, c'est qu'elle va revenir. En septembre. »

Marwan Tizri s'interrompit pour héler un garçon du café Kranzler. Aujourd'hui, profitant de la chaleur qui s'affirmait, le Libanais avait osé une chemisette à fleurs. Hans le regardait agiter le bras vers le serveur qui rêvassait en bout de terrasse, dévisageant les jolies promeneuses en train de déambuler sur le Kurfürstendamm. L'heure du thé était depuis toujours propice au romantisme, à Berlin. Hans se demandait si la tenue de son ami lui évoquait le Flower Power des sixties ou plutôt les îles du Pacifique. À voir la joyeuse indolence déployée par l'Oriental, il pencha pour la seconde option.

« Elle va revenir à la rentrée, reprendre ses recherches. Elle m'a demandé de te le dire, et aussi qu'elle ne t'en voulait pas. Ou plutôt que tu ne devais pas t'en vouloir. »

Le garçon de café avait enfin arraché son regard des

silhouettes aguicheuses du printemps et s'approcha pour jeter deux sous-bocks en carton sur la table de Marwan et Hans.

« Pour moi, un chocolat liégeois et un Spezi. C'est l'heure de mon goûter... »

Hans commanda de son côté un demi de bière blanche à la pression, et le serveur tourna le dos sans un mot.

« Elle n'a pas envie de te parler, elle est encore sous le choc de ce que lui a dit ton grand-père. Je crois qu'elle ne s'y attendait pas du tout. Pourtant, un vieux nazi... »

Marwan regarda Hans dans les yeux, mais le jeune Allemand ne marquait aucune émotion.

« Tu peux lui écrire, je ferai passer les lettres, elle préfère ne pas te donner son adresse pour l'instant. Elle est un peu effarouchée, la bichette. »

Tizri saisit un des deux sous-bocks et se mit à tapoter la table avec ce bout de carton, rythmant ses paroles d'un bruit mat, presque inaudible dans le tohu-bohu de la circulation et des bavardages de consommateurs.

« Bon, deuxième bonne nouvelle : moi, je n'ai pas perdu mon temps. J'ai été intrigué par ce qu'a dit Rachel devant ton grand-père. Tu sais, le voyage à Berchtesgaden, la mission qu'Adolf Hitler confie à son aide de camp alors qu'il sait que la guerre est perdue et qu'il a sans doute déjà décidé de se suicider. Rachel ne m'avait jamais parlé de ça, pourtant on a passé des heures à discuter de nos travaux, de nos recherches, à échanger des informations. J'ai trouvé ça bizarre, alors je me suis renseigné. Au Liban, bien sûr, car ici on ne me dit rien. Vous avez encore un petit problème avec votre passé, vous autres Allemands... »

Marwan éclata de rire et jeta le sous-bock comme un atout sur un tapis de jeu : le serveur avait surgi, plateau en l'air, et posa sur la table le demi ruisselant de condensation, la coupe de glace déjà striée par des larmes de chantilly, un verre vide et la bouteille de Spezi qu'il décapsula en virtuose, la coinçant sous son bras pour la décapiter d'un coup de limonadier.

« J'adore cette boisson, susurra Marwan en regardant les bulles d'un œil amoureux. Mélanger du Coca et du Fanta, c'est un coup de génie. Avec vos saucisses, c'est ce que je préfère ici. »

Hans sourit. L'amertume de la bière blanche le rafraîchissait au plus profond, il retrouvait un peu d'allant.

« Alors, qu'est-ce qu'ils t'ont dit, tes contacts libanais ? »

Marwan prit le temps de déguster sa première gorgée de Spezi comme s'il s'agissait d'un grand cru millésimé, puis reprit son récit.

« Des choses passionnantes. Hitler a en effet confié une mission précise à ton grand-père. Il lui a demandé de retourner à Berchtesgaden pour récupérer sa montre. Elle contenait des codes pour déchiffrer un document. Un document qui mène directement à... Devine ! »

Hans laissa échapper un soupir.

« Le trésor des nazis, bien sûr...

– Comment tu le sais ? »

Plagiant son camarade, Hans sirota une longue gorgée de blanche avant de reprendre.

« Tous les six mois, les journaux publient de pseudo-révélations sur l'or du Reich ! Depuis des années. Et maintenant que le Mur est tombé, ça s'aggrave. Pas une semaine sans qu'on lise que dans un château en Pologne, ou dans une mine désaffectée, il y a des lingots et des Picasso. »

Marwan s'enfonça dans sa chaise, ménageant l'effet suivant ; il agitait sa longue cuillère à glace comme une baguette de chef d'orchestre prête à s'abattre.

« Oui, mais le document en question, la carte du trésor, c'est le journal de ton grand-père, celui qu'il a tenu du jour où il est entré au service d'Hitler jusqu'au moment de son arrestation, en mai 1945. Ça te la coupe, non ? »

Hans marqua un temps. C'était la première fois qu'il entendait parler de ce journal, et il se demandait comment des Libanais pouvaient savoir quelque chose touchant sa famille d'aussi près sans qu'il ait jamais été au courant. Son père en avait-il eu connaissance ? Avait-il vu ce journal étant enfant ? Le père de Hans ne parlait presque jamais de son propre père, mais quand il le faisait, il l'appelait « Julius Traub ». Un jour, quand Hans avait dix ans, il lui avait parlé de l'uniforme de SS-Obergruppenführer accroché dans l'entrée de leur maison. Ce qui impressionnait le plus le jeune garçon, c'était la ceinture de cuir, qui brillait comme le dessus du piano à queue installé dans le salon. Et le pistolet dans son étui, avec un métal noir mat qui n'avait, lui, aucun reflet, et n'en était que plus terrifiant. « Si Julius Traub avait voulu, avait conclu son père ce jour-là, il aurait pu tuer Hitler. Dès 1933. S'il l'avait voulu, Julius Traub aurait pu sauver des millions de vies. Celui qui peut être un héros et qui ne fait pas ce qu'il faut, celui-là n'est pas un lâche, c'est un salaud. »

À voir son ami marquer un si long silence, Marwan pensa qu'il l'avait vexé, blessé peut-être avec cette histoire de journal de son grand-père ; il changea de sujet.

« Ça me fait drôle d'être assis là et de penser qu'avant moi, sur cette même chaise peut-être, Bertolt Brecht s'est assis. Ou Otto Dix. »

Hans s'extirpa de ses songeries et sourit à Marwan.

« C'était plutôt au Romanisches Café. Il était un peu plus loin, après le carrefour. On y voyait aussi Joseph Roth et Erich Maria Remarque. Les nazis l'ont attaqué lors d'une manifestation, en 1927. Pour eux, c'était un repaire d'intellectuels de gauche. Il a été détruit en 1943 dans un bombardement. »

Marwan hocha la tête et avala une grande cuillerée de chocolat liégeois.

« Tu crois vraiment que ça pourrait revenir, le nazisme ? Les Allemands sont vaccinés, quand même, non ? »

Hans faisait pivoter son bock avec lenteur. La très légère mousse blanche se collait à la paroi du verre et dégageait en son centre un petit tourbillon mordoré. Une rondelle de citron, comme la roue d'un véhicule emballé, tournait en tanguant à la surface du liquide.

« Parfois, je me demande s'ils ont compris. Regarde les élections européennes, l'an dernier : six sièges de députés pour le parti de Franz Schönhuber, un ancien Waffen-SS ! Et qui s'en vante ! Et en Autriche : Jörg Haider monte dans les sondages, il est déjà gouverneur de sa province, si ça se trouve dans six mois il est chancelier ! »

Portant son bock à ses lèvres, Hans engloutit une généreuse gorgée de bière. Marwan enchaîna.

« Tu imagines, si des néonazis mettaient la main sur le trésor du Reich ? S'il existe, bien sûr. Ou même sur la montre d'Hitler : ce serait une relique incroyable, pour eux. Quelle parade ils nous feraient ! Et le journal de ton grand-père ? S'ils le retrouvaient ? Ils seraient capables de le publier. Je crois que tu devrais prendre ça au sérieux. »

Le chocolat liégeois était devenu une soupe bicolore dans laquelle Marwan plongeait sa cuillère pour soulever d'éphémères dunes de crème glacée.

« Qu'est-ce que ça veut dire, "prendre au sérieux" ?

– Il n'est quand même pas si difficile de retrouver la trace de ton grand-père. On y est bien arrivés, Rachel et moi. Tu imagines, pour des milices néonazies ? Un jeu d'enfant… Il suffit de te suivre jusqu'à la maison de retraite, d'ailleurs, un jour où tu lui rends visite. Je sais bien qu'il est surveillé par la police, mais quand même. Et puis il n'y a pas que les nostalgiques d'Hitler, il y a des tas de chasseurs de trésor prêts à tout. Même les services secrets, je suis sûr que ça les excite, cette histoire de montre, de journal, de lingots planqués. »

Hans avala encore une gorgée, une petite, laissant dans le fond du verre, sous la rondelle de citron, de quoi se désaltérer une dernière fois.

« Le monde est laid mais il y a quand même des choses qui vont mieux. Regarde la Tchécoslovaquie. »

D'un petit signe du menton, il indiqua à Marwan le journal abandonné sur la table voisine. Il s'agissait du *Morgenpost* du jour. Avec la brise qui soulevait le coin de la Une et la grammaire particulière des titres de presse, qui se veulent toujours concis mais allusifs, Marwan avait du mal à comprendre la manchette du journal. Il y était question des élections prévues le jour même en Tchécoslovaquie et d'une « marche cruciale vers l'indépendance ». Marwan avait lu qu'en cas de victoire – plus que probable – des anticommunistes lors de ces premières élections libres depuis 1945, le pays romprait avec la tutelle soviétique.

« On vit une sacrée époque, se contenta d'ajouter le Libanais. Ça fait plaisir à tout le monde, la fin de l'URSS, mais ça va mettre la pagaille partout. Regarde le Caucase, comme ça s'agite. Et l'Irak qui revendique le Koweït. On n'a pas fini de voir des guerres sur cette planète. »

Et, d'un geste lent et pesant comme son pessimisme, il but une longue rasade de Spezi.

« Le pire n'est jamais sûr, camarade, la démocratie va conquérir la planète », lança Hans.

Il finit son bock, garda le verre levé pour saisir les dernières gouttes tout en louchant pour vérifier que la rondelle de citron, collée au fond, n'allait pas se détacher et lui tomber sur le nez.

« Tout de même, fais attention à ton grand-père. Fais attention à toi, aussi. Et si tu as besoin d'un coup de main, pour quoi que ce soit, tu me fais signe. On y va ? Je n'ai pas payé le parcmètre… C'est moi qui t'invite. »

- 22 -

Paris, le 8 juin 1990

Mia passait parmi les derniers élèves convoqués pour l'après-midi. Bien sûr, la séance avait pris du retard, parce qu'une scène de Marivaux avait été un peu longue, parce qu'un membre du jury avait exigé et obtenu une pause cigarette par heure, et parce qu'une délibération s'était étirée, les enseignants étant divisés sur l'intérêt d'avoir donné un extrait du *Souper*, de Jean-Claude Brisville, le succès de la saison dans le théâtre privé, un dialogue entre Talleyrand et Fouché. Mia regardait l'horloge accrochée au mur. Elle avait prévu large, mais il ne faudrait pas traîner pour attraper le train de 20 h 38, gare de l'Est, direction Berlin. Thadée s'était occupé de tout mais ne garantissait ni le confort des couchettes ni la qualité de la voiture-restaurant, car la ligne était toujours administrée par les militaires : elle traversait de nuit, et sans arrêt, ce qui s'appelait encore l'Allemagne de l'Est. Pause cigarette. Un dernier candidat et ce serait son tour. Elle ne connaissait pas bien le garçon qui la précédait, un jeune homme pâle aux longs cheveux frisés qui présentait un monologue de *Chatterton*, de Vigny. Il semblait très angoissé, n'avait pas été très assidu aux cours tout au long de l'année. Mia avait prévu que la succession des auditions pousserait le chronomètre au-delà des limites. Elle avait préparé une petite valise pour le voyage, glissé entre deux vêtements le journal de Julius Traub et empoché son passeport. Le bagage était là, sous sa surveillance, dans la coulisse. Un régisseur qui l'avait à la bonne l'avait autorisée à le ranger entre deux «guindes», dans la «cheminée» où coulissaient les «pains» quand on «chargeait» ou qu'on «appuyait» les «perches» – Mia adorait ce vocabulaire des théâtres. Elle essayait d'enrichir ses connaissances en la matière en discutant le plus souvent possible avec les vieux techniciens qui ne travaillaient plus dans les grandes salles ni en tournée, mais aimaient venir donner un coup de main au Conservatoire. La pause cigarette était terminée, Chatterton agitait sa crinière frisée en se lamentant sur son destin, Mia fit le vide dans sa tête. Une tête qu'elle avait composée pour le rôle, avec un chignon bien droit et bien serré, large et opulent, pour donner à Betty Dollfoot l'allure d'une femme de notable des années 30. Guillaume avait trouvé l'effet très réussi. Sur la scène, Chatterton était mort, et le jury délibéra avec célérité. C'était à elle.

«L'homme est plus fort sans aucune violence.»

Elle se trouvait ferme et posée dans son jeu, en toute confiance. Comme l'était Betty, menant par le bout du nez son mari faible et veule. Guillaume avait le texte en main mais, en camarade zélé, il l'avait appris par cœur. Il ne tentait pas d'effets, laissait Mia prendre toute la lumière, c'était un vrai ami.

« Permettez qu'on en vienne à un sujet crucial : qu'en est-il, monsieur Ui, de la question sociale ? »

Mia se déplaçait sur scène avec une assurance inhabituelle, comme si son chignon lestait toute sa silhouette. Elle se sentait en pleine maîtrise de son art, de son métier, et se dit que les événements des semaines précédentes l'avaient fait grandir. La scène durait quelques minutes à peine mais elle put en goûter chaque mot et, surtout, chaque silence. Elle avait beaucoup travaillé avec Guillaume ces moments où le caïd et la femme ambitieuse se jaugent, se comprennent sans parler.

« Je suis si contente. À bientôt, monsieur Ui. »

La scène était terminée, le jury se perdait en chuchotements. Sans un mot, Mia se jeta au cou de Guillaume, le serra très fort contre elle en murmurant un « Merci ! » tandis qu'il alignait les « Bravo ! Bravo ! ». Puis elle arracha sa valisette aux « ganses » soigneusement enroulées et déposa une bise sur la joue du vieux régisseur ravi, avant de s'élancer dans l'escalier.

« Vous étiez magnifique ! »

Raymond Thadée l'attendait au bas des marches.

« J'étais au balcon, on m'a laissé entrer. Il y avait du monde, des élèves, des parents, ils étaient tous ébahis. Et Brecht ! C'est quelque chose, quand même ! Donnez-moi votre valise. On va trouver un taxi à Bonne-Nouvelle. »

Mia, essoufflée, le remercia et lui demanda quelques

minutes de patience. Elle devait aller poser dans son casier son script et son édition de Brecht, et y récupérer un gilet – la nuit pouvait être fraîche. Trois étages plus bas, elle resta bouche bée en constatant que la porte de la petite armoire métallique avait été forcée. Le cadenas gisait à terre avec un sourire tordu. On ne lui avait rien volé – il n'y avait dans le casier que le gilet en question, et quelques livres à rendre à la bibliothèque. Elle hésitait à y déposer son Brecht fétiche quand Guillaume arriva.

« Mon cadenas est cassé, tu peux me garder ça ? Je reviens juste après le week-end. »

Guillaume n'eut pas le temps de répondre, Mia était déjà dans l'escalier, les manches du gilet volant derrière elle.

* * *

La gare de l'Est, un vendredi soir, débordait d'activité. Le train militaire à destination de Berlin était rangé à part, sur un quai dévolu d'habitude au trafic vers la banlieue. Il comportait de nombreux wagons de marchandises, quelques voitures-couchettes et un double espace restaurant. Mia et Thadée avançaient d'un pas déterminé mais sans précipitation, car la vélocité du taxi avait permis de rattraper le retard pris au Conservatoire. Cherchant des yeux le numéro de leur voiture, ils ne virent pas les trois hommes qui les suivaient, deux jeunes en blouson en jean et un autre, plus âgé, qui portait une veste à carreaux sur un polo à col montant.

Avec une précision toute militaire, et dans un grincement qui rappelait certaines fanfares du même nom, le train secoua sa carcasse à 20 h 38 et se dirigea vers l'horizon qui s'assombrissait. Mia et Thadée étaient seuls dans leur compartiment, peut-être même seuls dans leur wagon. D'évidence, la position française à Berlin n'exigeait plus l'envoi de renforts en abondance. Ou bien les bidasses monteraient dans le train un peu plus tard. Il y aurait un arrêt à Metz puis une station nocturne à Strasbourg, ensuite ce serait la longue traversée de l'océan allemand, sans interruption, comme en apnée dans la nuit géopolitique. Mia avait hâte de se retrouver à Berlin, de découvrir une cité figée dans le temps, dont l'horloge s'était arrêtée en 1945. Même si le Mur était tombé, même si l'on passait côté Est sans souci, il devait rester un léger vertige à franchir cette frontière tellement symbolique. Et puis, se retrouver à Berlin, près du petit monticule de terre surmontant ce qui avait été le bunker d'Hitler, moins de vingt-quatre heures après avoir joué un extrait d'*Arturo Ui*... Mia avait hâte, mais elle avait surtout faim. Thadée, pas certain que le wagon-restaurant soit déjà en service, accepta pourtant de mener avec Mia une mission commando, en mode éclaireur. Le vétéran aussi était joyeux d'entreprendre ce périple. Peut-être parce qu'il allait traverser son Alsace natale, peut-être aussi parce qu'il reprenait la route des exploits de la 2e DB, peut-être enfin parce que l'idée de rencontrer l'aide de camp d'Hitler, quarante-cinq ans après avoir pris le Berghof, lui semblait une suite inédite à sa jeunesse, un peu comme un point final à son aventure.

À peine Thadée et Mia avaient-ils passé le soufflet qui les séparait du wagon suivant que les trois hommes de la gare de l'Est se glissèrent dans le couloir. L'un y resta pour faire le guet tandis que les deux autres, l'un des jeunes en blouson et l'individu au polo, pénétrèrent dans le compartiment. Ils délaissèrent le sac de voyage en cuir fauve et se saisirent de la valisette rebondie, fermée par un petit cadenas. Le premier entré sortit de sa poche un couteau à cran d'arrêt mais n'eut pas le temps de le déplier : un coup de matraque l'assomma net et il tomba le nez sur la valise, tandis que son complice, frappé par le même sort et le même objet, s'était affalé sur la couchette du bas. Le guetteur, lui, avait été séché d'un coup-de-poing américain et enfermé dans les toilettes, menotté et bâillonné par un large morceau de ruban adhésif. Traînés par quatre militaires en tenues de troufions mais aux cheveux plus courts que le règlement le prévoyait, ses deux complices le rejoignirent dans cette cellule improvisée.

Mia commanda un petit salé aux lentilles, qui lui sembla le plat chaud le plus léger proposé par la mince carte du wagon-restaurant. Raymond Thadée l'imita, ajoutant à sa commande un « quart de rouge », comme l'indiquait la petite feuille posée sur la table. En attendant d'être servis, les deux voyageurs établirent l'emploi du temps du lendemain. Ils auraient à peine le temps de passer à l'hôtel déposer leurs bagages, les visites à la Curata Residenz étant autorisées à partir de 11 heures. Thadée pensait qu'il était préférable de se présenter le matin, avant l'arrivée d'éventuels parents de Traub. La réapparition du journal pouvait soulever bien des curiosités. Puisque Mia avait décidé d'accomplir le souhait de son grand-père et de se débarrasser du document, mais aussi parce qu'elle avait envie d'aller au bout du mystère, le plus simple était de ne pas s'attarder. Le désir de savoir et la volonté de tourner la page étaient des sentiments contradictoires qui l'avaient poussée tous deux dans la même direction. Et puis, cela leur laisserait plus de temps pour profiter de la ville. Thadée recommanda de visiter le Pergamonmuseum, avec ses temples antiques reconstitués, si impressionnants, disait-on. Mia voulait aussi se rendre à la Neue Nationalgalerie, voir les tableaux expressionnistes. Raymond Thadée n'était allé qu'une fois à Berlin, avec une délégation d'anciens combattants pour les vingt ans de la Victoire, au printemps 1965.

« Nous n'avons pas pu passer à l'Est, c'était trop tendu avec les communistes. J'ai surtout profité des *Weinstuben* de Kreuzberg. C'était déjà à l'époque le quartier le plus bohème, avec ses bars à bière ou à vin. Avec ses filles, aussi… Je me souviens qu'avec d'autres camarades de la 2e DB… »

Les petits salés fumants arrivèrent à point nommé pour parfumer les anecdotes berlinoises de l'ancien soldat.

* * *

« Voulez-vous que je vous aide avec votre valise ? »

Thadée se tenait dans l'embrasure de la porte du compartiment, empêchant le panneau coulissant d'aller et venir au gré du roulis du train.

« Pas la peine », répondit Mia.

Elle souleva avec aisance son bagage pour le poser sur la couchette intermédiaire et l'ouvrir.

« Je vous laisse vous changer, je vais me dégourdir les jambes dans le couloir. »

En quelques minutes, Mia était prête pour la nuit ; le petit lavabo crachotant permettait quand même de se brosser les dents, à défaut d'ablutions plus sérieuses. Il faudrait attendre l'arrivée à l'hôtel, le lendemain, pour prendre une douche – elle en avait hâte. Les draps militaires étaient aussi propres et bien repassés que rêches et froids. Mia s'était glissée dedans en prenant garde à les laisser bien bordés : ainsi enserrée dans ce portefeuille de tissu, il lui semblait que rien ne pouvait lui arriver, surtout pas une chute malencontreuse en cas de coup de frein. Elle somnolait déjà quand Thadée ouvrit en silence la porte du compartiment et se prépara pour la nuit sans allumer la lumière. « Un homme délicat », songea Mia dans son demi-sommeil. Elle avait calé sur l'oreiller son chignon de Betty Dollfoot. Pas question de le défaire avant d'achever cette équipée allemande : de Brecht à Hitler, c'était une seule séquence. Elle n'entendit pas le train ralentir à l'approche de Bar-le-Duc, ni la porte du wagon s'ouvrir, ni les trois bagages saucissonnés et remuants tomber sur le ballast avec un bruit sourd, ni l'escouade d'hommes en noir les ramasser après avoir escaladé le talus, ni les voitures à gyrophare s'éloigner dans la nuit de la Meuse. Mia s'était endormie un peu après Vitry-le-François, malgré le léger vertige que lui procurait l'approche de la journée du lendemain et grâce sans doute à la berceuse que lui chantonnait le train en roulant, régulier, dans la nuit de l'Est français.

- 23 -

Berlin, Dahlem, le 9 juin 1990

Il était 11 h 05 quand Mia Robst-Azerbier et Raymond Thadée entrèrent dans la Curata Residenz de Dahlem. La jeune comédienne laissa le vieux soldat aborder en allemand le personnel de l'accueil, notamment une imposante infirmière enserrée dans une blouse rose. Elle crut voir Thadée lui glisser un billet de banque mais n'en dit rien quand il revint vers elle en souriant.

« Chambre 18. » Il pointa du doigt l'escalier. « Au deuxième. »

Julius Traub ne sembla pas surpris de leur visite. En tout cas, il ne marqua aucun étonnement. À peine Thadée eut-il annoncé qu'ils venaient de France pour le voir qu'il leur désigna les deux sièges dont disposait la chambre. Thadée commença une longue explication, se présenta comme un ancien soldat qui avait combattu en Allemagne en 1945 et dont l'un des camarades, selon toutes les apparences, avait croisé sa route... Mia regardait le vieil Allemand. Elle savait, bien sûr, qu'elle ne ferait pas face à un officier nazi tiré à quatre épingles, dans la splendeur de son aryanité militarisée. Toutefois, elle était étonnée de découvrir un vieillard aussi chétif et affaibli. Elle redoublait d'efforts pour ne pas s'apitoyer et s'efforçait de l'imaginer non dans un gilet de laine trop grand, comme aujourd'hui, mais dans un uniforme vert-de-gris. Soudain, elle entendit Thadée prononcer le nom d'Edmond Azerbier et ne put s'empêcher d'ajouter :

« Mon grand-père ! »

Traub se tourna vers elle, la regarda longuement et déclara en français, d'une voix rauque :

« Je me souviens très bien de lui, mademoiselle. C'est lui qui m'a arrêté, avec un de ses camarades. »

Il se tourna vers Thadée et poursuivit en allemand.

« Vous, peut-être ?

– Je ne crois pas, en tout cas je n'en ai aucun souvenir. Nous avons fait beaucoup de prisonniers. »

Traub le scruta quelques secondes.

« J'ai cru, quand vous êtes entré, que votre visage ne m'était pas inconnu, c'est pourquoi je vous pose la question. Mais peut-être suis-je trahi par ma mémoire...

– Nous sommes tous trahis par notre mémoire, après tant d'années », concéda Thadée.

Traub continua à détailler le visage de Thadée.

« C'était au Berghof, en contrebas de la maison. Un blindé léger... »

Le Français ne se souvenait pas. Le vieil aide de camp

d'Hitler haussa les épaules, soulevé par un soupir, et regarda le sol en murmurant :

« C'était une triste époque. La guerre… Je ne sais pas comment nous autres, Allemands, avons pu nous fourvoyer ainsi. »

Traub se remit à parler français en regardant Mia.

« Hitler nous a trompés, mademoiselle, il nous a volé notre jeunesse. »

Il reprit en allemand la conversation qui devint soudain un monologue douloureux, comme si le vieillard était broyé entre les souvenirs et les remords. Thadée hochait la tête et se contentait de brèves interventions, qui semblaient terminer les phrases où Traub s'enlisait entre deux soupirs. Mia avait de plus en plus de mal à voir un nazi derrière cette silhouette torturée. Elle peinait à suivre la discussion, ne saisissant que quelques vocables allemands dont l'addition ne faisait pas une phrase. Thadée se tourna vers elle et dit en français :

« Mlle Robst a hérité de son grand-père un objet qu'elle souhaiterait vous remettre… »

Mia hésita ; peut-être devait-elle d'abord parler du testament, des dernières volontés de Papya. Elle avait plongé la main dans le petit sac de tissu fleuri où elle avait dissimulé le portefeuille de cuir noir, mais hésitait à le sortir.

Thadée insista.

« Mia, je crois que c'est le moment… »

Julius Traub ouvrit la bouche et laissa échapper un cri étouffé, comme si on l'avait frappé à l'estomac. Il s'était soulevé de quelques centimètres sur son siège pour y retomber lourdement tandis qu'il tendait les deux mains vers l'avant. Mia lui donna le journal, son journal, et Traub défit d'une main tremblante la lanière de cuir. Les soupirs étaient devenus des sanglots sans larmes tandis qu'il tournait les pages, mécanique. Soudain, il bascula la tête en arrière et donna un ordre à Thadée. Celui-ci se précipita sur la sonnette pour appeler l'infirmière puis apporta un verre d'eau à Traub. Le journal glissa sur ses genoux, Mia dut le rattraper avant qu'il ne bascule vers le sol. L'infirmière arriva sans tarder, Traub lui demanda un médicament qu'elle trouva dans le tiroir de la table de nuit. Il l'avala avec le reste du verre d'eau. Le trouble semblait s'éloigner.

« Le docteur Hynkel m'a demandé de le prévenir à chaque malaise, pouvez-vous l'appeler ? »

L'infirmière acquiesça et sortit. Traub tendit la main pour que Mia lui rende le journal. Il en parcourut quelques pages, s'attarda sur l'une d'elles, laissa échapper quelques soupirs bruyants, puis il sortit du portefeuille le papier plié en quatre.

« Mademoiselle, votre grand-père vous a-t-il aussi légué ce qu'il m'a volé ce jour-là, en plus de mon journal ? Vous voyez ce que je veux dire ? »

Mia le regardait, pétrifiée. Il y avait dans ce regard, soudain, quelque chose de menaçant, de glaçant, d'inquisiteur. Quelque chose de nazi. Avant même qu'elle ait pu ouvrir la bouche, Traub enchaîna :

« Ma montre, mademoiselle, avez-vous ma montre ? »

Mia resta muette, secoua lentement la tête.

« C'est dommage. Il faut que je vous explique quelque chose, quelque chose d'historique. Cette feuille est codée, elle contient les coordonnées permettant de localiser le trésor du Reich. Vous savez ? Ce que le Führer voulait mettre à l'abri pour le futur. La montre que votre grand-père m'a dérobée permettrait de retrouver ce trésor.

– Et de quoi est-il constitué, ce trésor ? »

Mia avait retrouvé sa voix, et un peu d'assurance. Une voix qui voulait savoir la vérité.

« Je ne sais pas, mademoiselle. Seul le Führer le savait. Sans doute beaucoup de choses volées pendant la guerre. Mais sans ma montre, nous ne l'apprendrons jamais. »

Mia se pencha vers lui et s'efforça de durcir son regard autant que celui de son interlocuteur.

« Vous dites "ma montre", mais n'est-ce pas plutôt la montre d'Hitler ? »

Traub baissa les yeux, glissa la feuille au milieu des pages.

« Vous avez raison, c'était la montre du Führer, j'étais venu la chercher. Votre grand-père me l'a confisquée. Si vous le savez, c'est que vous l'avez retrouvée... »

Thadée intervint.

« Votre mémoire vous trompe. Cette montre était dans un meuble, au milieu des ruines du Berghof, dans un tiroir. C'est Edmond Azerbier et moi qui l'avons retrouvée. »

Traub baissa la tête, appuya le front sur sa paume droite ouverte, l'autre toujours posée sur le journal.

« Je ne sais pas... Je ne sais plus... Je me revois en train d'empocher cette montre, d'enjamber les gravats. Mais c'était il y a longtemps, si longtemps... »

Thadée se pencha vers lui, posa sa main sur celle que Traub tenait, immobile, sur son journal. Mia se dit que le destin était bien ironique, à réunir dans une même émotion de vieillards à moitié amnésiques ces deux hommes qui auraient pu s'entretuer quarante-cinq ans plus tôt.

« De toute façon, continua Thadée, cela n'a plus d'importance. Cette montre est perdue, le trésor ne sera jamais retrouvé, et il en est peut-être mieux ainsi. »

Mia se leva soudain ; les sentiments se bousculaient dans sa tête. Ces deux anciens soldats partageant un même désarroi illustraient toute la stupidité de la guerre, l'impossible réparation des désastres et la tragédie du destin. Son grand-père lui avait laissé en héritage la garde de bien lourds secrets. Le journal, la montre, le chemin vers le trésor… Fallait-il tout détruire pour que l'Histoire s'arrête ? Fallait-il au contraire mener jusqu'au bout la quête de vérité pour que l'Histoire ne puisse jamais reprendre son cours sanglant ? Qu'est-ce qui était le plus dangereux, un trésor enfoui ou un trésor exhumé ?

Alors, obéissant à son instinct, Mia ôta sous le regard étonné des deux vieux soldats les nombreuses épingles qui retenaient son chignon de théâtre et, de ses cheveux libérés qui tombèrent comme un rideau de scène sur ses épaules, elle sortit une montre en or. La montre d'Hitler.

- 24 -

Berlin, le 9 juin 1990, 11 h 32

La Wartburg 1.3 s'arrêta en crissant le long du trottoir. Hans ne parvint pas à ouvrir la portière côté passager. À travers la vitre, il vit le chauffeur déplier sa jambe et donner un grand coup de semelle contre l'intérieur de la tôle. Aussitôt, le véhicule s'ouvrit et Hans put y grimper.

« Elle a quelques défauts mais elle roule bien. Et quel chien ! Tu sais que c'est leur premier moteur à quatre temps ? »

Hans n'avait aucune passion pour les voitures, encore moins pour les guimbardes de l'Est, mais l'excitation cocasse de Marwan le fit sourire.

« Depuis la chute du Mur, la mode est aux Trabant, mais c'est du snobisme. Wartburg, voilà de la vraie bonne voiture communiste », lança le Libanais en riant.

Et dans un grondement carboné qui laissa un panache noir dans le rétroviseur du véhicule, il s'envola sur la Potsdamstraße.

« Eh bien, ça n'a pas tardé. Je t'avais bien dit qu'il ne resterait pas tranquille longtemps. Qu'est-ce qui s'est passé ? »

Hans n'avait pas hésité avant d'appeler Marwan à la rescousse. Parce qu'il avait une voiture, bien sûr, un avantage de taille pour traverser Berlin un samedi en fin de matinée, avec des bus rares et des taxis introuvables. Parce qu'il l'avait alerté sur la curiosité hostile que son grand-père allait immanquablement susciter, et sur la fragilité de son installation censée être incognito à la Curata Residenz. Mais aussi parce que sa présence le rassurait. Sa carrure, cette impression massive, celle d'un corps empreint d'une force d'inertie inébranlable, sa bonhomie également, insensible à toutes les tensions du moment, ce détachement qui passait d'abord pour de l'indifférence avant de s'affirmer comme une philosophie. Tout cela conférait à Marwan Tizri un sang-froid et un calme impressionnants, et surtout une grande capacité d'apaisement – et c'est ce dont Hans avait besoin en ce matin de juin.

Son téléphone avait sonné un peu après 11 h 15. En application des consignes qu'il avait données à l'administration de la Curata Residenz, en cas de visiteurs se présentant sans qu'il les accompagne, l'infirmière de garde l'avait prévenu : « Un homme assez âgé, environ soixante-dix ans, et une jeune femme d'une vingtaine d'années. » Hans avait posé quelques questions, sans obtenir de grandes précisions : « L'homme est très bien élevé, très courtois. Il parle couramment allemand, avec peut-être une pointe d'accent indéfinissable. La jeune fille n'a rien dit, elle semblait très impressionnée d'être là. Mais elle avait une très belle mise, très élégante… » L'infirmière avait marqué un temps puis avait ajouté : « J'ai aussi appelé le numéro que la police nous a donné. Mais personne n'a répondu… C'est le week-end… J'ai quand même laissé un message sur le répondeur, mais j'ai peur qu'ils ne l'aient que lundi. » Hans l'avait rassurée. « Ce n'est pas grave. Je viens tout de suite. Vous avez fait ce que vous deviez faire ; passez simplement voir mon grand-père dans sa chambre quand ses visiteurs seront partis. » Il avait ensuite appelé la borne de taxis la plus proche, sans succès, puis Marwan. « Je suis là dans sept minutes trente, montre en main. La Wartburg 1.3 jaune avec les enjoliveurs chromés, tu ne peux pas me rater. » Il lui avait fallu douze bonnes minutes pour rallier la rue où habitait Hans au volant de son bolide antédiluvien est-allemand, mais il était venu.

« À ton avis, c'est qui ? »

Tizri avait attentivement écouté le récit de Hans.

« Aucune idée. Peut-être des journalistes en mal de scoop, tout simplement.

– Un vieux et une jeune… Des parents éloignés ?

– Aucune chance. Mon père était fils unique, mon grand-père aussi. Il y a des Traub plein l'annuaire, mais notre branche est maigrelette. »

Marwan sourit et enchaîna.

« Alors, procédons par élimination. Les néonazis ? Ça colle mal avec ce couple. Je sais bien qu'il y en a de tous les âges, mais un vieux type et une jeune, sans délégation plus fournie, c'est bizarre. Idem pour des chasseurs de trésor. À supposer qu'ils aient eu l'info sur la montre et le journal de bord, il est évident qu'après quarante-cinq ans dans les prisons soviétiques, ton grand-père ne les a plus. Ou alors ce sont eux, les chasseurs, qui ont trouvé le cahier et la toquante, et ils viennent demander à ton grand-père de les aider à décoder le mystère. Mais un papi avec sa petite-fille, avoir accompli l'exploit de retrouver ce que les espions soviétiques ont cherché en vain pendant des décennies, ça relève du roman. »

Marwan faisait circuler son regard du rétroviseur extérieur gauche au miroir fendu qui servait de rétroviseur intérieur, pour revenir ensuite au véhicule poussif qui les précédait sur la Potsdamstraße ; de temps à autre, il jetait aussi un œil sur Hans, quêtant un signe d'approbation de ses analyses. Le Libanais avait passé le coude gauche par la vitre ouverte, le courant d'air soulevait en houppes comiques ses cheveux noirs, il parlait fort pour couvrir le bruit de la circulation.

« À mon avis, ce sont les services secrets. Je sens bien le vieil officier avec sa junior. »

Marwan avait esquissé un sourire presque gourmand qui amusa Hans.

« Les Russes, encore ? »

Marwan rétrograda à l'approche d'un feu rouge, le moteur grogna comme un bouledogue enroué.

« Non, pas les Russes. Tout part en vrille, chez eux, je pense qu'ils ont d'autres chats à fouetter. Et puis ils doivent se bouffer entre eux.

– Alors, les Allemands de l'Ouest ?

– Si Bonn avait le moindre talent en matière d'espionnage

ou de contre-espionnage, ça se saurait. Non, j'hésite entre les Américains et les Français. Les Américains sont obsédés depuis le début par le trésor des nazis, ils ont déjà retrouvé des tas de choses. Tu te souviens de la mine d'Altaussee ? Tu sais, la mine de sel en Autriche ? »

Hans avait un vague souvenir de ce village perdu au milieu des montagnes qui dominaient Salzbourg, où les Alliés avaient récupéré en mai 1945 un stock de tableaux volés par le IIIe Reich.

« Ou alors les Français. Après tout, on sait qu'ils sont arrivés les premiers au Nid d'aigle, en 1945. Comme c'est là-bas qu'Hitler avait caché sa montre, peut-être qu'ils l'ont depuis quarante-cinq ans. Maintenant que ton grand-père est libre, ils viennent l'interroger pour savoir ce qu'il y avait dans son journal, ou s'il l'a caché quelque part avant la fin de la guerre. Oui, ce serait assez logique, je parie sur les Français. »

De biais, Hans regardait Marwan à la fois concentré sur sa conduite et attentif à chaque mot prononcé. Le sourcil était froncé, il n'y avait plus de légèreté dans ses propos.

« Et pourquoi pas des espions d'un pays arabe ? »

Le Libanais retrouva le sourire.

« Tu rigoles ? Tu imagines Saddam Hussein ou Moubarak envoyer une femme en mission ? »

Hans renchérit, amusé à l'idée de taquiner son ami et de l'obliger à argumenter. Cela lui permettait aussi de ne pas trop s'inquiéter – après tout, ces deux visiteurs n'avaient pas le profil de tueurs à gages.

« Au contraire ! Envoyer une femme blanche, c'est la

certitude de ne pas être repéré ! Même l'Iran pourrait le faire, ils sont rusés.

– L'Iran n'est pas un pays arabe, mon ami, répondit Marwan avec un clin d'œil avant d'ajouter : On y est dans deux minutes. »

Hans regarda par la fenêtre. Au carrefour où la Pacelliallee devient la Thielallee, un kiosque à journaux avait sur sa devanture une affichette du *Berliner Zeitung*. Le grand quotidien de la partie Est de la ville venait d'être racheté par le puissant groupe Gruner & Jahr et par le Britannique Robert Maxwell. « Une vraie révolution », pensa Hans. Le journal exhibait le portrait, en couleurs et l'air sévère, de Franz Beckenbauer, le sélectionneur de la Mannschaft, l'équipe de football de la RFA. Il est vrai que la Coupe du Monde avait commencé la veille, par une énorme surprise : le Cameroun avait battu l'Argentine, 1 à 0. Demain, l'Allemagne entrerait dans la compétition en affrontant la Yougoslavie. L'affichette du *Berliner* portait en grosses lettres un titre qui arracha à Hans un frisson ambigu : « Jours décisifs ».

* * *

Joachim Schlacht cracha par la vitre ouverte de l'Opel Kadett. En haut d'un mât, un placard publicitaire vantait un livre de Nelson Mandela, le leader noir récemment libéré y apparaissait le poing levé. L'Opel Kadett avançait en ligne droite à travers le Tiergarten, le grand jardin zoologique de Berlin, ralentie par les voitures familiales qui cherchaient à se garer, par les calèches promenant des touristes et par quelques camionnettes de vendeurs de glaces qui roulaient au pas en attirant le chaland par de joviaux coups de cloche. À côté de lui, Wanda Klaff restait silencieuse derrière ses lunettes de soleil à verres miroir, qu'elle gardait sur le nez alors que les nuages commençaient à s'amonceler à l'horizon, écrasant quelque peu la lumière de midi. Un peu après 11 h 30, c'était elle qui avait pris l'appel au téléphone quand ils s'apprêtaient à sortir, se détendre un peu, déjeuner en terrasse. L'oisiveté leur pesait déjà alors qu'ils n'étaient à Berlin que depuis cinq jours. Au bout du fil, la voix avait prononcé le code convenu avec Julius Traub : « Le patient de la chambre 18 m'a demandé de prévenir le docteur Hynkel. Est-ce le bon numéro ? » Elle avait confirmé, remercié son interlocutrice, et enfin extirpé Joachim Schlacht de la salle de bains où il peaufinait sa raie de côté. Le temps d'attraper un blouson, les clefs de l'Opel et de dévaler l'escalier, il était 11 h 50 à l'horloge de leur voiture quand ils passèrent devant le mémorial soviétique érigé en hommage aux soldats de l'Armée rouge tués lors de la prise de Berlin, en 1945.

« Ce sont les Français, les deux Français de Berchtesgaden, j'en suis certain. »

Schlacht frappait sur son volant dans l'espoir vain de faire accélérer la vieille Ford Escort qui zigzaguait devant eux. Au loin, le conducteur voyait le sommet de la colonne de la Victoire avec sa statue ailée, couronne de lauriers dans une main, lance effilée dans l'autre et rapace sur le casque.

« Les Français… » ajouta-t-il.

Il songea que ce monument glorifiait les victoires de

la Prusse sur le Danemark, l'Autriche et enfin la France, en 1870.

« Qu'est-ce que tu en sais ? grommela sa complice.

– Ils ont un coup d'avance. Depuis le début. Ils ont le journal, nous le savons. Soit ils ont la montre, et ils viennent pour que Traub décode la page, soit ils pensent que Traub sait où est la montre, et ils veulent lui extorquer le renseignement. Dans tous les cas, ils vont le secouer. »

Wanda Klaff ôta ses lunettes et les glissa dans la poche ouverte sur le cœur de son blouson.

« Ils agissent sur ordre des services secrets, à ton avis ? »

Schlacht fit glisser ses mains sur le volant pour prendre le virage du Großerstern ; la circulation semblait se fluidifier au loin.

« Des indépendants. Pour moi, ce sont des indépendants. Des solitaires. Ils veulent le trésor, ils ont récupéré le journal parce que le vieux Azerbier est mort, mais ce qu'ils veulent, c'est juste le trésor. La fille a hérité du journal, elle en a parlé au camarade de régiment de son grand-père et ils sont partis à l'aventure. S'ils avaient prévenu des agents du gouvernement ou des militants antinazis, on le saurait, les camarades de Paris l'auraient appris. »

Quand ils tournèrent sur la Ernst-Reuter-Platz pour descendre vers Dahlem, au sud-ouest de Berlin, Schlacht regarda la petite horloge de l'Opel Kadett et dit à Wanda :

« On y sera un peu avant 13 heures. »

Il était 12 h 55 quand ils franchirent le portail de la Curata Residenz. Le hall était désert, déjeuner oblige, seule une infirmière intimidée se tenait derrière le comptoir.

Joachim Schlacht et Wanda Klaff s'avancèrent vers elle en sortant leurs cartes.

« Bonjour madame, nous avons été appelés, je suis l'inspecteur Fitzek et voici le lieutenant Bentow. Nous venons pour M. Traub, Julius Traub. »

L'infirmière regarda les deux cartes de police avec attention, sans sourire.

« Vous avez donc eu mon message… » Puis elle leur montra l'escalier. « Deuxième. Chambre 18. »

En gravissant les marches, Wanda chuchota :

« Pour moi, ce sont les Américains, la CIA. Et les Américains, ce sont les Juifs. »

Schlacht approcha son oreille et perçut une conversation plutôt calme. Il glissa la main dans son dos, vérifia que son arme était bien en place. Klaff, elle, avait carrément sorti la sienne de l'étui fixé sous son aisselle, en avait vérifié le chargement et la pointait, canon en l'air, au moment où son comparse ouvrit la porte de la chambre de Julius Traub.

- 25 -

Berlin, Dahlem, le 9 juin 1990, 12 h 01

Julius Traub avait demandé un stylo à Thadée. Il avait recopié sur la troisième de couverture de son journal, cette page blanche cartonnée enveloppée de cuir, le numéro gravé au dos de la montre : 59 9973 424 666. Ensuite, il avait longuement regardé l'objet, en avait caressé l'écran du pouce, il avait tenté en vain de tourner le remontoir. Puis il l'avait rendu à Mia. Depuis, en silence, marmonnant parfois des chiffres, comptant souvent sur les doigts de sa main gauche, il griffonnait un à un des nombres, puis des lettres. Il s'arrêtait, recommençait pour vérifier, soulignait. Pendant une quinzaine de minutes, il sembla avoir oublié ses visiteurs. Il ne levait plus les yeux, qui allaient de la feuille dépliée, où son index gauche pointait l'un après l'autre les chiffres inscrits dans les deux carrés numériques du bas, jusqu'à la dernière page de son journal, où apparaissait lentement la solution du rébus. Mia s'aperçut que le vieillard n'avait pas besoin de lunettes pour se livrer à ce minutieux déchiffrement. À peine plissait-il un peu les paupières au moment de lire la grille qu'il avait probablement remplie lui-même, quarante-cinq ans plus tôt. Comme s'il avait lu dans les pensées de Mia, Traub s'interrompit enfin et leva le crayon vers la jeune fille.

«Je n'ai pas rédigé cette page de mon journal. Quand j'ai quitté Berlin, c'est le Führer qui m'a donné ce feuillet codé. Les derniers carrés en bas de la page étaient vides. Il m'a demandé de patienter un instant et est passé dans la pièce voisine, où il y avait le poste radio et des cartes accrochées au mur. Quand il est revenu, les cases étaient toutes remplies de chiffres. Hitler a plié la feuille, me l'a tendue, je l'ai enfouie dans ma poche. Plus tard, après être sorti de la ville, je l'ai regardée, j'ai ajouté en haut de la page, à côté de la date inscrite par Hitler: "*Das wertvollste Gut des Reiches*", "le bien le plus précieux du Reich", parce que c'était l'expression qu'il avait employée à ce moment-là. Puis j'ai ajouté: "*Die Uhr des Führers*", "la montre du Führer", pour ne pas oublier le lien qu'elle avait avec le trésor. J'ai gardé pour moi le reste du secret, c'est-à-dire qu'il fallait décoder à partir de son numéro de série. Ça, seule ma mémoire en a gardé la trace.»

Traub baissa les yeux, il semblait regarder la pointe du stylo que lui avait prêté Thadée, une élégante et fine bille de laque noire.

«À l'époque, j'aurais donné ma vie pour Hitler. Sans hésiter. Aujourd'hui… On réfléchit, en prison.»

Puis le vieil aide de camp se replongea dans son journal, comme il avait dû le faire si souvent entre le 20 avril 1933 et le 4 mai 1945. Il y eut quelques minutes de silence, puis il tendit le stylo à Thadée en disant :

« Voilà, c'est fait. »

Il saisit le journal à deux mains, la gauche supportant l'intégralité du portefeuille, la droite empêchant la couverture arrière de se replier. Il leva un peu l'ouvrage, et Mia songea à une sorte de cérémonie religieuse. Puis Traub murmura :

« 50 degrés, 59 minutes, 12 secondes Nord. 17 degrés, 36 minutes, 27 secondes Est. Minkowskie. »

Thadée se leva et vint se placer sur le côté de Traub pour lire de lui-même. Il répéta :

« Minkowskie. C'est en Pologne. »

Mia se mit debout à son tour :

« C'est loin ? »

Elle avait parlé d'une voix résolue, surprise elle-même par son assurance. Elle se dit que Fantômette avait repris le dessus en elle, que le frisson de l'aventure l'avait saisie. Au fond, c'est peut-être ce que souhaitait son grand-père, sans oser le dire, sans oser l'écrire dans son testament : qu'elle utilise le journal et la montre, qu'elle se lance sur les traces du butin. Et qu'elle le rende au monde, qu'elle le restitue aux victimes.

Traub referma son journal et agita légèrement la main droite.

« Je dirais 400 kilomètres. »

Thadée avait sorti un carnet de sa poche et noté à son tour la latitude et la longitude.

« Les coordonnées sont précises… »

Mia fit un pas.

« Allons-y, Raymond. »

Elle se rendit compte que pour la première fois, elle n'avait pas dit « monsieur Thadée » mais « Raymond ». Le vieux soldat la regarda, l'œil pétillant et l'air interloqué. Mia ne doutait pas qu'il relèverait le défi.

« Il va nous falloir des cartes d'état-major, ce sont les seules assez précises pour trouver le lieu exact sans se tromper. Et une voiture, bien sûr. »

Mia se tourna vers Traub. Le vieil homme tenait son journal sur ses genoux, l'air épuisé par la séance de décodage. Mia hésita. Elle ne savait plus s'il fallait voir en Julius Traub l'ancien aide de camp d'Hitler ou un vieillard en déshérence, brisé par quarante-cinq ans de détention et brutalement confronté à son passé. Était-il encore dangereux ? Fallait-il considérer son passé nazi comme prescrit ? N'avait-il pas assez payé ? Traub caressait la couverture de son journal, les yeux dans le vague, tandis que questions et scrupules se bousculaient dans l'esprit de Mia. Devait-elle lui abandonner la montre en plus de son journal ? Puisque Thadée avait été en mesure de retrouver sa trace, Traub n'allait-il pas être traqué par des chasseurs de trésor mal intentionnés, ou par des nostalgiques du nazisme ? Elle regarda Raymond sans trouver de réponse dans ses yeux ; l'ancien de la 2e DB ne revenait toujours pas de l'audace de Mia… Aller chercher le trésor en Pologne !

« Est-ce que vous voulez nous accompagner ? Nous pouvons passer vous prendre cet après-midi avec notre véhicule… »

Traub esquissa un sourire.

« Je suis trop fatigué pour vous suivre. Et puis, la police

ne me laisserait pas partir. Je suis un patient un peu… particulier. »

Mia tenait la montre d'Hitler. Elle la tendit au vieillard.

« Je n'en aurai plus besoin, maintenant…

– Oh, non, mademoiselle. Cette montre n'a jamais été la mienne et ne le sera jamais. Elle est maudite. Si je n'étais pas retourné la chercher au Berghof, j'aurais vécu libre après la guerre. Vous l'ajouterez au trésor que vous allez trouver. »

Mia la glissa dans son petit sac en tissu. Elle sourit à son tour. Il lui semblait que les yeux de Traub s'embuaient.

« Je vais garder mon journal, si vous le voulez bien. Je crois que je vais passer ce qu'il me reste d'existence à le relire. C'est ma vie, après tout. Mais emportez le feuillet codé, on ne sait jamais, il pourrait vous être encore utile sur place. »

Il était midi passé de vingt minutes quand Raymond Thadée et Mia Robst-Azerbier sortirent de la Curata Residenz. Le taxi les avait attendus.

- 26 -

Berlin, Dahlem, le 9 juin 1990, 12 h 33

« Moins d'une heure. Pas mal, non ? »

Il était 12 h 33 et Marwan s'extirpa de l'habitacle de la Wartburg avec une agilité qui forçait l'admiration. Puis il se pencha dans la voiture et intima à Hans de donner un grand coup d'épaule contre la portière. Le jeune étudiant en astronomie s'y essaya à deux reprises, le véhicule tangua mais refusa de s'ouvrir.

« Passe de mon côté », enchaîna le Libanais.

Il eut un soupir et une moue dont on ne savait s'ils déploraient l'état de son automobile ou le manque de muscles de son camarade. Hans escalada le levier de vitesses et le frein à main dressés entre les deux sièges en mousse rouge craquelée et descendit à son tour de la Wartburg. Le parking de la maison de santé était presque vide et l'on ne remarquait que la carrosserie jaune, gros bouton d'or au milieu des pelouses et des arbustes. Ils traversèrent le hall désert, ne répondirent même pas à l'infirmière embusquée derrière le guichet d'accueil, la tête à peine visible tant le comptoir était haut, et qui leur lança un mot de bienvenue mal articulé. Les deux jeunes gens grimpèrent les marches à la volée. Hans prit quelques mètres d'avance dans l'ascension et, quand il ouvrit la porte de la chambre 18, il s'étonna d'être aussi soulagé : son grand-père était là, allongé sur son lit, les yeux ouverts, indemne. Hans n'aurait pas imaginé être aussi inquiet pour le vieil homme, surtout après les propos horribles qu'il avait tenus, son absence totale de remords. « C'est le sang qui parle », aurait dit Marwan s'il lui avait confié cette émotion.

« Hans ! Hans ! Mon petit ! Tu es venu… »

Julius Traub tendait deux mains fébriles devant lui, happant l'air. Hans les saisit et s'assit sur le bord du matelas. Le Libanais était entré sur ses talons et avait pris place au pied du lit, debout ; il aurait eu l'air d'un docteur en visite auprès de son malade s'il avait porté une blouse blanche au lieu du blouson Chevignon matelassé beige enfilé ce jour-là en prévision d'un samedi de flânerie aux terrasses de Berlin-Mitte.

« Mon petit ! Mon petit ! Si tu savais comme j'ai eu peur ! Les Français, c'étaient les Français ! »

Marwan ne put s'empêcher de lancer un fier coup d'œil vers Hans : son pronostic était le bon, les services secrets français étaient venus cuisiner son grand-père. Mais Hans ne le regardait pas, et le vieux nazi reprit son souffle et son récit :

« Des chasseurs de trésor ! Ils m'ont secoué ! Ils avaient retrouvé ça, regarde, c'est mon journal, mon journal de toute la guerre, et même avant, mon journal avec Hitler, celui que le soldat français m'avait confisqué quand il m'a fait prisonnier au Berghof. Ils avaient aussi la montre, tu te rends compte ? La montre d'Hitler ! Je l'ai revue, elle était là, devant moi ! Il y avait un feuillet crypté dans mon journal, un feuillet ajouté par le Führer, ils m'ont obligé à le déchiffrer avec les codes gravés sur la montre. Le type me tenait et elle, la jeune, elle m'a giflé, elle m'a même frappé, avec la montre, avec le bracelet en cuir, quand je me perdais dans les chiffres ou quand je faisais une rature… »

Julius Traub hoquetait. Hans lui lâcha les mains, que le vieillard passa sur ses yeux et sur son front. Hans en profita pour ouvrir cet étrange gros cahier de cuir noir, entouré d'une lanière fatiguée. Il feuilleta les pages couvertes d'inscriptions minuscules, et se dit qu'il voyait pour la première fois l'écriture de son grand-père. Il regarda surtout les dates, car les chiffres étaient les seuls graffitis faciles à lire : 2 juillet 1934, 3 mai 1936, 9 novembre 1938… Julius Traub lui retira l'objet des mains.

« Ne lis pas cela… Tu ne peux pas comprendre. Il faudra que je t'explique. »

Marwan fut soudain un peu gêné d'être là. Il recula d'un pas, discrètement, et glissa les mains dans les poches de son blouson. Il songea que ce n'étaient pas les services secrets français, comme il l'avait prédit dans la voiture, qui avaient rendu visite à Julius Traub, mais que c'étaient quand même des Français.

Marwan sursauta quand la porte de la chambre 18 s'ouvrit violemment. Il essaya d'extirper les mains des poches de son blouson, mais ses pognes étaient si larges qu'elles y restèrent coincées, et le Libanais agitant les pans de sa veste ressemblait à un canard tentant de s'envoler. Hans, lui, bondit du lit et saisit ce qui lui tomba sous la main, en l'occurrence une carafe d'eau à moitié vide, posée sur la table de chevet. Il la dressa au-dessus de sa tête comme une arme dérisoire face au revolver pointé sur lui.

« Halte ! Halte ! cria Julius Traub dès l'entrée dans la chambre des deux policiers. C'est mon petit-fils ! Ne tirez pas ! »

Wanda Klaff abaissa le canon de son arme tandis que Joachim Schlacht s'approchait du lit.

« C'est mon petit-fils ! Les autres sont partis. Les Français, les voleurs, ils sont partis. »

Klaff rangea son revolver dans l'étui, Hans posa la carafe et Marwan arrêta de faire du vent en agitant son blouson.

« Quels Français ? »

Schlacht s'était avancé vers le lit, s'adressant à Julius tout en regardant Hans.

« Laissez-moi vous présenter. »

Le vieux Traub se redressa sur le lit.

« Hans, voici l'inspecteur Fitzek et le lieutenant Bentow. Je t'ai déjà parlé d'eux, ce sont les policiers qui veillent sur moi depuis que j'ai été libéré. »

Hans songea à tendre la main au policier mais il n'en fit rien, l'entrée arme au poing l'avait glacé.

« C'est mon petit-fils, Hans, il est étudiant, il vient me voir souvent. Et voilà un de ses camarades de l'université, je l'aide pour un mémoire en histoire. »

Schlacht/Fitzek se tourna vers l'oreiller où se détachait le visage anguleux de l'ancien officier.

« Vous avez parlé de Français, quels Français ? »

Traub déglutit longuement avant de répondre.

« Des chasseurs de trésor, ils cherchent l'or des nazis. Ils m'ont frappé, ont menacé de me torturer si je ne décodais pas les documents. J'ai été assez torturé par les communistes... Je suis si vieux... J'ai cédé. »

L'aide de camp d'Hitler reprit son récit, détaillant le physique de ses agresseurs, expliquant comment la montre et le journal avaient permis d'identifier un lieu, le nom d'une ville, des coordonnées topographiques précises.

« Mais j'ai tout retenu, là ! conclut Traub, les yeux écarquillés, un doigt pointé sur son front. Je suis vieux, mais pas gâteux ! Minkowskie, 50 degrés, 59 minutes, 12 secondes Nord. 17 degrés, 36 minutes, 27 secondes Est. »

Schlacht/Fitzek se tourna vers Klaff/Bentow.

« Minkowskie, c'est en Pologne, non ?

– Vers Wrocław, confirma la jeune femme en calant mieux le holster sur son flanc. S'ils vont là-bas, on ne pourra rien faire. Il faut passer par la hiérarchie, faire une demande. Le BND va vouloir s'en mêler.

– Le BND ? »

Marwan avait réussi à retirer les mains de ses poches. L'inspecteur Fitzek le toisa comme un suspect.

« Le service fédéral de renseignements. Le *Bundesnachrichtendienst*. Ils ne vous ont jamais contacté ? »

Il décocha un rictus ironique au Libanais. Le faux

enquêteur marqua une seconde de silence puis se tourna vers sa complice.

« À moins que…

– À moins que quoi, inspecteur ? »

C'était Julius qui le relançait d'une voix ferme.

« Qu'est-ce que tu en penses ? » demanda le policier à sa collègue.

Le lieutenant sortit sa paire de lunettes.

« Ça peut le faire. Mais faudra assumer.

– Assumer quoi ? »

Cette fois, Traub senior était agacé.

« Les frontières sont poreuses. Plus personne ne contrôle rien, à l'Est. Nous avons un véhicule banalisé, nous sommes en civil… De toute façon, si on passe par la voie hiérarchique, ce sera trop tard. Ils auront récupéré ce qu'ils cherchent et ils auront disparu.

– Ça peut le faire », répéta Klaff, pensive.

Elle laissa pendouiller ses lunettes au bout de sa main droite. Hans regardait les verres miroir jeter des éclats métalliques sur le sol et se demandait où voulaient en venir les policiers. Joachim Schlacht se tourna vers l'oreiller où se fondaient les cheveux blancs du vieillard.

« M. Traub, nous pouvons aller clandestinement en Pologne. Les frontières sont des passoires, en ce moment, et la route de Wrocław n'est pas la plus surveillée. Mais nous ne pouvons pas vous laisser ici. Vous êtes sous notre protection, s'il vous arrivait quelque chose en notre absence nous serions tenus pour responsables. »

Julius sourit, pivota sur le lit, s'appuya sur ses poings fermés et se redressa sans grande difficulté.

« En partant tout de suite, nous pouvons y être avant la nuit », chuchota Klaff en regardant sa montre.

Dans le mouvement, les lunettes jetèrent leur reflet au plafond.

« Et nous ? »

Hans avait parlé fort, il ne voulait plus laisser aux policiers le monopole de l'autorité.

« Pardon ? répondit Fitzek.

– Pas question que je laisse mon grand-père. S'il part, je viens avec vous. »

Schlacht le toisa mais Hans ne baissa pas les yeux.

« Comme vous voulez, concéda l'inspecteur. Et lui, il vient aussi ?

– Bien sûr ! »

Le Libanais n'avait laissé à personne le soin de décider pour lui.

« Vous avez une voiture ? »

Tizri regarda Hans qui leva les sourcils, circonspect.

« Une Wartburg. Mais je ne sais pas si, jusqu'en Pologne…

– Quatre cents bornes, fit Klaff, cinglante.

– Alors non, on n'a pas de voiture, bougonna Marwan.

– Vous serez serrés, à l'arrière de l'Opel, fit l'inspecteur Fitzek avec un soupir.

– C'est parti », conclut le lieutenant Bentow.

Et elle plaça avec soin les lunettes sur ses yeux.

QUATRIÈME PARTIE

- 27 -

Minkowskie, Pologne, le 9 juin 1990

La pluie les avait giflés dès la sortie de la ville. Une pluie en cisaille, grasse de l'été qui approchait, une pluie qui nettoyait les cieux au-dessus de Berlin des poussières et des crasses accumulées. Une pluie qui défiait les essuie-glaces bodybuildés de la Porsche 911. « Un nouveau modèle, avait glissé Raymond Thadée à Mia en signant le bon de location. J'en avais envie depuis des mois. » Mia se trouvait assise un peu trop près du sol à son goût, mais elle aimait bien le rugissement rauque du moteur. Thadée n'était pas si à l'aise que cela au volant du bolide et, s'il jouait de l'accélérateur à l'arrêt devant un feu tricolore, il n'en abusait pas à pleine vitesse. Mia avait remarqué qu'en Allemagne, les feux de circulation passaient aussi par l'orange entre le rouge et le vert, pas seulement dans l'autre sens, ce qui permettait aux conducteurs d'enclencher la première vitesse et d'embrayer à l'instant même où le feu devenait vert, sans être surpris.

« Futé », avait-elle pensé en se retrouvant collée au fond du siège par l'accélération.

Ils avaient franchi la frontière polonaise avec une facilité déconcertante. Quelques douaniers s'abritaient sous une guérite, un autre fumait près d'un réverbère. Celui qui contrôla leurs passeports arbora un large sourire quand il constata leur nationalité française, et les laissa passer en frôlant des doigts la tôle anthracite de la Porsche. Durant les premiers kilomètres, en regardant les panneaux routiers en polonais – Olszyna, Jaglowice, Trzebiel… –, Mia songea à ses grands-parents, Samuel et Rywka Robst. Ils avaient quitté cette Pologne, un village plus au nord dont elle ne connaissait que le nom, Waplewo, avant de revenir mourir dans leur pays sous les aboiements des chiens dressés par les nazis, à Auschwitz… La pluie redoublait quand ils entrèrent dans Wrocław, le ciel plombé jetait sa pénombre dans les eaux de l'Oder, plus grises encore que la ville. L'ancienne Breslau avait été vidée de ses habitants allemands après la Seconde Guerre mondiale pour être peuplée de Polonais et d'une poignée de Russes. Dans les rues, les silhouettes n'avaient pas de nationalité et se distinguaient en deux catégories : celles qui allaient paisiblement sous un parapluie et celles qui se pressaient pour éviter d'être trempées. Raymond Thadée appartenait à la seconde quand il regagna la voiture.

« Je sais où nous allons ! » déclara-t-il en souriant.

Il passa la main sur ses cheveux collés par la pluie. Il avait fait chou blanc dans la cabine téléphonique – pas de monnaie polonaise, aucun zloty pour payer la communication. En revanche, au café d'à côté, son billet de 5 dollars exhibé pour téléphoner à Bonn lui avait valu le meilleur accueil, et même une bière blonde dont il n'avait avalé qu'une lampée.

«Je sais où nous allons!»

Mia le regarda et se souvint qu'ils étaient lancés dans une chasse au trésor alors que, depuis l'entrée dans ce pays, elle pensait plus à sa famille martyrisée qu'à la montre d'Hitler et à l'or des nazis.

«J'ai appelé un ami qui travaille à l'ambassade de France à Bonn. Je lui ai donné les coordonnées topographiques du journal de Traub, sans lui dire ce qu'elles cachent, bien sûr. Il a utilisé un ordinateur, un calculateur qui permet de localiser en fonction de... Bon, je n'ai pas compris tout ce qu'il m'a dit, mais c'est fiable. Sa conclusion est formelle: le point où nous nous rendons est un manoir, un palais du XVIIIe siècle. Ma chère Mia, nous allons mener la vie de château!»

Et il fit redémarrer la Porsche dans un vrombissement capitaliste tel que Wrocław n'en avait sans doute jamais connu.

Les deux comparses durent effectuer plusieurs haltes entre Wrocław et Minkowskie. Il ne s'agissait plus d'avancer sur une voie rapide en déchiffrant des panneaux remplis de W, de K et de Z, mais de progresser sur de petites routes mal identifiées, de traverser des villages parfois dépourvus de tout poteau indicateur, et de ne pas se perdre sous les trombes d'eau qui assombrissaient les frondaisons de la forêt silésienne. Il avait aussi fallu, en sortant de

Wrocław, trouver de l'essence – il y en avait assez dans le réservoir pour gagner Minkowskie, mais il faudrait revenir… Pendant que Thadée faisait le plein à une pompe hoquetante visiblement fatiguée du communisme d'État, Mia se dit que la Porsche n'était pas le véhicule idéal pour déménager un trésor. Que feraient-ils s'ils dénichaient des tonnes d'or et des chefs-d'œuvre dans des caisses en bois renforcées, comme dans les films où l'on transporte des tableaux de maître ? Elle chassa cette vision de ses pensées et se dit qu'au lieu d'être Ali Baba, elle se retrouverait sans doute dans quelques heures Gros-Jean comme devant. Après tant d'années, le trésor avait dû être trouvé par des pillards trop malins pour ne pas être discrets. Ou alors la cachette était devenue inaccessible, enfouie sous un bâtiment effondré ou une autoroute neuve. Entre deux arrêts pour se pencher sur les cartes d'état-major qu'ils avaient achetées avant de partir au Bayerischer Platz, la grande librairie historique de Berlin, Thadée avait donné des détails à Mia. Le lieu indiqué par le journal de Traub était un manoir construit en 1736 par une grande famille rurale. « Il a changé de mains plusieurs fois pendant la révolution industrielle, il a appartenu à des propriétaires de mines de houille. Les Allemands l'ont réquisitionné pendant la guerre et, tenez-vous bien, savez-vous ce qu'ils en ont fait ? » Mia secoua la tête. « Un bordel, mon enfant, un bordel ! Pardon de vous parler ainsi, mais il n'y a pas d'autre mot. Un bordel, mais pas un bordel comme les autres : une maison close de haute tenue, pour les officiers d'état-major qui revenaient du front de l'Est. Hitler a caché son or dans un bordel ! » Mia fit remarquer que les ordinateurs de l'ambassade de France à Bonn étaient vraiment très savants, mais Thadée la détrompa. « Non, cette histoire-là, mon ami l'a trouvée dans un dictionnaire historique. Il paraît que le château de Minkowskie est bien connu des spécialistes de la guerre. »

Une pénombre étrange nimbait l'atmosphère quand la Porsche sortit du bois qui entourait le château. Il semblait que, par-dessus la noirceur des nuages, d'autres ténèbres progressaient sournoisement : le soir s'annonçait en avance. Thadée avait allumé les phares du véhicule, et ce n'était pas inutile. C'est donc dans une lumière jaune que Mia découvrit la façade lépreuse du château de Minkowskie. La brique, d'un rose soutenu tout à fait idoine pour une maison de passe, était grignotée en de multiples endroits, comme une chair couverte d'escarres. Des dizaines de fenêtres rectangulaires s'alignaient d'étage en étage, avec leurs petits carreaux encadrés de bois blanc, mais plus aucune vitre ne semblait intacte. Un escalier à deux volées de marches menait à un haut perron surmonté de trois arcades en ogive, derrière lequel se cachait une porte assez simple entourée de deux statues de femmes affairées à des occupations agraires, serpe en main, gerbe sur l'épaule. Thadée stoppa la Porsche à quelques dizaines de mètres du bâtiment, afin de profiter de la lumière des phares pour arroser la plus grande partie de la façade. Ils restèrent quelques minutes dans l'habitacle, silencieux, à contempler ce manoir fantôme qui défiait toute envie de fouille – trop vaste, trop décrépi, trop sinistre. Le doux ronronnement du moteur au ralenti ne suffisait pas à rassurer Mia, qui regretta un bref instant de ne pas avoir renvoyé Fantômette à ses études.

«J'ai bien fait de prendre ça.»

Thadée rompit le silence en ouvrant la boîte à gants, dont il sortit deux lampes torches en métal brillant. Puis il coupa le moteur et ouvrit la portière. Mia le suivit sans hésiter. L'air tiède et moite sentait les feuilles mouillées. La pluie continuait, mais elle semblait fatiguée et ils se passèrent de parapluie. Les phares de la Porsche projetèrent les ombres de Thadée et de Mia sur la façade, comme deux géants s'approchant d'une maison de poupées.

Raymond Thadée était un homme méthodique. Après avoir exploré la grande salle de bal du rez-de-chaussée, il réfléchit à voix haute.

«Un trésor comme celui des nazis, c'est lourd. De l'or, des caisses, des containers. Peut-être des armes, aussi. Ça ne se range pas dans un grenier, ce serait trop pesant pour des planchers du XVIIIe siècle. Ça ne se cache pas non plus dans des chambres ou des salons. Même avec des portes secrètes et des placards dissimulés, il n'y a pas assez de place. À moins que ce trésor ne comporte que des bijoux, ce qui m'étonnerait. Donc, si les nazis ont dissimulé leur butin ici, c'est forcément au sous-sol. Ou alors il est enterré dans la forêt, et là, nous pourrons fouiller trente ans sans le trouver.»

Mia ne put qu'approuver.

«Direction la cave, donc?»

Mais la cave n'était pas simple à localiser. Les cuisines occupaient une sorte d'entresol à moitié enterré. Alors que le reste du manoir se décomposait avec lenteur, rongé par le temps sans avoir été brutalisé, l'office avait été saccagé. De toute évidence, quelqu'un avait démonté sans ménagement les tuyauteries, les grands éviers, même la cheminée. Mais rien n'indiquait un chemin vers le sous-sol, ni trappe, ni escalier, pas même un monte-plats. C'est en ressortant du château et en le contournant que Mia et Thadée trouvèrent l'entrée de la cave. À l'arrière du bâtiment, quelques marches s'enfonçaient sous la surface et donnaient sur une porte en fer à gros rivets. Elle était fermée, mais la rouille avait entamé sa tentative de cambriolage et, en jetant une grosse pierre sur la serrure, Thadée parvint à faire sauter le pêne. En regardant opérer ce sésame brutal mais efficace, Mia se dit que le vieux soldat avait encore de la force.

L'escalier poursuivait sa pente après la porte et s'enfonçait dans une sorte de grotte humide. Mia suivait Thadée ; tandis que le vétéran éclairait le chemin avec sa lampe, la jeune femme utilisait la sienne pour éclabousser les parois, murs bas flanqués de casiers à bouteilles, ornés de gros interrupteurs en porcelaine et percés de loin en loin par des tiges de métal fichées dans la brique. Tous les cinq mètres, un couloir partait vers la gauche et vers la droite de cette allée centrale. Tous identiques, comme des chapelles sur le pourtour d'une cathédrale, ils avaient une dizaine de mètres de longueur et s'achevaient en impasse par un mur de briques, les mêmes briques que la voûte de la cave, brunes et épaisses, sans la grâce de leurs cousines roses de la façade. Thadée était arrivé au bout de la cave, un mur parfaitement lisse recouvert d'un crépi que les toiles d'araignées voilaient de nacre sous la lumière de la torche.

« Cherchons mieux », dit le vieil homme.

Lui aussi était orné des quelques toiles d'araignées qu'il avait décrochées en ouvrant la voie. Il s'enquit alors des « chapelles » latérales, les explorant sur toute leur longueur. Comprenant la tactique, Mia fit de même avec l'autre côté de l'allée. Il y en avait au moins une douzaine à explorer à droite et à gauche.

« Mia, venez voir. »

Thadée s'était arrêté dans un transept situé à peu près au milieu de la cave. Mia le rejoignit d'un pas rapide et sa lampe torche, en s'agitant, jeta des flammes sur la voûte. Thadée avait pointé la sienne vers le sol, sur une vaste plaque de métal rouillé, bordée d'un côté par une charnière aux allures médiévales. Thadée, du bout du pied, tapota la plaque qui lui répondit d'un écho sourd. Puis il s'avança dessus, sans qu'elle fléchisse.

« Comment ouvrir ça ? » interrogea Mia.

Elle tenta de glisser les doigts entre la plaque et la rainure fendant le sol où elle était encastrée. Thadée était déjà reparti vers l'entrée de la cave. Mia entendit des bruits métalliques, des raclements, des grincements. Il revint avec une longue tige plate qu'il avait arrachée à un casier à bouteilles démantibulé. La langue de métal se glissa sans peine dans l'encoche du sol et fit suffisamment levier pour que Thadée et Mia, non sans peine, parvinssent à soulever la plaque. Elle retomba contre le mur avec un bruit de fonte assourdissant, comme une coque de cuirassier qui aurait reçu un coup de masse. Encore un trou béant et noir, et cette fois non un escalier mais une échelle aux larges barreaux d'acier.

« Dos à l'échelle », intima Thadée en commençant à descendre dans le gouffre.

Même la lueur des deux torches réunies peinait à éclairer jusqu'au fond la cavité où ils étaient descendus. Mia avait compté une trentaine de barreaux à l'échelle, ce qui devait faire une dizaine de mètres de profondeur. Pourtant, ils ne s'étaient pas retrouvés dans une vaste nef, mais dans une coursive bétonnée assez basse de plafond. « C'est un bunker », avait lâché Thadée, et sa voix n'avait eu aucun écho, écrasée par le ciment. De loin en loin, une lampe grillagée ronde était accrochée au plafond ; Thadée avait tourné un commutateur fixé au mur, mais bien sûr rien ne s'était allumé. Après quelques dizaines de mètres, le couloir s'élargit soudain en une pièce carrée de quinze mètres de côté environ. Elle était emplie de fûts soigneusement alignés ; sur chacun d'eux, à la craie, quelques lettres et des chiffres étaient encore lisibles : EZ403, FK543, DW968… Ils mesuraient environ quatre-vingts centimètres de hauteur et quarante de diamètre. À l'aide de la tige en métal dénichée dans la cave, Thadée essaya de faire sauter le couvercle du premier tonneau qui se présentait, le RS117. Mais son levier de fortune ne trouvait rien pour s'accrocher, ni anfractuosité ni encoche. Les fûts semblaient soudés par un ourlet de métal. En approchant sa lampe, en glissant les doigts sur le pourtour du récipient, Mia eut une idée.

« Ils ne se décapsulent pas, Raymond, ils se dévissent. »

Chacun posa sa torche sur un tonneau afin d'éclairer

le RS117. Thadée et Mia se placèrent face à face autour du fût et tentèrent de faire tourner le couvercle pour le desserrer, mais l'opercule ne bougea pas d'un millimètre. À trois ou quatre reprises, ils insistèrent en vain.

« Et si on essayait dans l'autre sens, celui des aiguilles d'une montre ? » interrogea Mia.

Alors que les deux comparses comptaient jusqu'à trois pour coordonner leur effort, Mia songea qu'il était logique et cocasse à la fois que la montre arrêtée d'Hitler donne le sens d'ouverture du coffre au trésor. Suivre la montre jusqu'au bout, jusqu'au bout de ses aiguilles, tel était le secret enfoui depuis quarante-cinq ans. Dès la première tentative, il se passa quelque chose ; le couvercle couina très légèrement et sembla tourner d'un millimètre. Au deuxième essai, quelques grammes de poussière rouillée tombèrent sur le sol, scintillant de leur couleur safranée dans la lueur des torches. Au troisième, avec un bruit proche du crissement de pneus, la capsule de métal, épaisse de trois centimètres, pivota largement, si bien que Mia et Thadée, emportés par leur effort, basculèrent chacun vers l'avant, et que leurs têtes manquèrent de se heurter. Ils se regardèrent puis, sans dire un mot, continuèrent à dévisser : encore deux tours complets et le couvercle se détacha du tonneau. Thadée le posa sur le KJ349. La lumière des lampes, horizontale, ne permettait pas de voir l'intérieur du fût. Mia prit sa torche et la plaça au-dessus de l'orifice.

« Ça brille… »

Thadée plongea le bras dans le tonneau ; il fallait descendre assez bas, le récipient était rempli à moitié, pas plus. Avec lenteur, le vieux soldat extirpa un parallélépipède lisse et arrondi aux angles, gros comme un pain au chocolat. Sur le dessus étaient frappés un aigle nazi, avec de chaque côté de la tête ces ailes plates si reconnaissables, et une croix gammée dans un cercle figurant des feuillages. La main de Thadée tremblait un peu. Mia se souvint de leur première rencontre, quelques semaines plus tôt, dans l'appartement de son grand-père : en soulevant sa tasse de thé après avoir raconté la prise du Berghof, l'ancien soldat aux mains gantées avait eu le même tremblement léger. Mia regarda les yeux du vieil homme : ils semblaient presque effrayés tant ils baignaient dans l'incrédulité.

« Mia, je crois que... Je crois qu'on l'a trouvé, non ? Le trésor... »

Mia voulut répondre mais aucun mot ne sortit de sa gorge sèche. Elle posa l'index sur le lingot ; il était glacé. Elle accomplit un demi-cercle avec sa lampe pour balayer l'intégralité du stockage. Il y avait plus d'une centaine de fûts ; s'ils étaient tous emplis de lingots identiques à celui que Thadée tenait dans la paume, il était probable que les 200 milliards de dollars du trésor des nazis, tel qu'estimé par les historiens, étaient là, au complet, assoupis depuis quarante-cinq ans dans les tréfonds d'un bordel abandonné.

« Incroyable... »

Cette fois, Mia avait recouvré sa voix. Elle allait ajouter quelque chose, plaisanter sur la Porsche où il faudrait entasser tout ça, ou dire quelque chose à propos de Julius Traub qui devait dormir dans sa maison de retraite, mais elle n'eut pas le temps d'aller au bout de sa pensée. Un éclair illumina le bas de l'échelle, au bout du couloir, et une détonation résonna dans le bunker, suivie du tintement mat d'une balle frappant l'un des fûts.

« *Hände hoch!* » Il n'était pas nécessaire de parler l'allemand pour comprendre cette injonction, et Mia leva les mains aussi vite que Thadée. Éblouis par de puissantes torches électriques, ils restaient pétrifiés, le vieil homme ayant même gardé le lingot d'or dans sa main. Ils ne voyaient rien mais ils entendaient un groupe d'individus s'approcher d'eux. Soudain, quelqu'un bouscula violemment Mia, la fit pivoter et la plaqua, penchée en avant, sur les tonneaux devant elle ; on lui tordit les bras dans le dos et elle ressentit contre ses poignets une morsure froide. Joachim Schlacht, le faux étudiant de Berchtesgaden, le militant de l'ordre de Thulé, avait sorti du coffre de son Opel un rouleau de fil électrique et en ligotait sa prisonnière, avant que Klaff n'en fasse de même avec Thadée. Pendant qu'elle cherchait à bouger les mains pour que ses liens soient moins douloureux, Mia entendait une logorrhée en allemand : quelqu'un exultait, et elle reconnaissait cette voix qui résonnait dans la cave bétonnée. Il s'agissait de Julius Traub. L'aide de camp d'Hitler était là, accompagné de ces individus armés. Mia saisit au vol un mot compréhensible de tous : « Führer ». Thadée, lui aussi plaqué sur un fût, comprenait les termes hurlés par Traub : « Le trésor ! Le trésor ! Je l'ai trouvé ! *Mein Führer*, je l'ai trouvé ! » Klaff avait arraché le lingot du poing fermé de Thadée et l'avait tendu à Traub. Le nazi criait sa joie, un bras plongé dans le fût ouvert. Il en remonta un, puis deux, puis cinq lingots, qui formèrent vite un petit tas clinquant posé sur le tonneau voisin, le FZ320. En tournant la tête, Mia voyait le cairn d'or refléter, en la jaunissant, la lumière blanche des lampes électriques. N'entendant plus le discours de triomphe bafouillant de l'ancien aide de camp d'Hitler, elle songea en frémissant que ce sous-sol bétonné avait des allures de tombeau. Thadée, lui, écoutait attentivement les propos de Traub, il en décryptait chaque phrase.

« Nous allons le faire, mes amis, nous allons le faire. Le IVe Reich commence aujourd'hui sa marche en avant. Avec cet or, l'ordre de Thulé va reprendre son action féconde, il va rebâtir l'œuvre de notre Führer. Mes amis, j'ai accompli ma première mission. J'ai retrouvé la montre, j'ai retrouvé le trésor. Une autre m'attend désormais : sauver la grande Allemagne de la décadence, restaurer le national-socialisme, être le premier Führer du IVe Reich ! »

Mia entendit soudain une autre voix s'élever, une voix qu'elle ne connaissait pas, une voix jeune et ferme. Elle se dressait de toute évidence contre Julius Traub : elle l'interrompit brutalement et ne lui laissa pas reprendre son monologue. Le ton montait. Mia regardait Thadée plié en deux, dont elle ne distinguait que l'arrière de la tête. L'ancien combattant, lui, avait immédiatement compris ce qu'il se passait.

« Pose ces lingots ! Cet or n'est pas le tien ! C'est celui des Allemands. Il n'y aura pas de IVe Reich ! »

Le jeune homme s'était avancé vers le vieux nazi, qui lui braqua sa torche électrique en plein visage. Mia aperçut un bref instant les traits de Hans quand il tourna la tête vers la gauche. Il lui sembla que leurs regards se croisèrent brièvement, mais un coup de crosse s'abattit sur le crâne du garçon, qui s'effondra au pied des fûts.

« Bravo, Markus ! Yolanda, ligote cet abruti ! »

Marwan ne comprenait pas pourquoi Hans avait été assommé par l'inspecteur Fitzek. Ni pourquoi Julius Traub appelait soudain les deux policiers berlinois par leurs prénoms. Il aurait voulu agir, mais il était paralysé par la violence.

« L'autre aussi », ajouta le vieillard.

Marwan n'opposa aucune résistance. Il se laissa ligoter, regardant Hans assis sur le sol, inconscient, adossé à un fût, la tête inclinée avec un graffiti sanglant au-dessus de la tempe droite. Quelques secondes plus tard, il était jeté à côté de son ami et fixait des yeux le canon pointé vers sa poitrine. Il n'avait aucune envie de protester, il souhaitait juste saisir ce qu'il se passait.

« Pauvres idiots ! Vous n'avez rien compris ! Personne ne m'empêchera de rebâtir le Reich. La jeunesse est avec moi, c'est une avant-garde puissante. L'ordre de Thulé ouvre la voie. »

Hans reprenait ses esprits lentement, il murmurait et respirait avec peine. Marwan le regardait, impuissant. Derrière son ami, à plat ventre sur les fûts alignés, les deux chasseurs de trésor français ne bronchaient pas, le plus vieux avait même les yeux fermés.

« Mais vous ne verrez pas le IVe Reich. Je ne vais pas m'encombrer de témoins qui ne comprennent rien. Personne ne doit s'opposer à ma volonté. Nos ennemis mourront tous. Hans, tu as trahi ton sang. Et toi, l'Arabe, tu as cru que j'avais de l'estime pour toi ? Je t'ai manipulé, comme les autres ! Demain matin, il n'y aura plus un seul lingot dans ce bunker. À la place, il y aura quatre cadavres. Markus… »

D'un geste péremptoire de l'index, Julius Traub désigna à Joachim Schlacht les quatre prisonniers. Avec soin, le faux policier allemand dirigea son arme vers la poitrine de Marwan, première victime désignée.

Au moment où il allait appuyer sur la détente, il reçut une balle en pleine tête.

La seconde fut pour Wanda Klaff, une balle au milieu de la poitrine, à la hauteur du cœur. La jeune femme s'effondra, les deux genoux cognant le sol en ciment, puis son corps bascula et sa tête heurta la surface avec un bruit sourd. Mia, juste derrière elle, sentit un léger courant d'air sur ses chevilles. Une demi-douzaine d'hommes environ se précipitèrent autour des fûts. Mia vit que Julius Traub était à son tour plaqué sur l'un des tonneaux, une main ferme sur sa nuque. Elle entendit soudain une voix qui ne lui était pas inconnue, mais qu'elle ne parvint pas à identifier. L'homme donnait des ordres brefs, il était calme et jovial. Quand elle ferma les yeux pour l'écouter, l'image d'un lac s'imposa à son esprit.

Thadée se redressa dès les coups de feu. Il vit l'escouade salvatrice se déployer en quelques secondes autour d'eux. Vêtues de noir de la tête aux pieds, cagoulées, pistolets-mitrailleurs à l'épaule, sept silhouettes véloces et silencieuses avaient surgi du fond du couloir. Derrière elles, avançant d'un pas lent dans le balancement de sa longue veste grise, distribuant les ordres avec placidité, son ami approchait.

Thadée sourit tandis qu'un des sbires le libérait du fil électrique.

«Juste à temps, Arend…

– Comme il se doit, Wilfried.»

Arend: ce prénom avait jailli comme un éclair dans la tête de Mia, et sur les eaux calmes du lac était apparu en surimpression le visage de l'homme: le professeur Fischer, leur guide de Berchtesgaden. Rassurée par la voix de Thadée, Mia se redressa à son tour et se retourna au moment où l'ancien combattant français et l'universitaire autrichien se donnaient une vigoureuse accolade. Mia ne comprenait plus rien. Surtout pas pourquoi elle n'était pas libérée par les ninjas cagoulés, comme Thadée, mais assise manu militari à côté des deux jeunes inconnus qui avaient surgi avec Traub. Au fil qui sciait ses poignets s'ajouta un large morceau d'adhésif sur sa bouche. Obligée de respirer uniquement par le nez, Mia sentit plus intensément l'odeur de poudre qui flottait dans l'air depuis les coups de feu, mêlée à celle de la poussière de ciment. Elle n'osait pas regarder les deux cadavres qui traînaient près des fûts. En revanche, elle leva les yeux vers Thadée, qui la dominait et la regardait en souriant. «Est-ce que c'est un cauchemar?» songea Mia.

«Ma chère Mia, il est temps de vous dire la vérité. J'espère que vous ne serez pas trop déçue. Avant tout, je dois vous remercier pour votre précieuse collaboration. Sans vous, je n'aurais jamais retrouvé le trésor du Reich. Merci, mille fois merci.»

Le vieil homme s'était approché d'elle; il était à contre-jour dans la lumière zigzagante des lampes torches, mais elle distinguait tout de même les traits de son visage.

« Vous reconnaissez le professeur Fischer ? Il nous a sauvés d'une mort certaine. Je l'ai appelé depuis Wrocław, vous vous souvenez ? La halte sous la pluie... »

Arend Fischer fit un pas en avant.

« Ravi de vous retrouver, Mlle Azerbier. Vous êtes aussi ravissante que sur les bords du Königssee. J'ai foncé depuis Berlin dès que Wilfried m'a appelé. Ma petite troupe était déjà prête, l'arme au pied. C'est moi qui ai dit à votre chaperon que le lieu désigné à Minkowskie était sans doute le fameux bordel des officiers. Pas besoin d'ordinateur ni de documentation, c'est un endroit célèbre. Je me demande pourquoi les Soviétiques ne l'ont pas fouillé depuis quarante-cinq ans. Trop évident, peut-être... Toujours cette histoire de *Lettre volée*, d'Edgar Allan Poe. Vous l'avez lue, je pense ? »

Mia secoua la tête de droite à gauche.

« Non ? Dommage... Je crains que vous n'en ayez guère l'occasion prochainement. J'ai hâte de voir la montre. Wilfried m'a dit qu'elle était splendide. »

Se penchant vers elle, Fischer tâta ses poches sans ménagement et ne mit pas longtemps à sortir la montre d'Hitler du petit sac en tissu fleuri.

« Magnifique, en effet. Tout simplement magnifique. Quelle émotion. J'attends cela depuis si longtemps... »

Levant le bras gauche pour dégager son poignet, dans un geste emphatique qui ressemblait à une parodie de salut nazi, Fischer y fixa la montre d'Hitler, puis il ferma les yeux et prit une grande inspiration.

« Arend… »

Thadée le rappelait à l'ordre courtoisement ; Fischer ôta le garde-temps et le lui tendit en souriant.

« Pendant cinq secondes, je me suis senti plus Führer que le Führer. »

Puis il éclata de rire et alla se planter devant Julius Traub, que deux hommes en noir avaient relevé et s'apprêtaient à ligoter.

« Non, pas lui, c'est un ancien officier supérieur du Reich, tout de même. Et un vieillard inoffensif. »

Les deux sicaires se contentèrent de le tenir par les bras et d'appuyer le canon d'un pistolet-mitrailleur sur ses reins. Thadée regarda l'écran de la montre, puis s'accroupit pour placer son visage au niveau de celui de Mia. À la gauche de la jeune fille, Hans respirait désormais normalement et roulait des yeux avec effarement et incompréhension, au-dessus du ruban adhésif qui lui barrait aussi la bouche. Un peu plus loin, Marwan gardait les yeux baissés et songeait avec ironie qu'un nazi peut en cacher un autre. Il se demandait si, comme dans les poupées russes, de nouveaux admirateurs d'Hitler n'allaient pas surgir pour massacrer ceux-là.

« Mia, je vous ai menti. Je ne suis pas un ancien de la 2e DB, je suis le chef du plus important réseau de patriotes du Reich. Des “néonazis”, comme on dit dans la presse dégénérée. Le réseau Dämmerung. Vous ne connaissez pas. Vous ne pouvez pas connaître. Nous ne sommes pas comme ces imbéciles de l'ordre de Thulé, ces fanatiques folkloriques qui singent les SS et qui sont surveillés par toutes les polices d'Europe. Non : nous avançons dans l'ombre. Mes agents sont partout. Dans les institutions, dans les médias, dans l'administration, dans le patronat… Partout. Nous attendons l'heure, et nous prendrons le pouvoir. Par les moyens légaux là où ce sera possible, sinon par la force. Mais j'oublie que vous ne parlez pas l'allemand… *Dämmerung*, vous le traduisez par « crépuscule », vous autres Français. *Götterdämmerung*, *Le Crépuscule des Dieux* de notre cher Wagner. Mais c'est plus subtil. *Dämmerung*, ce peut être aussi l'aurore. Et elle va bientôt se lever sur l'Europe, ma chère Mia, bientôt. »

Thadée se releva et s'approcha du fût sur lequel Traub avait entassé quelques lingots, le FZ320.

« Pour déclencher notre opération, il nous faudra de l'argent, beaucoup d'argent. Et l'argent, depuis cet instant, c'est de l'or… C'est grâce à vous, tout cela, ma chère Mia… »

Thadée rangeait avec soin les lingots, dressant une petite pile sur le tonneau.

« Notre Reich sera très différent du précédent. Ce sera un Reich efficace, compétent, technocratique. Il aura la force, il aura surtout l'intelligence. Ce sont les meilleurs cerveaux qui doivent diriger le monde, pas les plus gros muscles. »

Thadée, écartant le professeur Fischer, s'approcha de Julius Traub, qui tremblait un peu entre ses gardiens.

« *Mein Obergruppenführer*, vous avez fait fausse route depuis le début. Le IVe Reich ne sera pas la réplique du IIIe, il n'en sera même pas la continuation. Il faut un ordre nouveau pour une ère nouvelle. L'homme va sur la Lune, il fait des bébés dans des éprouvettes, il possède le feu nucléaire. Tout a changé, Traub, depuis ta captivité, tout a changé. Regarde-moi, regarde-moi de près. »

Thadée tenait son visage à quelques centimètres de celui de l'aide de camp d'Hitler.

« Quand nous nous sommes retrouvés ce matin, tu as dit que mon visage ne t'était pas inconnu. Et pour cause : nous nous sommes vus à plusieurs reprises. Mais pas le 4 mai 1945 dans les ruines du Berghof. Avant, bien avant. Je suis Wilfried Graben. Tu te souviens, maintenant ? »

Traub s'était redressé et tremblait de plus en plus. Il ouvrit la bouche pour parler, mais aucun son n'en sortit et Thadée poursuivit.

« Oui, tu te souviens, je le vois… Wilfried Graben, le fils de Günther Graben. Günther Graben, l'ami de jeunesse du Führer, celui qui a passé toute la guerre à ses côtés. La vraie guerre, la Grande, celle de 14-18. Plusieurs fois, j'ai accompagné mon père à des cérémonies du Reich et tu étais là, tu portais les serviettes. Je suis même venu une fois à Berchtesgaden, à l'été 1936. Tu avais joué aux échecs avec moi pendant que mon père conférait avec le Führer et d'autres généraux. J'avais dix-neuf ans, le 20 juillet 1944, quand il a donné sa vie pour Hitler. C'est lui que la bombe a déchiqueté, c'est son corps qui a protégé celui du Führer. Après les obsèques, ma mère m'a interdit de retourner sur le front de l'Est. Avec l'aide de Himmler, nous avons gagné la Suisse sous une fausse identité. La guerre s'est terminée, j'ai repris mes études, j'ai appris l'anglais, le français… Mais jamais je n'ai oublié les idéaux du nazisme. J'ai mis trente ans à bâtir le réseau Dämmerung, trente ans ! »

Graben fit quelques pas en arrière, revint près du fût ouvert et de son voisin couronné de lingots. Alors, Traub se mit à parler, d'une voix rauque et un peu chevrotante, mais sans buter sur les mots.

« Wilfried Graben… C'est toi que je devais retrouver, c'est à toi que je devais apporter la montre… Quand le Führer m'a ordonné de retourner à Berchtesgaden, c'était pour récupérer la montre et des documents secrets, et t'apporter tout cela en Suisse. Je n'ai pas eu le temps de le faire, les Français m'ont arrêté, je n'ai pas eu le temps… »

Thadée/Graben le regardait avec un mélange de condescendance et d'amusement.

« Pauvre fou ! Tu dis n'importe quoi pour sauver ta peau !

– Le trésor, le trésor du Reich ! Je devais t'aider à le retrouver, je devais t'aider à reprendre la lutte. C'est pour ça que le Führer m'a confié son secret…

– Quel secret ? Tu divagues !

– Le secret, le secret du Führer… Celui que je n'ai jamais raconté à personne. Pas même aux Russes qui m'ont torturé. Laisse-moi te le dire… »

Thadée saisit un lingot dans sa main gauche et le brandit vers Traub.

« Je ne te crois pas. Tu voulais le trésor pour toi tout seul, pour l'ordre de Thulé, pour continuer ta pantalonnade, pour devenir le Führer, un Führer de pacotille !

– Non ! Le Führer, ce devait être toi ! Wilfried Graben, Führer du IVe Reich ! Le secret, laisse-moi te dire le secret !

– Ne bouge pas ! Si tu avances, je t'assomme ! »

D'un bref coup d'épaules vers l'arrière, sans forcer, comme une anguille s'échappant, Julius Traub glissa entre les mains de ses gardiens et bondit vers Graben.

« Laisse-moi te dire ! »

Il s'accrocha aux épaules du chef de Dämmerung mais celui-ci, pensant que Traub voulait l'étrangler, esquiva et, du revers du bras, lui asséna un coup de lingot sur la tête, au coin de la tempe gauche, à l'extrémité de l'arcade sourcilière. Le vieux nazi tomba vers la droite et son front heurta violemment le haut du fût ouvert, sur la bordure même où le couvercle de métal avait été vissé. Il avait jeté son bras droit en avant, par réflexe, pour amortir le choc, mais le geste avait manqué le tonneau RS117 et n'avait servi qu'à bousculer sur le FZ320 la pile de lingots soigneusement organisée par Thadée. C'est donc dans un bruit mêlé, mou et métallique à la fois, que l'aide de camp d'Hitler s'affala sur le sol.

Mia s'était mise à respirer par saccades. Les coups de feu, les cadavres, Thadée pactisant avec Fischer et ses sbires, la chute de Traub… L'image de son grand-père était devant ses yeux, elle l'entendait la mettre en garde, lui confier ses craintes. L'idée de la mort s'installait dans sa tête. Elle regretta soudain de ne pas avoir détruit le journal et la montre. Elle tourna le visage vers la gauche et croisa le regard, tout aussi angoissé, du jeune homme ligoté à côté d'elle. Au lieu de la rassurer, la présence de cet inconnu, avec ce sillon de sang qui descendait de son front, l'enfonça dans la panique. Son cœur frappait au fond de sa gorge comme un heurtoir de porte. Derrière le jeune Allemand effaré, qui avait émis un hurlement sourd sous son bâillon quand Traub était tombé, une silhouette corpulente était affaissée sur elle-même, le nez presque dans les chaussures, comme pour se protéger des coups, respirant elle aussi à grandes bouffées. Thadée/Graben s'approcha de Julius Traub, s'accroupit, jeta le lingot au milieu des autres, épars autour du corps, et posa son index sur sa carotide. Puis il se releva et regarda Arend Fischer.

« *Tot.* »

Il était 21 h 35 au manoir de Minkowskie. La pluie tombait toujours, à nouveau drue et huileuse, sur la brique rose. Les phares allumés de la Porsche 911 donnaient des chiquenaudes de lumière aux grosses gouttes d'eau. Dans le sous-sol du château, au fond de l'abri bétonné bâti jadis par des nazis inquiets de la tournure que prenait la guerre, Julius Traub, l'aide de camp d'Hitler, l'ultime survivant du bunker d'avril 1945, le dernier confident du Führer, Julius Traub était mort.

- 28 -

Minkowskie, Pologne, le 10 juin 1990

Les premières lueurs de l'aube coiffaient les sapins d'une chapka bleu ciel. Il devait être 4 h 30 du matin, peut-être 5 heures. Mia avait très froid. Assise sur l'herbe folle, le dos calé contre des briques saillantes qui lui concassaient les vertèbres, elle sentait son pouls tambouriner dans ses poignets cisaillés par le fil électrique. L'adhésif qui lui couvrait les lèvres s'était un peu desserré et elle parvenait, lors de fortes inspirations, à avaler une goulée d'air par la bouche. À côté d'elle, le jeune homme au front blessé était frigorifié, lui aussi ; tous deux s'étaient rapprochés en silence, épaule contre épaule, pour se réchauffer. Un peu plus loin, couché sur le côté, le troisième prisonnier semblait s'être assoupi ; Mia avait remarqué qu'il portait un blouson beige assez épais, qui devait le protéger du froid humide de l'aube silésienne. Quand les hommes en armes les avaient remontés du sous-sol, ils avaient refusé de les détacher pour leur permettre d'escalader l'échelle, préférant les hisser en utilisant une corde et un palan. Le blouson, coincé entre deux ferrailles qui dépassaient de la paroi en ciment, avait été déchiré sur son côté droit, sa poche pendouillait piteusement. La pluie s'était arrêtée mais la terre était détrempée, et Mia sentait l'eau du sol pénétrer ses vêtements jusqu'au milieu du dos, par capillarité. Les phares de la Porsche bavaient une lueur pâlichonne – la batterie était en train de rendre l'âme –, un faisceau aplati qui ne parvenait plus qu'à colorer quelques mètres carrés de gazon mouillé.

En relevant la tête, Mia s'aperçut que le ballet des hommes en noir avait cessé. Toute la nuit, ils avaient remonté les lingots d'or du sous-sol. Au palan s'était ajouté un système de petites caisses faciles à suspendre grâce à un anneau placé sur un de leurs côtés. Elles étaient ensuite chargées sur un petit chariot à grosses roues de caoutchouc pour sortir de la cave et gagner l'un des trois petits camions garés le long du mur de briques roses. « Ils ont tout prévu », se dit Mia en comprenant pourquoi Thadée ne se souciait pas d'avoir loué une Porsche au coffre minuscule. Thadée/Graben se tenait justement debout près de l'un des camions, notant sur un carnet les caisses qui y pénétraient une à une. Les deux autres véhicules avaient déjà relevé leurs ridelles et le poids de leur cargaison se remarquait : le châssis tombait bas sur les pneumatiques. Le chariot, vidé une dernière fois, ne fut pas reconduit vers la cave : deux hommes le basculèrent dans l'herbe, roues en l'air. De toute évidence, le chargement était terminé. Le professeur Fischer sortit en dernier du manoir et apparut au coin de la façade.

En tournant la tête, Mia l'apercevait sur sa gauche. Il s'était retourné et avait levé le regard pour contempler le manoir décrépi. Puis il se rapprocha de Graben, qui parcourait les pages de son petit carnet, récapitulant de toute évidence la composition du butin. Il avait fallu plus de cinq heures pour arracher le trésor des nazis aux entrailles du château de Minkowskie. De loin, Mia vit Fischer lancer un coup de menton vers les trois prisonniers entassés près du perron. Leur sort était en train de se jouer. À côté d'elle, Hans eut la même impression, et les deux jeunes gens bâillonnés échangèrent un regard inquiet.

Fischer était allé droit au but.

« Qu'est-ce qu'on fait d'eux ? »

Graben, le regard plongé dans le carnet, vérifiait ses additions.

« Qu'est-ce que tu proposes ? »

L'universitaire autrichien n'avait pas cillé ni cherché ses mots.

« C'est bien simple. Si nous les laissons ici, la police les trouvera tôt ou tard et ils raconteront tout ce qu'ils savent – et ils savent presque tout de nous. Si on les emmène dans les camions, je doute qu'ils se tiennent tranquilles durant le trajet. Nous avons plus de cinq cents kilomètres à parcourir jusqu'à Szczecin, jusqu'au point de douane que nous avons sécurisé. Puis il faudra aller jusqu'au port, transborder le chargement. En cas de contrôle, on peut éviter l'ouverture des caisses, mais comment expliquer la présence de trois gamins ligotés ? »

Graben referma son carnet : les additions étaient justes.

« Qu'est-ce que tu proposes ? »

Fischer s'approcha.

« Tu le sais bien. »

« Il propose une soustraction », songea Graben, qui avait compris dès le début.

« Tout de même, ce sont des gosses… »

Fischer le regarda droit dans les yeux, sans cette légèreté affectée dont il avait fait son style.

« Des gosses qui en savent trop. S'ils parlent, toutes les polices d'Europe nous pourchasseront dans moins de vingt-quatre heures. »

Graben empocha son carnet puis regarda la pointe usée de son crayon à papier.

« Fais ce qu'il faut. »

Marwan laissait échapper des mugissements de désespoir. Il avait été relevé sans ménagement par les gardes et placé face au mur, comme Mia et Hans. Depuis qu'il avait vu ces hommes abattre sans hésiter les faux policiers complices de Julius Traub, il ne se faisait plus d'illusion : le même sort les attendait. Tizri sentait ses jambes se dérober sous lui, il suffoquait. Hans, à son côté, était plus calme. Il regardait le mur devant lui : une petite araignée escaladait la paroi ébréchée et irrégulière, elle franchissait laborieusement des anfractuosités qui étaient pour elle des corniches insurmontables. Hans pensait à Rachel, à la dernière fois qu'il l'avait vue, insultée par Julius Traub, quitter la chambre 18. Elle s'éloignait à grands pas dans le couloir et lui avait lancé : « Reste là. Laisse-moi. » Ils ne se reverraient jamais. En tournant légèrement la tête vers la droite, il entrevoyait la chevelure brune de cette jeune inconnue, camarade d'infortune ; ils allaient mourir côte à côte sans avoir fait connaissance, pas même échangé leurs prénoms. Mia avait le regard perdu dans le rose profond de la brique, un rose qui ressemblait à celui d'une fleur. Rongé par les intempéries, le mur lui-même semblait velouté comme un immense pétale. Mia songeait à son grand-père, tombé la nuit dans son appartement, au milieu de ses livres adorés, sans se rendre compte qu'il était en train de mourir. Elle, elle allait disparaître abattue par des nazis, victime d'une guerre terminée officiellement depuis quarante-cinq ans ; sa vie allait s'achever sur la terre de ses grands-parents maternels, et elle rejoindrait une longue liste familiale de martyrs. Puis elle songea qu'elle ne connaîtrait jamais les résultats des épreuves du Conservatoire. Un vers lui revint en mémoire, celui de la fin tragique de Phèdre : « Et la mort à mes yeux dérobant la clarté… » La clarté, justement, devenait de plus en plus forte, le rose s'épanouissait sur la brique. Mia entendit derrière elle un sbire de Graben armer son pistolet-mitrailleur.

Il y eut comme un sifflement bref dans l'air du matin polonais. Les trois prisonniers entendirent le bruit mou d'un corps tombant dans l'herbe. Puis d'autres détonations claquèrent, en quelques secondes. Hans en compta six. Les trois jeunes gens ne se retournèrent qu'en entendant des bruits de moteurs, de branches cassées, et des éclats de voix. Une multitude d'uniformes sortaient de la forêt, trois véhicules tout-terrain surgirent par la route qui perforait les frondaisons de la forêt : en quelques secondes, les abords du château furent envahis par une petite troupe. « Encore des nazis ? » s'interrogea Marwan. Au sol gisaient les sept sbires enrôlés par Dämmerung. Un peu plus loin, Graben et Fischer étaient à genoux, déjà menottés, plusieurs canons pointés vers eux. Des hommes en uniforme grimpaient à l'arrière des camions. Hans reconnut l'uniforme de la police allemande ; les agents en gris devaient être des Polonais, et quelques tenues lui demeuraient inconnues. Une silhouette cintrée de noir, cagoule sur la tête et arme au poing, vint vers eux ; elle n'aurait pas dépareillé dans le petit contingent des sicaires néonazis fraîchement abattus. Elle s'approcha des trois jeunes gens, rengaina son arme et arracha d'un coup sec les morceaux de ruban adhésif qui bâillonnaient les prisonniers. Puis elle enleva sa cagoule. C'était Elsa Gerfano, l'antiquaire aux santiags.

* * *

Mia trempa ses lèvres dans le thé brûlant jailli d'une bouteille thermos de la police. Un infirmier avait fixé une compresse sur ses poignets entaillés par le fil électrique qu'une cisaille avait fait sauter. Une couverture sur les épaules, elle se réchauffait rapidement, assise sur le sol de ce qui avait été jadis la salle de bal du château. Le parquet se soulevait à certains endroits, comme si l'herbe poussait sous les planches. Hans et Marwan étaient assis non loin d'elle. Leurs premiers mots, une fois libres, avaient été pour de sommaires présentations en souriant ; puis, après une seconde de silence, ils étaient tombés dans les bras les uns des autres, en une accolade – presque une mêlée – de miraculés.

Elsa Gerfano entra dans la pièce ; elle avait revêtu un blouson marqué « *Polizei* ».

« Est-ce que vous vous sentez mieux ? Pardon d'être intervenus si tard, nous devions être sûrs avant d'agir que plus personne n'était dans le sous-sol et que tous les lingots avaient été remontés. J'ai le plaisir de vous annoncer que l'opération Pegnitz est un succès total. Pegnitz, c'est le nom d'une rivière allemande. »

Hans se leva et s'approcha de Gerfano. Mia se sentait trop faible pour se mettre debout, mais elle posa ses mains sur le parquet derrière elle et inclina le dos pour mieux voir leur sauveteuse. Marwan resta emmitouflé dans sa couverture. Elsa Gerfano commença par se présenter : elle n'était pas antiquaire, même si son métier l'avait amenée à bien connaître les reliques nazies et leurs collectionneurs. Commissaire à la DST, la Direction de la surveillance du territoire française, elle y dirigeait la cellule de lutte contre les officines néonazies. L'opération Pegnitz était un vaste coup de filet lancé contre le plus important réseau nazi d'Europe. En ce dimanche matin, plus de trois mille personnes étaient arrêtées dans quinze pays sur le continent. Du jeune nostalgique d'Hitler distribuant des tracts dans son université jusqu'au haut fonctionnaire infiltré dans un ministère, les profils étaient aussi variés que le réseau était puissant.

« Il y a même un groupe de diamantaires hollandais, ils détournaient des pierres précieuses pour financer le réseau. » Elsa Gerfano les regarda à tour de rôle. « Mais il ne devait pas y avoir d'action en Pologne, nous n'avons que peu de contacts avec l'Est. Tout cela, c'est à cause de vous. »

Elle regarda Mia en souriant ; la jeune Française se redressa pour mieux l'écouter.

« L'opération Pegnitz était prévue pour la rentrée, ou pour la fin de l'année. Nous attendions la réunification de l'Allemagne, car beaucoup de groupuscules associés à Dämmerung sont en RDA. La mort de votre grand-père a tout précipité. » Elsa Gerfano s'approcha de Mia. « Vous êtes au cœur de cette histoire, mademoiselle. Du moment où la quête du trésor des nazis s'accélérait, nous risquions de voir plonger dans la clandestinité des militants enrichis et aptes à s'armer rapidement. Des stocks d'armes issus des régiments communistes en débandade commencent déjà à circuler, notamment par la Yougoslavie. » Elsa jeta un regard vers Hans et se mit à parler en allemand. « La libération de votre grand-père ne nous a pas alertés. La police allemande considérait qu'il n'avait aucun contact avec la nébuleuse néonazie. Les Soviétiques n'avaient rien tiré de ses interrogatoires, en tout cas rien de vraiment utile pour découvrir le trésor. Nous l'avions visiblement sous-estimé. »

Puis elle revint vers Mia et reprit son récit, lentement, pour être bien comprise. Hans avait quelques notions de français, et Marwan le Libanais lui traduisait de temps à autre une expression.

« C'est Michel Brunel, de Jaeger-LeCoultre, qui nous a avertis. Vous aviez la montre, il pouvait le certifier. Pour tout vous dire, il vous a prise pour une jeune nazie chargée de tirer un maximum d'argent de l'objet pour financer un réseau. Mais nous, nous savions que votre grand-père la possédait. Il y a plus de quinze ans, en 1973, mon prédécesseur avait tenté de le convaincre de la donner à l'État : trop de gens lui tournaient autour, des militants, des collectionneurs, des barbouzes. »

Marwan, ne sachant pas trop comment traduire « barbouzes », murmura à Hans « agents secrets barbus », ce qui laissa le jeune Allemand circonspect.

« À cette époque, votre grand-père a refusé notre offre. Puis il y eut la mort de vos parents, et nous avons perdu sa trace. J'ai organisé votre protection dès que nous avons constaté que Graben vous avait déjà contactée. Graben, on le suit depuis longtemps, mais il parvenait toujours à disparaître durant de longs mois. Voilà deux ans qu'aucune police n'avait rédigé de rapport sur lui, on pouvait le croire rangé des voitures. »

Marwan traduisit par « retourné au parking », Hans semblait dubitatif.

« Richard Zweter a prévenu Graben de votre visite à son magasin. Cela fait trente ans qu'il vend des objets nazis sous le manteau, celui-là. En vous envoyant chez Jaeger-LeCoultre, où il savait que la déontologie de l'horloger lui interdirait d'acheter ce genre d'objets, Zweter gagnait du temps : vous n'alliez pas vendre la montre de sitôt, et cela laissait à Dämmerung le temps de s'organiser. À partir de ce moment-là, nous savions que Graben tenterait tout pour récupérer la montre. En revanche, l'existence du journal, son importance pour le trésor, tout cela nous était inconnu. Même nos collègues allemands ignoraient que l'aide de camp d'Hitler avait tenu un journal aussi crucial. Vous avez révolutionné la lecture de l'Histoire, Mia ! »

La jeune Française réajusta la couverture sur ses épaules.

Le thé était chaud entre ses paumes ; elle faisait rouler la tasse sur ses poignets pansés et la douleur s'estompait.

« Mais pourquoi Thadée ne m'a-t-il pas… Ne m'a-t-il pas forcée à lui donner la montre ? Il aurait pu être violent… »

Elsa lui sourit.

« Nos écoutes téléphoniques montrent que Fischer préconisait la manière forte, il exigeait qu'il vous tue après vous avoir fait avouer la cachette de la montre. Mais Graben préférait agir en douceur. Il pensait que vous étiez assez en confiance pour finir par lui parler de la montre, la lui montrer. Il avait raison… Je crois aussi qu'il s'était pris d'affection pour vous, que cela lui plaisait de se comporter en grand-oncle complice d'une aventure. Et puis il y avait le journal, il y avait Julius Traub. Graben se disait que vous pourriez être utile pour qu'il accepte de déchiffrer les pages. Si les Russes n'avaient rien obtenu par la violence, c'est que ce n'était pas la bonne méthode. Là aussi, il avait raison : Traub a profité de votre naïveté pour vous envoyer en éclaireurs vers le trésor. Vous preniez les risques, il arrivait dans la foulée et raflait le magot. À défaut de vous éliminer à Berlin, il vous supprimait en Pologne. Vu la pagaille qui règne en Europe de l'Est en ce moment, il était sûr de ne pas avoir d'ennuis. On vous aurait cherchée jusqu'à la Saint-Glinglin. »

Marwan renonça à traduire « la Saint-Glinglin » pour Hans et se contenta d'un signe pour dire que cela n'avait pas d'importance.

« Vous m'avez surveillée pendant tout ce temps ? interrogea Mia.

– Je dirais plutôt que nous vous avons protégée…

Graben avait interdit qu'on s'en prenne à vous, mais il n'est pas resté inactif. Avant-hier, pendant que vous étiez au Conservatoire, il a fait cambrioler l'appartement de votre grand-père, l'a fait retourner sens dessus dessous. Vous verrez cela à votre retour à Paris... Pendant ce temps, il a lui-même forcé votre casier du Conservatoire. Ensuite, l'équipe qui avait fait chou blanc dans le cambriolage a gagné la gare de l'Est, avec pour mission de voler votre valise – Graben pensait que vous emporteriez la montre en plus du journal, et il avait encore raison...

– Mais personne n'a volé ma valise... répliqua Mia.

– En effet... Les trois acolytes de Graben ont été neutralisés par mon équipe après le départ du train, au moment où ils avaient ouvert votre compartiment. Quand vous êtes revenus du wagon-restaurant, Graben a attendu que vous vous endormiez et a fouillé votre valise. Il ignorait qu'un de mes hommes l'espionnait depuis le compartiment voisin, par un petit trou dans la paroi, comme dans les mauvais films d'espionnage. Il a surtout commencé à paniquer quand il a vu que ses complices avaient disparu. Il a remonté tout le train à leur recherche, en vain. Il a dû se demander ce qu'il s'était passé. Peut-être a-t-il pensé à nous, aux services secrets, ou que l'ordre de Thulé l'avait doublé et cherchait à vous kidnapper pour récupérer le journal et la montre. Il nous le dira peut-être pendant les interrogatoires. Il n'avait d'autre solution que de vous serrer d'encore plus près, de vous protéger, et de foncer au plus vite vers le trésor en espérant que vous exhiberiez tôt ou tard la montre pour que le décryptage du journal soit possible. Et là encore...

– ... il avait raison ! » termina Mia.

Un policier à l'étrange uniforme moutarde entra dans la salle de bal en portant une petite cassette de métal, grande comme une boîte à biscuits. Il s'adressa en anglais à Elsa, un anglais d'aéroport que tout le monde comprit.

« Commissaire, nous avons trouvé cela dans l'une des caissettes. Je crois que cela va vous intéresser… »

Gerfano s'agenouilla pour poser la cassette sur le sol, imitée par les trois jeunes rescapés. Mia songea un instant au dialogue entre Harpagon et Maître Jacques dans *L'Avare*, de Molière : « Comment est-elle faite ? » « Elle est faite comme une cassette. » « Dépeignez-la un peu. » « C'est une grande cassette. » « Celle qu'on m'a volée est petite. » « Hé ! Oui, elle est petite, si on le veut prendre par là ; mais je l'appelle grande pour ce qu'elle contient. »

Le couvercle bascula sans peine, il n'y avait même pas de serrure. Elsa sortit des feuilles dactylographiées qui avaient viré au brun avec le temps. Elle les regarda quelques secondes puis arbora un grand sourire.

« C'est une liste de lieux, de cachettes, avec pour chacune un inventaire de ce qui y est entreposé. Regardez les noms : Monet, Pissarro, Degas, même Schiele et Klee ! »

Mia sourit et murmura :

« Grande pour ce qu'elle contient… »

Hans la regarda, intrigué, et Marwan plongea les yeux dans la cassette pour ne pas avoir à traduire. Elsa scrutait avec attention un bristol de quinze centimètres sur dix, lui aussi dactylographié.

« Voilà autre chose… C'est un numéro de compte en Suisse. Il y a le nom de la banque, Schweizerische

Kreditanstalt, et des tas de chiffres. Et il y a aussi la mention "*Das wertvollste Gut des Reiches*".»

Marwan se redressa sur les genoux et déclara, pas peu fier :

«Le bien le plus précieux du Reich !»

Elsa remit les feuillets brunis dans la cassette mais garda le carton dans la main.

«Je pense qu'il va falloir aller en Suisse sans tarder... Si "le bien le plus précieux du Reich" n'est pas le tas d'or que nous avons trouvé ici, je me demande ce que ça peut bien être... Le temps est compté. Je vais devoir vous laisser rentrer à Berlin sans moi...»

Mia se tourna vers Elsa.

«Puis-je venir avec vous ?»

Elsa resta interloquée.

«Cette aventure est la mienne, je veux en connaître la fin. Sans mon grand-père, le trésor n'aurait jamais été découvert...»

Elsa Gerfano ignorait si elle devait trouver cette jeune fille admirable ou irresponsable. Elle se souvint qu'elle-même, à ses débuts dans le contre-espionnage, avait dû forcer des portes et s'imposer dans des missions délicates.

«C'est d'accord, je vous emmène. Et vous ? demanda-t-elle à Hans. C'est aussi votre histoire, après tout, celle de votre famille...»

Hans se remit debout.

«Que va devenir le corps de mon grand-père ?

– Il va d'abord être autopsié puis, dans quelques jours, il sera rendu à sa famille, répondit Gerfano en se levant à son tour. Nous serons revenus de Suisse avant.

– Alors, je viens. »

Marwan leva la main aussi : il se portait candidat à cette expédition finale.

« Il m'a aidé depuis le début », plaida Hans.

Marwan voulait néanmoins avoir l'assurance qu'il pourrait téléphoner à l'université pour justifier une éventuelle absence le lundi matin ; il avait déjà séché quelques cours à cause de cette aventure, pas question d'être radié pour absentéisme et de perdre son permis de séjour étudiant en Allemagne. Il n'osa pas formuler une seconde requête : que la police aille récupérer sa Wartburg 1.3 sur le parking de la Curata Residenz avant que la fourrière ne vienne l'enlever. Mia demanda simplement qu'on la tienne au courant des résultats qui devaient tomber le lendemain au Conservatoire – la commissaire promit d'envoyer un collègue chercher le renseignement avant de le transmettre en Suisse.

« C'est parti ? » conclut Gerfano.

Un autre policier, français celui-là, entra dans la salle de bal. Il remit à Elsa Gerfano le journal de Traub, que l'on avait trouvé sur son cadavre, et la montre en or, dénichée dans l'une des poches de Wilfried Graben.

« Emportons cela en Suisse, ça peut servir. Et puis, ce sont des pièces à conviction. »

En sortant du château, Mia constata que le jour était désormais complètement levé. Le ciel lavé de la nuit était même pimpant, il semblait avoir été verni côté Est par le soleil blanc qui perçait. Les trois camions étaient toujours là, en rang d'oignons. La Porsche était une carcasse triste, complètement éteinte et parsemée de gouttelettes d'eau laissées par la pluie ou par la rosée. Un policier avait récupéré les clefs sur Thadée/Graben et tentait vainement de faire démarrer le bolide endormi. Le long de la façade, là où leurs cadavres auraient dû être abandonnés par les nazis, s'alignaient dix sacs mortuaires. Curieusement, la police avait choisi des sacs noirs pour les tueurs de Dämmerung et des sacs blancs pour les trois corps retrouvés dans le bunker du sous-sol. Hans s'approcha. Les sacs n'étaient pas encore fermés, et il regarda une dernière fois le visage de son grand-père, dont le front était violacé. Il ne ressentit rien à scruter cette figure pendant de longues secondes : Julius Traub n'était plus pour lui qu'un indécrottable nazi. Elsa Gerfano aussi s'était avancée vers les dépouilles.

« Ces deux-là faisaient partie des croisés les plus zélés de l'ordre de Thulé, commenta-t-elle en désignant les sacs blancs à côté de celui de Julius Traub. Ils se faisaient passer pour deux policiers, l'inspecteur Fitzek et le lieutenant Bentow. En Autriche, leurs identités étaient Joachim Schlacht et Wanda Klaff, étudiants. Pour leurs camarades néonazis, ils s'appelaient Markus et Yolanda. Et dans la réalité, je vous présente Kurt Gisheim, de Hambourg, et Ulrike Keitelmann, de Francfort. Deux cadavres, huit suspects à eux seuls. »

Mia sentit le froid retomber sur ses épaules. Trop de morts… Heureusement, elle n'eut pas le temps de s'abandonner à ce dégoût de l'humanité qui porte le masque trompeur de la mélancolie. Un gros véhicule tout-terrain s'était avancé, et Elsa Gerfano rassembla son petit commando d'aventuriers. Un avion pour Zurich les attendait à Berlin. La commissaire de la DST grimpa en dernier dans le 4×4. Elle tenait dans une main le journal de Julius Traub, et dans l'autre la montre d'Adolf Hitler…

- 29 -

Zurich, le 11 juin 1990

Ce lundi à l'heure d'ouverture, le grand hall du Crédit suisse ressemblait à une fourmilière frappée de folie. Privés d'activité bancaire depuis deux jours, les Zurichois se bousculaient devant l'accès aux guichets, oubliant toute retenue helvétique. Il n'y avait aucune agressivité dans cette agitation, mais plutôt une jubilation à reprendre les affaires qui n'empêchait pas la politesse de ruisseler sur les grandes dalles de marbre noir fraîchement cirées. Elsa Gerfano marqua un temps d'arrêt, ne sachant à quel Hygiaphone s'adresser. Elle finit par viser celui qui indiquait «Dépôts et retraits». Derrière elle, Hans Traub, Mia Robst-Azerbier et Marwan Tizri lui emboîtèrent le pas sans ciller. Marquer une hésitation, c'était attirer l'attention dans cette banque où chacun vaquait avec assurance à ses occupations. Elsa avait revêtu une robe qui aurait semblé estivale si elle avait été en couleur, mais la commissaire avait opté pour un gris perle compatible avec l'ambiance financière. Elle était en civil, hors service et même incognito. Pour agir vite et éviter des mois de manœuvres diplomatiques enrayées par le secret bancaire, elle avait décidé, couverte par sa hiérarchie de la DST, de venir en Suisse sans s'annoncer. Elle ne pouvait donc utiliser sa carte de police et avait confié son arme à un collègue resté à Berlin. Elle était Elsa Gerfano, titulaire d'informations bancaires dont elle n'avait pas à justifier la détention, selon l'immuable tradition suisse. Derrière elle, les trois jeunes gens se présentaient dans des tenues flambant neuves d'étudiants sages. Ils n'avaient pas eu le temps ni l'autorisation de repasser par leurs domiciles personnels en revenant de Pologne. De Minkowskie, ils avaient gagné directement l'aéroport de Berlin-Tempelhof, où les attendait un avion militaire, un gros avion à hélices dont l'inconfort ne les empêcha pas de sombrer dans le sommeil dès le décollage. L'appareil s'était posé à Bâle, pour des raisons de confidentialité que Gerfano ne voulut pas expliciter, et c'est en van qu'ils avaient gagné Zurich. Le dimanche après-midi touchait à sa fin, il n'avait pas été simple de trouver un magasin pour acheter des tenues présentables. Mais la policière avait de l'entregent, et un coup de téléphone passé depuis Bâle provoqua l'ouverture discrète et privative du WE Fashion de la Bahnhofstraße, à Zurich. L'État français habillait les témoins à ses frais. Hans choisit un blouson d'aviateur en cuir noir sur un pantalon et une chemise de même couleur : cela lui semblait coller à l'esprit d'aventure qui animait leur équipée. Mia trouva un tailleur pied-de-poule très à son goût, qui lui donnait envie de jouer du Guitry, et Marwan parvint à dénicher une chemise à fleurs, ce qui ne fut pas évident dans un grand magasin suisse.

Derrière le guichet « Dépôts et retraits », l'employée accueillit le quatuor par une formule attendue : « C'est pour un dépôt ou pour un retrait ? » Elle avait d'emblée parlé français, et Elsa en conclut qu'elle avait malgré tout manqué d'austérité dans le choix de sa robe.

« Pour un retrait. Sur ce compte… »

Elle glissa par la fente placée sous l'Hygiaphone le petit feuillet cartonné qui dormait encore, trente-six heures plus tôt, dans un fût scellé au fond d'un bunker creusé sous un manoir polonais. L'employée ajusta ses lunettes, dont la chaîne se balança comme deux bajoues de chaque côté de son visage quand elle secoua la tête.

« Ce n'est pas un numéro de compte. C'est un coffre, un très vieux coffre. Je dois en référer à mon supérieur. »

Elle se leva et disparut par une porte qui avait tout d'un placard. Elsa leva les yeux vers le plafond de marbre, où des rangées de néon aspergeaient les clients d'une lumière fade. Elle se souvenait que le Schweizerische Kreditanstalt avait changé de nom pour corriger sa mauvaise réputation de « banque des nazis ». Pas étonnant qu'Hitler et sa clique aient choisi cette institution pour y abriter une partie de leur trésor, « *das wertvollste Gut des Reiches* ». Elle ne voyait pas trop la différence entre « Schweizerische Kreditanstalt » et « Crédit suisse », mais apparemment les clients ne tenaient pas rigueur à leur établissement de ses fréquentations douteuses de jadis : l'absolution avait fonctionné.

Derrière elle, Marwan, Hans et Mia restaient silencieux comme des écoliers impressionnés. Le manque de sommeil expliquait aussi leur léthargie… Ils avaient passé une partie de la nuit au bar de l'hôtel, à faire connaissance et à échanger leurs impressions sur leur épopée commune. Tizri avait passé quelques coups de fil au Liban, pour rassurer ses proches, et il était encore plus volubile en arabe qu'en allemand ou en anglais. Hans aussi avait téléphoné : à Berlin, à ses parents, qui avaient appris par la police la mort de Julius Traub. « Bon débarras », avait dit son père avant d'ajouter : « Cinquante ans trop tard. » Puis il avait demandé à son fils d'être prudent – les agents lui avaient parlé d'une « mission d'assistance à l'État » sans donner de détails. Hans avait promis. Mia n'avait pas téléphoné. Elle n'avait personne à appeler… Elle ne voulait pas ennuyer Suzanne ou Guillaume avec cette aventure dont ils ne savaient rien, alors qu'ils attendaient eux aussi pour le lendemain les résultats des épreuves du Conservatoire.

L'employée sortit du placard précédée d'un grand homme, aux ultimes cheveux aussi bien alignés sur son crâne que les fines rayures blanches l'étaient sur son costume anthracite. Il s'avança d'un pas autoritaire vers le guichet, le dépassa et souleva un peu plus loin une partie amovible du comptoir pour s'approcher d'Elsa et de son groupe.

« Madame, si vous voulez bien me suivre. C'est là un cas très particulier. »

Il les entraîna dans un bureau, au premier étage, meublé d'une table, de quelques fauteuils à haut dossier et, sur toute la longueur d'un mur, d'immenses registres. Le banquier longiligne les fit asseoir et, gardant en main le carton fourni par Gerfano, il regarda les rayonnages à la recherche du bon volume, qu'il extirpa avec précaution pour le déposer sur la table devant lui. À l'autre bout, Hans et Marwan tendirent le cou pour lire à l'envers ce qui était inscrit sur les larges pages que tournait l'employé, mais il n'y avait que des chiffres et des inscriptions minuscules.

« Je me présente : Albert Escherwingtal. Je suis le sous-directeur de cette banque. »

Il s'arrêta sur une page et laissa courir ses doigts de ligne en ligne.

« Votre coffre a été ouvert durant une période… comment dire… à part. C'était en 1943. Il est délicat de procéder à son ouverture. Néanmoins, rien ne vous l'interdit. »

Son doigt s'arrêta sur une ligne.

« Mais je devrai en référer aux autorités fédérales, comme la loi l'exige désormais. Avez-vous tous les éléments ?

– Les éléments ? »

Elsa gardait un calme marmoréen, mais elle sentait arriver les difficultés. Le banquier referma son registre, en laissant la main gauche à l'intérieur pour ne perdre ni la page ni la ligne.

« Vous avez fourni le numéro du coffre, vous devez en plus me donner le nom de la personne qui l'a loué. Il y a également un numéro de certification. Et, bien sûr, quand vous serez devant le coffre, vous devrez composer la combinaison de treize chiffres qui permet son ouverture. Rien de plus. »

Elsa sentit que les visages de ses trois accompagnateurs se tournaient vers elle. Elle serra un peu la mâchoire et prononça clairement :

« Adolf Hitler. »

Le sous-directeur ne cilla pas.

« Ce n'est pas le nom qui est inscrit ici. Je connais ce dossier et je comprends votre hypothèse. Je m'autorise d'ailleurs à vous dire que ce sont les bonnes initiales, mais il me faut le nom exact, c'est la règle. »

Elsa Gerfano tentait de deviner les sentiments du banquier, puisque visiblement, ce coffre était « signalé », mais le Suisse bien peigné était hiératique.

« M'est-il possible de m'entretenir en privé avec… mes cousins ? » s'enquit Gerfano.

Sans un mot, Escherwingtal sortit la pochette de tissu blanc qui ornait son costume et la glissa en marque-page dans le registre ; puis il se leva et, volume sous le bras, se dirigea vers le fond de la salle, faisant mine de regarder le dos des classeurs, ce qui n'avait aucun intérêt.

Autour de la table, comme des conjurés, deux Françaises, un Allemand et un Libanais se concertaient.

« La montre, fit remarquer Marwan. Depuis le début, la montre détient tous les secrets.

– Et le journal », ajouta Mia.

Gerfano sortit les deux objets de son sac à main. Sur le boîtier en or, au-dessous d'une croix gammée, étaient gravées les initiales « A. H. ». Quand elle fit pivoter la montre côté cadran, la marque lui sauta au visage : Huber.

« On cherche un nom commençant par H… Ça se tente.

– Et le prénom, interrogea Hans, on garde Adolf ?

– Trop évident, concéda Elsa. Vous avez des idées ?

– Le père d'Hitler s'appelait Alois, murmura Hans.

– Ça se tente aussi», conclut Elsa.

Elle se tourna vers le banquier.

«Monsieur le sous-directeur, est-ce Alois Huber?»

De loin, elle ne parvint pas à voir bouger les traits du banquier, mais un petit sourire semblait avoir frissonné sur son visage. Sans même ouvrir le registre, il lança:

«Tout à fait. Coffre loué le 20 avril 1943, avec une concession prépayée de quatre-vingt-dix-neuf ans, au nom d'Alois Huber.»

«Le jour de son cinquante-quatrième anniversaire, le Führer loue un coffre pour y entasser une partie de sa fortune», songea Hans. «Dix ans pile après avoir reçu la montre en cadeau, il s'en sert comme code bancaire», pensa Elsa. Le banquier s'était rapproché de la table.

«Vous avez le numéro de certification, je suppose? Deux chiffres. Bien sûr, vous n'avez droit qu'à un seul essai...»

Face aux mines circonspectes de ses interlocuteurs, il pivota et se perdit de nouveau dans la contemplation de la bibliothèque. Gerfano regarda la montre, où tous les chiffres se mirent à vibrer sous ses yeux. Sur le boîtier étaient inscrites des dates: 30.1.33, 5.3.33, 20.4.89. Et tout autour du cadran, chaque petit trait doré indiquant les minutes pouvait être associé à un nombre.

«C'est quoi, tous ces chiffres? demanda Marwan.

– Le 30 janvier 1933, c'est la date d'accession d'Hitler à la Chancellerie du Reich, répondit Mia en se souvenant de ses cours de terminale.

– Le 20 avril 1889, c'est sa date de naissance, compléta Elsa, qui connaissait de près la biographie des hiérarques nazis.

– Et le 5 mars 1933, c'est quand le NSDAP a gagné les élections législatives, compléta Hans en passionné d'histoire politique.

– Il faut peut-être les additionner, osa Marwan. Ça fait 46, sauf erreur.

– Ou alors c'est 33, l'année la plus importante », risqua Hans.

Elsa secoua la tête.

« Trop simple. »

Elle tournait et retournait la Reverso en réfléchissant.

« On a l'air malin, à sécher devant une montre arrêtée ! railla Marwan.

– J'ai essayé de la remonter, c'est complètement bloqué », commenta Mia.

Elsa eut comme un éclair, cette illumination qui procure une forme d'ivresse à l'enquêteur, le frisson de la révélation.

« Les aiguilles ! Regardez les aiguilles ! »

Les trois jeunes visages se penchèrent vers la montre.

« 13 h 10, et alors ? interrogea Marwan.

– Pas 13 h 10, corrigea Mia, 13 h 08.

– Pas 13 h 08, rectifia Hans, 1 h 08.

– Quelle différence ? » s'enquit Marwan.

Hans se leva de sa chaise.

« 1 h 08. 1 h 8. 18. C'est le numéro de certification.

– Et pourquoi ce serait le numéro de certification ? » insista le Libanais.

Elsa arborait un grand sourire ; elle fit tourner la montre, les aiguilles disparurent et le boîtier présenta son rectangle d'or frappé du monogramme du Führer, « A. H. ».

« 18, c'est Adolf Hitler, murmura-t-elle.

– Pourquoi donc ? poursuivit Mia, prenant le relais de Marwan.

– Parce que c'est le nombre que forment ses initiales : A, la première lettre de l'alphabet, et H, la huitième, expliqua Hans.

– Les services secrets, dans leurs communications, utilisaient le code "18" pour désigner Hitler, compléta Elsa, avant d'ajouter : C'est aussi pourquoi certains néonazis se font tatouer le nombre 88 sur les biceps : 88, HH, *Heil Hitler.* »

Elsa se leva à son tour et se tourna vers le banquier, mais Marwan lui attrapa le bras.

« Attendez ! Si on se trompe, c'est fini, on gâche tout. Ce serait idiot d'échouer si près du but. Vous êtes sûre de vous ?

– Vous avez mieux à proposer ?

– Je ne sais pas, répliqua Marwan, improvisant. Le nombre de divisions SS ? Le jour de naissance d'Eva Braun ? Le 13, comme tout le monde ? »

Elsa se tourna vers les deux autres.

« Qu'est-ce qu'on fait ? »

Et d'une même voix, mais chacun dans sa langue, la Française et l'Allemand nés plus de vingt ans après la fin de la guerre lancèrent :

« 18 ! »

Elsa n'eut pas à répéter pour Albert Escherwingtal. Le banquier avait entendu l'exclamation des jeunes gens, et sans doute la totalité de leur conversation passionnée.

« C'est bien cela. »

Il remit soigneusement en place, dans la dent creuse

de la bibliothèque, le gros registre aux larges pages, et se dirigea vers la porte.

« Veuillez me suivre. »

Du premier étage, ils descendirent dans les entrailles de la banque. « Au troisième sous-sol », nota Gerfano en silence, entraînée à toujours retenir où elle se trouvait. Le marbre était plus chiche à ce niveau, et un plafond bétonné témoignait à certains endroits de travaux de consolidation du bâtiment. Une porte avec un gigantesque volant de métal, comme dans les films policiers, s'ouvrit devant eux, manipulée par un agent en casquette, arme à la ceinture. Il s'était presque mis au garde-à-vous en voyant surgir le sous-directeur de la banque, et en avait laissé choir sur le sol son journal hippique. Derrière la barrière d'acier, un espace immense s'ouvrait, ses cloisons équipées d'autres portes plates ornées de gros boutons entourés de chiffres : une salle des coffres comme en rêvaient les auteurs de polars. « La Suisse, tout de même… » songea Mia en souriant. « Lequel de ces placards fortifiés contient "le bien le plus précieux du Reich" ? » s'interrogeait Marwan. Hans, lui, frôlait la paroi en effleurant l'acier du bout des doigts, songeant aux contenus mystérieux planqués à quelques centimètres de sa main : bijoux, pierres précieuses, coupons de titres en bourse, lingots, testaments, liasses de billets, peut-être des armes, de la drogue, des chefs-d'œuvre volés… Escherwingtal traversa ce local inouï en habitué, d'un pas rapide et sonore sur le carrelage, puis il ouvrit une porte. Ils découvrirent une autre salle, carrée, aux murs nus, occupée par une simple table en verre entourée de huit chaises.

« Installez-vous. Votre coffre est un exemplaire de taille relativement modeste, il n'est pas dans l'un des casiers mais stocké dans un autre endroit du sous-sol. Je reviens dans quelques minutes. »

Il laissa la porte entrebâillée. Un calme pesant s'installa, que Marwan brisa en marmonnant :

« De taille modeste ? »

Sur sa chaise aux montants chromés reliés par des pans de cuir noisette, Elsa tenta une hypothèse :

« Des diamants ?

– Sa collection de timbres », affirma Mia.

Sa déclaration entraîna un fou rire collectif qui se faufila par l'embrasure de la porte et résonna dans la salle des coffres. Puis le silence s'installa entre les protagonistes, un silence lourd de fatigue accumulée, d'interrogations sur la découverte qui les attendait, de solennité aussi, car c'était l'Histoire qui allait s'avancer sur le marbre du Crédit suisse. Elsa prit la parole.

« Nous devrions déjà réfléchir à la combinaison possible. Des idées ?

– Il reste des chiffres sur la montre... Toutes ces dates... suggéra Mia.

– Et le journal de mon grand-... de Julius Traub ? » poursuivit Hans.

Elsa ouvrit le gros calepin noir, dont la lanière se déplia comme un orvet sur la vitre de la table. Elle se rendit directement à la fin de l'ouvrage. Après les dernières notes, en date du 28 avril 1945, il restait une vingtaine de pages blanches, puis la troisième de couverture où Julius Traub, quarante-cinq ans plus tard, avait griffonné le déchiffrage de la localisation du trésor. Les données cryptées avaient été inscrites par le Führer sur une feuille volante, et il avait ajouté la date de sa main. Mais là où Traub avait noté « 28 avril 1945 », il n'y avait qu'un gribouillis illisible, dont Elsa déchiffra seulement le mot « *Morgen* ». Du pouce, elle fit défiler comme un jeu de cartes les pages suivantes, vierges, dans un froissement d'éventail. Il lui sembla voir une tache dans ce défilement blanc. Elle recommença plus lentement, puis tourna les pages une à une. Au milieu de l'une d'elles apparut, en petites majuscules griffonnées au crayon à papier : « *Arcanum in numeris* ». Elsa murmura, puis répéta à voix haute :

« *Arcanum in numeris.* »

Les autres la dévisageaient.

« Quelqu'un parle latin ?

– "Le secret est dans les chiffres", traduisit immédiatement Hans. C'est une formule qu'utilisaient les astrologues. Et les alchimistes, aussi.

– Je ne sais pas si Traub a noté cela à propos de la montre, ou au hasard, mais cela conforte l'idée que les dates sont la clef », reprit Elsa.

Albert Escherwingtal réapparut courbé en deux, poussant avec délicatesse un chariot dont les roues de caoutchouc laissaient échapper un bruit gras en progressant sur le marbre. Un coffre cubique, d'une cinquantaine de centimètres d'arête, trônait sur l'engin ; il était d'un métal presque noir, granuleux, et sa façade avant était parsemée de molettes. Alors que le banquier refermait la porte derrière lui, Mia compta deux rangées de dix petites molettes, tandis que trois grosses se rengorgeaient juste au-dessous d'elles. Elle se souvint des propos du sous-directeur bien peigné : une combinaison de treize chiffres.

« Pardonnez-moi pour l'attente, chuchota Escherwingtal. Douze minutes, c'est très impoli, mais ce coffre ancien était dans un recoin et aucun magasinier n'était disponible. Il vous suffit de positionner chaque molette sur l'un des chiffres de la combinaison puis d'actionner le levier qui est sur la droite. Vous composez le code de gauche à droite et de haut en bas, bien sûr. Je vous laisse, car nous n'avons pas le droit d'assister à l'ouverture des coffres par les clients. Quand vous aurez terminé, il vous suffit d'appuyer sur le petit bouton du chambranle, et je viendrai vous libérer, la porte ne s'ouvrant que de l'extérieur. Prenez tout votre temps. »

Ils étaient à genoux en demi-cercle devant le chariot. Elsa avait posé la montre et le journal devant elle, presque glissés sous le chariot.

« Alors ?

– Cette fois, on n'a pas droit qu'à une seule tentative, alors on peut se lancer, dit Marwan en se frottant les mains comme un cambrioleur prêt à forcer une serrure.

– Il n'est quand même pas très grand, ce coffre, fit Mia avec un soupir.

– Ouvrons, on verra bien, enchaîna Elsa en prenant la montre. Regardez, les dates forment une suite de quatorze chiffres : 3.0.1.3.3.5.3.3.3.2.0.4.8.9. Mais le 0 de “20”, dans la date de naissance, est effacé, la peinture noire n'a pas été appliquée dans la gravure. Je propose donc la combinaison suivante : 3.0.1.3.3.5.3.3.3.2.4.8.9. Qui dit mieux ? »

Sans attendre la réponse de ses camarades, elle se mit à manipuler les molettes, non sans difficulté : le temps avait grippé les mécanismes. Puis elle tenta d'actionner le levier, sans succès.

« À l'envers ? » suggéra Hans.

Mais 9.8.4.2.3.3.3.5.3.3.1.0.3 ne donna pas plus de résultat.

« Et dans l'ordre chronologique ? » souffla Mia.

Elsa composa 2.4.8.9.2.3.0.1.3.3.5.3.3.3. Les mollettes jouaient plus facilement, dérouillées de leur long sommeil. La commissaire sentait en alignant les chiffres que les encoches tombaient juste et, quand elle souleva le levier, c'est sans effort qu'elle put lui faire accomplir un demi-cercle. Comme surprise d'être ouverte après tant d'années, la porte du coffre eut un hoquet.

« Tire la chevillette et la bobinette cherra... » murmura Mia.

Elsa se tourna vers elle. Mia reprit :

« C'est dans *Le Petit Chaperon rouge*, la version que me lisait mon grand-père quand j'étais enfant. C'est une formule magique pour ouvrir les portes... Genre "Sésame, ouvre-toi". »

Hans et Marwan se regardaient en se demandant ce que signifiait cette messe basse entre Françaises.

Elsa sourit et fit pivoter lentement la porte. Elle ne vit rien d'abord, le coffre semblait vide. Quelqu'un était-il passé avant eux ? Est-ce que « *das wertvollste Gut des*

Reiches » avait vraiment été déposé ici avant l'effondrement du Reich ? En penchant la tête sur le côté, l'officier de la DST aperçut une masse sombre au fond de la cavité métallique ; elle plongea prudemment la main dans le coffre et en sortit un épais carnet en cuir noir, gonflé de feuillets et entouré d'une lanière, elle aussi en cuir. C'était le clone du journal de Julius Traub. Elsa dénoua le lien et ouvrit le portefeuille, qui craquela en accouchant de pages que la reliure ne maintenait plus ensemble. L'écriture était moins serrée que celle de Traub, mais à peine plus lisible, et de nombreuses ratures fendaient les paragraphes – il y avait des pâtés d'encre, aussi. Sur la page de garde, Elsa lut, les yeux écarquillés : *Mein Kampf II*. Puis elle se tourna vers Hans et lui tendit l'objet. Sans qu'elle ait besoin de le lui demander, le jeune Allemand se mit à lire, déchiffrant avec plus de peine qu'il n'en avait ensuite pour traduire en anglais :

« Celui qui ouvre ce livre s'apprête à découvrir les fondements du IVe Reich. Je l'ai conçu en tenant compte de l'expérience et des erreurs du IIIe Reich. Le futur sera incarné par un nouveau Führer, qui me prolongera. Il sera mon semblable, grâce au Dr Hans Spemann. J'ai autorisé ce glorieux scientifique, prix Nobel de médecine en 1935, fidèle serviteur du nazisme, à prélever ma semence la plus profonde, à partir de laquelle il sera possible de donner vie à un nouvel Adolf Hitler quand j'aurai disparu. Et ainsi de suite, pour les siècles des siècles. Un Führer pour mille ans à la tête d'un Reich pour mille ans. »

Pendant la laborieuse lecture, Elsa Gerfano avait à nouveau plongé la main dans le coffre, jusqu'au fond. Elle en retira une bouteille de métal, renflée et pas très haute, qui avait toutes les caractéristiques d'un flacon isotherme. Elle en dévissa le sommet, plus large qu'un simple bouchon, dans un crissement aigre. L'intérieur était tapissé d'une sorte de mousse épaisse et dure. Avec précaution, elle en extirpa une minuscule fiole. La base était recouverte de chrome ou de mercure, le reste était en verre dépoli. La policière éleva la fiole vers la lumière, mais ne vit rien à travers les parois presque opaques. En revanche, en agitant le flacon, elle entendit, ou plutôt sentit dans ses doigts qu'un liquide bougeait à l'intérieur.

«Je connais ce Spemann, susurra Marwan, j'ai lu un livre sur lui à Humboldt. C'était un spécialiste de génétique. Ce malade voulait cloner Hitler. Heureusement, il a claqué en 1941.

– Qu'est-ce qu'il y a dans la fiole ? interrogea Hans. Du sperme de Führer rance ?

– Moi aussi, j'ai lu des choses sur Spemann, reprit Elsa. Des rapports des services américains, et soviétiques aussi. Il est allé très loin. Il a réussi à fabriquer des embryons à partir d'une seule cellule. Il avait dégagé des cellules souches, alors qu'on ne les a découvertes officiellement que vingt ans après sa mort. Il affirmait pouvoir ressusciter à l'identique un être disparu, pourvu qu'on le laisse prélever des tissus précis. Il avait mis au point un système de conservation qui ne nécessitait pas de congélation. Toutes ses notes et ses échantillons ont disparu dans le bombardement de Fribourg par les Britanniques, en novembre 1944.»

Elsa allait replacer la fiole dans le flacon, mais Mia l'interrompit dans son geste.

« La montre étant ma propriété, je pense que j'ai le droit de décider du sort de cette fiole. Je ne suis pas sûre que le professeur Spemann ait réussi son coup, et peut-être n'y a-t-il dans cette ampoule qu'un liquide putride. Mais peut-être y a-t-il aussi un ADN intact. Et je ne veux pas prendre le risque de le laisser en circulation. Je vous propose de la détruire. »

Elle avait parlé avec solennité, et dans son esprit, c'est la figure de Bérénice qui était apparue ; elle se voyait déclamer en brisant le flacon, comme à la scène 5 de l'acte IV : « Je n'écoute plus rien, et pour jamais, adieu. » Elsa ferma la paume sur le petit récipient.

« Pardonnez-moi, Mia, mais je représente l'État français. Je suis en mission et c'est une pièce à conviction que nous avons trouvée là. »

Mia tendit la main.

« Elsa, vous êtes en Suisse, incognito, vous ne représentez personne, seulement votre conscience. Vous êtes prête à prendre le risque d'un nouveau Reich ? »

Gerfano desserra les doigts, troublée… Hans glissa le carnet noir dans son blouson d'aviateur puis s'avança en souriant et en tendant la main, lui aussi.

« Je ne comprends pas tout ce que vous dites, mais je pense avoir saisi ce que veut Mia. Et je dois vous dire que je l'approuve. Nous devons détruire cette fiole, madame la commissaire… »

Elsa les regarda puis allongea vers eux sa paume ouverte, au creux de laquelle la fiole roulait avec lenteur.

Mia ne réalisa pas ce qui lui arrivait. On la tira violemment en arrière par les cheveux, elle sentit qu'on l'étranglait et qu'une pointe lui piquait la gorge. Elle vit Hans se retourner vers elle, l'air horrifié. Marwan Tizri, le bras gauche serré autour de son cou, tenait Mia devant lui tandis que sa main droite appuyait un poinçon sur la carotide de sa prisonnière. Il hurla quelque chose en arabe, puis se mit à parler français :

« Personne ne détruira ce flacon ! Donnez-le-moi ou je la tue. »

Elsa porta la main à son flanc, par réflexe, mais l'arme qui s'y trouvait d'habitude était dans un tiroir à Berlin.

« Plus vite ! »

Hans était pétrifié, il bredouilla :

« Marwan, qu'est-ce qui te prend ?

– Tais-toi ! L'ADN du Führer ne sera pas détruit ! Ce sont les Juifs qu'il faut détruire !

– Pas toi, Marwan, pas toi un nazi ! » hurla Hans.

Mia suffoquait, elle voyait s'agiter sous son nez les orchidées de la chemise du Libanais.

« Tu ne comprends rien. Donne-moi cette fiole ou je la bute !

– D'accord, d'accord ! Ne lui fais pas de mal. »

Hans tendit la main vers Elsa, qui lui remit la fiole sans quitter Tizri des yeux. Hans la brandit entre son pouce et son index ; le mercure qui enrobait le culot de l'ampoule devenait blanc sous les néons de la salle.

« Je te l'apporte, lâche Mia !

– La fiole d'abord ! »

Hans avança d'un pas lent, comme s'il progressait sur

un champ de mines, la main droite en avant, fiole en l'air, et la gauche de même, en geste d'apaisement. Quand il fut à moins d'un mètre de Marwan, il vit que le Libanais desserrait son étreinte sur le cou de la jeune fille pour saisir la fiole, et que le poinçon lui-même ne creusait plus la gorge de Mia. Alors Hans abaissa violemment la main droite et précipita l'ampoule de Spemann sur le sol, tandis que de la main gauche, il repoussait avec force la dextre de Tizri. Le Libanais plongea pour essayer d'attraper la fiole avant qu'elle ne heurte le marbre mais, déséquilibré par le geste de Hans, il ne put l'empêcher d'exploser sur la dalle noire et d'y répandre au milieu des éclats de verre quelques centilitres d'un liquide gluant et brunâtre. Hans en avait profité pour se placer devant Mia et la protéger. Marwan, tombé à genoux, poussa un hurlement et regarda Hans. Elsa Gerfano se jeta vers lui, mais avant qu'elle ait pu l'atteindre, il avait bondi vers le jeune Allemand et lui avait planté son poinçon dans le cœur. Au moment où la pointe acérée perçait le cuir du blouson d'aviateur, une explosion retentit.

La porte s'était ouverte brusquement, allant claquer contre le mur sous la puissance de la détonation. Un coup de feu retentit et Marwan, atteint au genou, s'effondra sur le sol. Elsa était à plat ventre après son plaquage raté du Libanais. Mia était tombée sur le dos quand Hans s'était effondré sur elle. L'étudiant en astronomie ne bougeait plus, les yeux ouverts, le poinçon fiché dans la poitrine. Cinq silhouettes noires et cagoulées avaient surgi dans la salle. La première avait tiré sur Marwan, trop tard pour l'empêcher de frapper Hans, et le maintenait désormais au sol, un genou sur son dos. La deuxième avait posé le canon de son pistolet sur la nuque de Gerfano, qui avait placé ses mains sur la tête, le front contre le marbre. La troisième, dès son entrée, avait rengainé son arme et s'était agenouillée près de Hans pour arracher le poinçon de son thorax. La quatrième relevait déjà Mia, sonnée après avoir heurté le sol avec l'arrière de son crâne. La cinquième avait sorti une feuille plastifiée de sa poche, ramassé avec une sorte de spatule le mélange de liquide et de débris de verre répandu sur le sol, et glissé le tout dans un sachet métallisé avant de quitter précipitamment les lieux. À peine le tumulte était-il retombé que Hans se redressa, indemne. Il regarda Marwan, gémissant et peinant à respirer sous le poids de son gardien, puis le soldat cagoulé qui l'aidait à s'asseoir. Ensuite, il plongea la main dans son blouson. Il en sortit le carnet noir éventré par le surin : *Mein Kampf II* lui avait sauvé la vie… La silhouette noire qui avait retiré le poinçon de la poitrine de Hans enleva sa cagoule : c'était Rachel Milstein.

* * *

Les salons de l'ambassade d'Israël à Berne étaient particulièrement confortables. Mia buvait une orange pressée : elle avait soif après avoir répondu pendant plus de deux heures aux questions des agents qui l'avaient sauvée. Elle avait tout raconté : la mort de son grand-père, le testament, le journal de Traub, la montre, le voyage à Berlin, la Pologne… Ses interlocuteurs avaient pris des notes, posé quelques questions sur Thadée/Graben, sur Fischer aussi, mais sans insister. Avant de lui proposer de boire quelque chose au salon, l'un des officiers annonça à Mia que Gerfano, exfiltrée par les services français, venait de téléphoner à l'ambassade.

«Son message est simple: "Examens brillamment réussis, passage en deuxième année".»

Mia sourit, pensa à son grand-père, à Guillaume, et chuchota:

«Chimène, qui l'eût dit?»

Hans avait eu droit au même traitement dans un autre bureau, mais c'est Rachel qui, d'abord, lui avait donné quelques explications. Jamais elle n'avait quitté Berlin pour retourner en Israël. En sortant à pied de la Curata Residenz où Julius Traub l'avait insultée, Rachel avait été enlevée par trois hommes en camionnette blanche. Elle s'était retrouvée dans un sous-sol, malmenée par des agents iraniens. Ils savaient qu'elle appartenait au Mossad, qu'elle s'était inscrite à l'université pour avoir une couverture et qu'elle cherchait à approcher Julius Traub afin de mettre la main sur le trésor des nazis. Elle avait nié en bloc et s'était retrouvée enfermée dans une pièce sans fenêtre, sans lumière, où le seul bruit qui lui parvenait était la vibration récurrente du métro. Elle était restée dans sa geôle pendant quatorze jours, mal nourrie, dormant sur le sol d'une cellule dont le seul meuble était un seau hygiénique. Puis un commando du Mossad l'avait libérée: elle était retenue dans la cave d'une cordonnerie de Reinickendorf, au nord de Berlin, et ses camarades étaient passés par l'immeuble voisin en creusant sous une laverie. Ils l'avaient retrouvée en suivant la camionnette, repérée près de l'ambassade d'Iran.

Depuis des mois, Rachel et ses collègues surveillaient Marwan Tizri, un jeune agent de Téhéran recruté au Liban dans les rangs d'un nouveau mouvement politique et militaire nommé Hezbollah, « le Parti de Dieu ». De son vrai nom Hassan Abi Talib, il parlait couramment l'allemand car il avait grandi en Syrie, où son père était le secrétaire d'un nazi en fuite devenu conseiller des services de sécurité du régime, Alois Brunner. C'est pourquoi il avait été choisi pour la mission بذر خدا, *bezar khoda*, « semence de Dieu ». Les services iraniens savaient, par Brunner et d'autres nazis en fuite, que l'ADN d'Adolf Hitler avait été conditionné par Hans Spemann à des fins de reproduction. Ils avaient décidé de poursuivre le projet et de cloner le Führer. Treize mois plus tôt, en mai 1989, l'ayatollah Khomeini en personne avait reçu Abi Talib et ses supérieurs. Le guide suprême de la Révolution islamique les avait accueillis à Qom, allongé sur un divan, en état d'extrême fatigue. Il s'était dressé sur les coudes pour leur dire d'une voix rauque : « Des milliers d'Hitler ! Il nous faut des milliers d'Hitler ! Nous les lancerons contre les Juifs, que nous écraserons ! » Le Mossad possédait l'enregistrement de la conversation, la villa de Khomeini ayant été « sonorisée » par un agent, engagé comme majordome par l'ayatollah… Quinze jours plus tard, Khomeini était mort. Les Iraniens avaient aussi appris, par leurs espions en URSS, que les Soviétiques avaient cuisiné l'aide de camp du Führer mais ne savaient rien de la montre ni du journal.

Après la chute du Mur, Téhéran s'organisa pour repérer Julius Traub dès sa libération. Entre-temps, le successeur de Khomeini, Ali Khamenei, avait rebaptisé l'opération ققنوس, *ghegbenos*, c'est-à-dire «phénix» en persan. Mais Abi Talib en demeurait le fer de lance et, sous le nom de Marwan Tizri, avait été inscrit dès octobre 1989 à l'université Humboldt de Berlin. En embuscade.

Hans croyait sortir d'un cauchemar. Il n'avait pas grand-chose à apprendre à Rachel, qui savait tout de lui, et beaucoup plus que lui sur toute cette affaire. Il l'écoutait et regardait sa fossette apparaître et s'évanouir au fil de son récit; il regardait aussi l'œil vairon qui l'avait séduit dès leur première rencontre à l'université Humboldt. Rachel n'était plus l'étudiante avenante de la fin mai, mais un jeune officier du Mossad aux sourcils froncés et à l'élocution martiale. Elle lui racontait maintenant comment ils étaient arrivés trop tard à Minkowskie, alertés par leurs collègues engagés dans l'opération Pegnitz. À peine libérée de sa geôle, après quelques heures à l'hôpital, elle avait foncé vers la Pologne avec son équipe, mais sur place, ils n'avaient trouvé que des policiers locaux en train de sécuriser la zone. Il n'avait pas été difficile de savoir que Hans et ses compagnons étaient partis pour le Crédit suisse de Zurich, mais il fut plus compliqué de pénétrer dans la banque par l'entrée réservée aux fourgons blindés, de neutraliser gentiment les magasiniers et le garde, puis de se glisser jusqu'à la chambre forte. La stratégie était d'attendre l'ouverture du coffre avant d'intervenir pour neutraliser Tizri/Abi Talib et récupérer l'ADN d'Hitler.

Albert Escherwingtal ayant refusé d'ouvrir la porte de la salle du fond, ils avaient perdu quelques secondes à placer les explosifs sur la serrure. Quelques secondes qui avaient failli coûter la vie à Mia, et permis à Hans de briser la fiole.

« Qu'est-ce que vous allez en faire ? demanda Hans.

– De l'agent de Téhéran ou du sperme d'Hitler ? répliqua Rachel avec un sourire – et sa fossette se creusa.

– Lequel est le plus dangereux pour vous ? » renchérit Hans.

Rachel le regarda avec intensité pendant quelques secondes.

« Je ne devrais pas te le dire, ce sont des secrets d'État, mais je t'ai entraîné dans une aventure périlleuse et je te dois bien cela. Marwan/Hassan sera échangé après-demain contre un de nos agents, kidnappé il y a trois ans à Beyrouth. Cela va se passer dans un pays de l'Est. J'escorterai moi-même le prisonnier avant de rentrer en Israël. Quant à ce que nous avons pu récupérer de la fiole que tu as brisée, nous l'avons déjà expédié par avion spécial. Dans deux heures, les spermatozoïdes du Führer gigoteront sous des microscopes dans nos labos de Tel-Aviv… À moins que ce ne soit depuis longtemps de la gelée fossilisée. »

Hans ne put s'empêcher de rire en imaginant la scène, et aussi parce que ses nerfs lâchaient après toutes ces émotions fortes.

« Il y a aussi *Mein Kampf II*, qui devient propriété de l'État d'Israël… »

Rachel se leva et Hans respira une fragrance légère d'Eau de Rochas. Elle lui tendit la main.

« Je ne pense pas que tu seras à Humboldt à la rentrée prochaine, dit-il en se levant à son tour. Est-ce qu'on se reverra ? »

Rachel ne répondit rien, mais elle sourit, et sa fossette était éloquente…

- 30 -

Nuremberg, Allemagne, le 13 juin 1992

Ils n'avaient pas cherché à se revoir plus tôt, avaient repris leur vie après l'épisode suisse et préféré attendre le moment solennel du procès pour leurs retrouvailles. Et les voilà qui allaient se faire face dans la salle d'attente réservée aux témoins, deux ans presque jour pour jour après le dénouement de l'affaire de la montre d'Hitler dans la salle des coffres du Crédit suisse. Le palais de justice de Nuremberg alignait ses arcades beiges sous un toit de tuiles à forte pente. « Est-ce là que les nazis, après 1945… » avait demandé Mia. « Oui, avait confirmé l'hôtesse d'accueil. Mais vous ne serez pas dans la même salle. » Mia avait été étonnée d'être convoquée un samedi pour l'ouverture du procès de Wilfried Graben, alias Raymond Thadée, et du professeur Arend Fischer. On lui avait expliqué qu'il s'agissait d'une simple séance de présentation des parties et des témoins, et que l'essentiel commencerait le lundi suivant. Elle avait acheté le journal en sortant de son hôtel et en effet, il n'y avait que quelques lignes sur l'événement ; les gros titres étaient pour l'Euro de football, pour le résultat du match de la veille, un but partout, entre l'Allemagne et la CEI, la Communauté des États indépendants, cet agrégat provisoire d'anciennes républiques soviétiques qui s'était substitué à l'URSS. Puisque les débats ne reprendraient que lundi, Mia se projetait déjà dans une visite dominicale du château de Nuremberg, de la vieille ville, et peut-être du terrain abandonné où les nazis tenaient leurs rassemblements géants dans les années 30. Elle se dit aussi qu'après la séance formelle du jour, ils iraient peut-être tous déjeuner ensemble.

Elsa Gerfano serra Mia dans ses bras.

« J'ai appris l'heureuse nouvelle par la presse… »

Mia, après être sortie du Conservatoire nantie d'un premier prix de tragédie, venait d'être engagée comme pensionnaire à la Comédie-Française : en septembre, elle serait Chimène dans une mise en scène du *Cid* par Jean-Luc Boutté. L'officier de la DST avait eu quelque mal à se replonger dans l'opération Pegnitz, il lui avait fallu relire les dossiers et les procès-verbaux avant de venir à Nuremberg. En septembre 1990, elle avait pris la tête du service chargé de lutter contre le terrorisme islamiste. Elle surveillait notamment un nouveau groupe qui venait de se créer en Algérie, le Groupe islamique armé. À la suite du premier tour des élections législatives de décembre 1991 en Algérie, gagné par le Front islamique du salut puis annulé par les militaires, cette organisation terroriste avait décidé de passer à la lutte armée, avec un mot d'ordre qui avait mis la DST en alerte : « Du sang, du sang ! De la destruction, de la destruction ! » La porte de la salle d'attente s'ouvrit et Mia reconnut sans peine Hans Traub, le teint plus hâlé que la nuit où elle avait fait sa connaissance, dans le sous-sol bétonné du manoir de Minkowskie. À son côté, lui donnant la main, se tenait une jeune femme très élégante. Mia mit quelques secondes à l'identifier, car elle ne l'avait croisée que quelques instants dans la salle des coffres de Zurich : c'était l'agent du Mossad, Rachel Milstein. Après une accolade qui dura de longues secondes, une accolade comme seuls s'en donnent les survivants d'une épreuve commune, Hans expliqua à Mia et Elsa qu'il vivait désormais à Tel-Aviv, avec Rachel. Ils travaillaient ensemble à la recherche de Justes dans les pays d'Europe de l'Est, au sein du Mémorial de Yad Vashem. Mia se dit qu'ils devaient tous les deux œuvrer en sous-main pour le Mossad.

Les banquettes de cuir rouge fixées au mur dans la salle d'attente avaient de hauts dossiers en bois, et les témoins du procès ressemblaient à des moines siégeant au chapitre d'une abbaye. Elsa Gerfano, qui avait eu accès au dossier, leur donna les éléments que l'enquête avait mis au jour. L'épopée qu'ils avaient vécue était désormais claire. Tout juste libéré, Julius Traub avait repris contact avec l'ordre de Thulé, dont il était immédiatement devenu le chancelier, et en avait lancé les nombreux militants sur les traces du trésor des nazis. À quelques-uns, il avait confié la tâche de retrouver le soldat qui lui avait dérobé la montre et le journal. Il leur avait donné comme indice l'insigne que portait ce militaire, une tête de chameau, mais aussi un élément qu'il n'avait, selon la DST, jamais lâché aux Soviétiques : sur la vareuse du Français, au-dessus du chameau, il y avait une barrette portant son nom ; il avait vu les deux premières lettres, A et Z. Ils avaient réussi à identifier la 2e DB du maréchal Leclerc et l'unité qui avait investi le Berghof, mais ils manquaient de contacts dans l'administration française pour aller plus loin. C'est quand Thadée/Graben avait contacté Fischer et parlé du journal qu'ils avaient appris le nom complet d'Edmond Azerbier. Graben l'avait fait exprès. Ayant infiltré l'ordre de Thulé, notamment grâce à Fischer, Graben savait que Julius Traub avait demandé à ses militants de retrouver un soldat s'appelant « Az... ». Grâce à ses contacts dans l'administration militaire française, où le réseau Dämmerung prospérait, Graben/Thadée identifia vite Edmond Azerbier, mais eut du mal à le localiser. C'est par le service des pensions qu'il parvint à se procurer son adresse. Que l'individu se cache depuis des années le persuada qu'il possédait la montre et le journal, c'est-à-dire le viatique vers le trésor. Graben avait alors envoyé une équipe fouiller l'appartement d'Azerbier, mais le vieillard avait surpris les cambrioleurs et, dans la panique, ces derniers l'avaient assommé d'un coup de serre-livres. Ils n'avaient rien trouvé, sauf la plaque militaire du vétéran, celle-là même qui avait permis à Thadée de « prouver » à Mia, quelques jours plus tard, qu'il était bien un camarade de guerre de son grand-père. En effet, il avait décidé de changer de tactique : amadouer la jeune fille, lui devenir indispensable, afin d'être sûr que si elle retrouvait la montre et le journal, elle lui en parlerait.

Cela avait marché à merveille. Il avait monté de toutes pièces la visite à Berchtesgaden, qui visait à convaincre Mia d'aller plus loin dans la quête du trésor mais aussi de mettre en alerte l'ordre de Thulé, de le manipuler en lui glissant des informations capitales afin que Julius Traub, le moment venu, mène Mia et Thadée jusqu'au trésor. Là encore, cela avait fonctionné... Graben n'avait d'ailleurs pas eu à enquêter pour localiser Julius Traub : ses informateurs au sein de l'ordre avaient eu connaissance de la Curata Residenz quelques jours seulement après l'installation de l'aide de camp d'Hitler.

Un long silence suivit l'exposé d'Elsa Gerfano. Mia le brisa d'une question, la voix blanche :

« Et mes parents ? Ce sont les nazis, aussi ? »

La commissaire de la DST secoua la tête. Elle n'en savait rien, mais c'était peu probable. En 1974, les réseaux bruns n'étaient pas lancés dans la chasse au trésor nazi, en tout cas pas en France. Elle penchait plutôt pour les Soviétiques. Ils détenaient Traub, ils devaient le faire parler par tous les moyens, ils avaient sans doute envoyé des agents enquêter en France sur le soldat qui avait récupéré la montre d'Hitler et le journal de Traub... Edmond Azerbier n'avait-il pas été approché ? Menacé ? L'incendie de la maison des parents de Mia n'était-il pas une manœuvre d'intimidation ? Cela ressemblait bien aux pratiques du KGB... En se cachant dans Paris, en effaçant toute trace, l'ancien de la 2e DB avait gagné quelques années de sursis. Ensuite, l'URSS avait envahi l'Afghanistan, les priorités de Moscou avaient changé, nombre de travaux d'historiens avaient démythifié le fameux « trésor des nazis »… Jusqu'à l'effondrement du Mur de Berlin, Mia et son grand-père avaient pu vivre sous la double protection de l'indifférence internationale et de l'anonymat parisien. Puis l'Histoire avait repris sa marche en avant…

La grande porte de la salle d'attente s'ouvrit avec majesté. Un appariteur, papier en main, appela un par un les témoins : Mia Robst-Azerbier, Hans Traub et Elsa Gerfano. Rachel, elle, n'apparaissait pas dans le dossier, et gagna les rangs du public. Quelques minutes plus tard, la porte du box des accusés s'ouvrit et Mia se tourna pour voir entrer Fischer et Graben. Tandis qu'on lui enlevait les menottes, Thadée l'imposteur regarda Mia. La jeune pensionnaire de la Comédie-Française le trouva considérablement vieilli. L'opération Pegnitz avait déjà donné lieu à de nombreux procès à travers l'Europe. Dans la plupart des jugements, l'indulgence avait prévalu à l'encontre des néonazis, surtout des jeunes, soulevant l'émoi des associations de survivants de la Shoah et l'indignation d'une partie de la presse. Le procès de Graben et de Fischer, les chefs, était l'un des derniers. Trois semaines après l'ouverture des débats, Arend Fischer, déjà radié de l'université, fut condamné à huit années de prison ferme. Et Wilfried Graben, qui accueillit la décision sans ciller, à seize ans. Mia n'était pas revenue à Nuremberg pour l'énoncé du verdict.

- 31-

ÉPILOGUE

Chesapeake City, Maryland, États-Unis, le 28 juillet 2022

J'en aurais avalé mon nœud papillon. En sortant de la salle, j'ai balancé mon maillet d'enchères contre le mur du couloir – le plâtre en gardera un creux, tant pis. Les analystes pronostiquaient 4 millions de dollars, j'en espérais 6, et voilà que la montre se vend 1,1 million seulement. Je sais bien ce qu'il s'est passé : la campagne de presse pour dénigrer la vente a découragé les enchérisseurs, elle a fait fuir les vrais amateurs de reliques nazies. Sinon, ce n'est pas un Juif européen qui aurait emporté la vente ; la montre serait partie en Russie, ou dans le Golfe, ou en Asie. Qu'est-ce qu'il va bien pouvoir en faire, ce Juif ? J'espère au moins qu'il ne va pas la détruire… Elle reviendra sur le marché, tôt ou tard. Et puis, cette vendeuse française qui a refusé toutes les interviews, qui n'a pas voulu raconter son aventure de jeunesse, comment elle a retrouvé le trésor du Führer et démantelé le plus grand des réseaux néonazis… Quelle cruche ! Une artiste, bien sûr, une théâtreuse…

Quand je pense aux risques qu'a pris son grand-père pour récupérer cette montre… Quel gâchis ! Heureusement que l'aigle de Berchtesgaden est partie à 600 000, et la robe d'Eva Braun à 975 000… Je me rattraperai dans quelques mois, après l'été. Je viens de rentrer une partie de la cave de Goering – ça se vend toujours bien, le vin des nazis – et surtout l'une des attelles de Joseph Goebbels : l'appareil orthopédique compensait les centimètres qui manquaient à sa jambe droite. Ça vaut au moins… au moins…

* * *

L'assistance avait applaudi, assez mollement, tandis qu'un employé de la salle des ventes en livrée bleue emportait prestement le présentoir. Mia se leva : c'était sans doute la dernière fois qu'elle voyait la montre que son grand-père avait cachée pendant quarante-cinq ans, qui lui avait valu la plus folle aventure de sa jeunesse, et qu'elle avait elle-même laissée dormir pendant trente ans dans un petit coffre-fort d'une agence bancaire du XIe arrondissement de Paris. De loin, elle perçut un éclat doré, et puis plus rien. C'en était fini de son histoire avec cet objet maléfique. Elle était satisfaite de ne pas avoir atteint les sommes extravagantes que certains journaux pronostiquaient : cette montre avait fait couler trop de sang pour devenir un joyau recherché ; si elle ne rendait plus folle la planète, c'était une bonne nouvelle. Il est vrai qu'elle avait livré tous ses secrets… 1,1 million de dollars, ce n'était tout de même pas rien, surtout pour l'organisme qui allait recevoir l'argent : elle avait promis à Hans d'en faire don au Mémorial de Yad Vashem. Mia se retourna : ils étaient tous là, ils avaient répondu à son invitation. Hans et Rachel, toujours plus unis, et Elsa Gerfano. Dans la cohue qui se dispersait, Mia leur indiqua d'un signe qu'ils se retrouvaient dans le hall. Elle avait réservé une table au Bayard House, juste en face de la salle des ventes, avec vue sur la baie de Chesapeake. Elle avait hâte de prendre des nouvelles de ces amis si particuliers, rarement croisés et néanmoins indéfectibles. Hâte aussi d'apprendre à Elsa Gerfano ce que Hans et Rachel savaient déjà.

Au Bayard House, on n'échappait pas au crabe : farci, nature, en miettes ou au four, il envahissait la carte autant que la décoration de la salle. À la mi-journée, en plein été, l'estuaire scintillait d'une lumière vive, pareille à l'éclat d'or que Mia avait vu avant de quitter la salle. C'était un peu comme si des milliers de montres d'Hitler étaient en train de sombrer dans la baie de Chesapeake. Le temps avait coulé plus vite que le Susquehanna qui s'étalait devant eux, la vie avait passé, les destins avaient joué leur partition. Mia Robst-Azerbier, que les journalistes aimaient appeler « MRA », était désormais la plus ancienne sociétaire de la troupe de la Comédie-Française. Si elle avait goûté un peu au cinéma, elle lui préférait les planches, et la maison de Molière lui avait apporté tous les bonheurs de la scène. Avant de la laisser partir pour cette échappée américaine, l'administrateur du Français, Éric Ruf, lui avait annoncé qu'il la distribuerait en Agrippine dans le *Britannicus* prévu pour l'hiver prochain, avec une mise en scène de Krzysztof Warlikowski. « Décidément, la Pologne… » avait-elle songé. Elsa Gerfano était abonnée au Français, elle ne manquait aucune création, et parfois les deux femmes se retrouvaient pour un verre au Nemours, sur la place Colette, à l'issue de la représentation. Elles ne parlaient pourtant que de théâtre, jamais de leur équipée de 1990. La commissaire avait elle aussi mené une belle carrière : en 2017, elle était devenue patronne de l'organisme qui avait succédé à la DST, la DGSI, Direction générale de la sûreté intérieure. Et elle venait de prendre sa retraite – elle avait d'ailleurs prévu, après cette journée de retrouvailles, de rejoindre la route 66 pour un long périple estival.

Si Mia avait revu Elsa de loin en loin, elle n'était allée que deux fois rendre visite à Hans et Rachel en Israël : la seconde en 2005, pour jouer en plein air, au sommet de la forteresse de Massada, l'*Esther* de Racine ; la première à l'automne de 1992. À l'issue du procès de Graben et de Fischer, la justice allemande lui avait remis les deux objets légués par son grand-père, à savoir le journal de Julius Traub et la montre d'Hitler. Mia considérait toutefois que le journal revenait à Hans et qu'elle devait accomplir la dernière volonté de Papya en restituant le manuscrit à la famille de l'aide de camp d'Hitler. Hans avait eu quelque réticence à accepter, et avait finalement dit oui à Mia : il ferait don de l'objet au musée qui avait déjà récupéré *Mein Kampf II*. Côte à côte en vitrine, les deux calepins jumeaux feraient la paire… Mia se souvenait de chaque détail de ce voyage d'automne : les lieux, les odeurs, la lumière dorée sur Jérusalem. Elle avait surtout en mémoire leur soirée d'adieux, quand Rachel lui avait confié le dernier secret d'Adolf Hitler.

Les pinces des crabes défiaient l'entendement par leur taille et leur couleur : ce n'étaient pas les crabes gringalets de Bretagne, mais des monstres larges comme des assiettes. Serviette autour du cou, hilares à se voir ainsi affublés de bavoirs, les quatre amis se mirent à concasser leurs crustacés.

« Elsa, vous vous souvenez que Graben a pris seize ans de prison au procès de Nuremberg, en 1992.

– Je m'en souviens très bien, c'était il y a trente ans pile.

– Mais vous n'aviez peut-être pas été informée de sa libération, le…

– Le 1er décembre 2005. La DST était au courant de tout ! s'exclama Gerfano en riant, avant d'ajouter : Deux ans et demi de remise de peine, ce n'est pas scandaleux, à son âge. Il avait quoi… soixante-dix-huit ans à sa sortie ?

– Soixante-dix-neuf, précisa Mia. Il est parti immédiatement en Amérique du Sud. L'Uruguay, la Bolivie, puis le Venezuela, où il s'est fixé.

– Vous l'avez fait suivre ? plaisanta Elsa.

– C'est nous qui l'avons suivi, interrompit Rachel. Le Mossad le surveillait. Il a continué à participer à des rencontres de nazis, à des hommages au Führer, mais n'a jamais repris de rôle actif. Il a eu des pépins de santé, des problèmes d'argent, aussi…

– Où voulez-vous en venir ? s'enquit Elsa.

– Eh bien, le 25 février dernier, Wilfried Graben est

mort, reprit Mia. Et c'est alors que j'ai décidé de vendre la montre. »

Gerfano fit craquer une phalange d'arthropode dans un grand casse-noix.

« Pour quelle raison ?

– Disons que le sortilège était rompu... »

Mia laissa un silence, qui permit à Hans de remplir les verres avec le chardonnay Riverstone venu de Californie commandé par ses soins au sommelier. Pendant ce temps, elle s'essuya soigneusement les doigts.

« Elsa, je vais vous dire ce qu'Adolf Hitler a confié à Julius Traub le 28 avril 1945, dans son bunker-tombeau ; je vais vous dire ce que Julius Traub n'a pas écrit dans son journal, pas dit aux Soviétiques, même sous la torture, pas confié non plus à ses disciples de l'ordre de Thulé... Je vais vous dire ce qu'il n'a pas eu le temps de révéler à Graben quand il s'est approché de lui, au manoir de Minkowskie, et que Graben l'a fait tomber, provoquant sa mort. Je vais vous dire ce que Mme Graben mère n'a jamais dit à son mari ni à son fils... »

Elsa posa la pince de crabe dans son assiette et but une gorgée de vin blanc. Mia se tourna avec un sourire vers Rachel, pour qu'elle prenne le relais.

« Vous vous souvenez que nous avions récupéré sur le sol de la banque les résidus d'ADN d'Hitler ? Les services allemands nous ont fourni plus tard la signature génétique de Wilfried Graben...

– Et ? poussa Elsa Gerfano, qui commençait à entrevoir l'issue de la confidence.

– Et ça “matchait”, comme disent les scientifiques. »

Mia repoussa son assiette encombrée de débris de carapace.

« Wilfried Graben était le fils naturel d'Hitler. Le Führer avait séduit la femme de son camarade de tranchées de 14-18. Lequel n'en a jamais rien su, bien sûr. »

Il restait quelques gouttes dans la bouteille de Riverstone, Hans les versa dans le verre d'Elsa en prolongeant le récit.

« Quand il envoie mon grand-père à Berchtesgaden, le 28 avril 1945, Hitler lui confie deux missions : récupérer la montre, mais aussi mettre la main sur des documents, le fameux "dossier noir", pour le détruire.

– Son dossier médical ? enchaîna Gerfano. Traub l'a brûlé, c'est dans ses PV d'interrogatoire par les communistes. À la demande de Chirac, Eltsine en a fait transmettre une copie à nos services en 1996.

– Dans le dossier, reprit Hans, il y avait tout ce qu'Hitler voulait cacher, et qu'on ne saura jamais vraiment. La vérité sur la malformation de son pénis, son profil psychiatrique, sa propension à l'épilepsie… Mais il y avait aussi un rapport de Spemann sur le parallèle génétique entre le Führer et le fils de Günther Graben. Un rapport qui établissait leur parenté. »

Elsa avala une autre gorgée de chardonnay.

« Wilfried Graben, fils d'Adolf Hitler ? Mais le rapport de Spemann, où est-il passé ? Pourquoi Traub l'aurait-il brûlé ? »

Rachel répondit :

« En toute logique, il ne l'a pas fait. Hitler lui avait donné pour mission de retrouver Wilfried Graben pour l'aider à bâtir le IVe Reich. Il devait lui annoncer qu'il était le fils du Führer, le lui prouver avec un document scientifique. L'ADN caché en Suisse était une roue de secours, si Graben venait à être tué sur le front ou s'il refusait d'endosser sa responsabilité face au Reich.

– Et où est-il, ce document ?

– On l'ignore, répondit Hans. S'il n'a pas été brûlé, s'il ne se trouve pas dans le journal de Traub, et puisque ni les Français ni les Soviétiques ne l'ont saisi sur lui, alors le mystère demeure. Le rapport du docteur Spemann, prix Nobel de médecine 1935, sur le fils naturel d'Adolf Hitler, est dans la nature. »

Mia éleva la voix en prenant un accent de garde champêtre pour clamer en français :

« Avis à la population… »

Les quatre amis, grisés de vin californien, rirent aux éclats.

« Je comprends mieux, dit Elsa. Wilfried Graben est mort sans descendance…

– Et sans avoir fait congeler son sperme, nous avons vérifié, ajouta Rachel.

– … il n'y a donc plus du tout d'ADN d'Hitler en circulation, conclut Elsa.

– Sauf dans un laboratoire de haute sécurité en Israël, rectifia Hans. Ce qui est le dernier endroit au monde où l'on songerait à fabriquer des petits Führer à la chaîne. »

Il y eut encore des rires. Mia brandit son verre pour porter un toast :

« À un monde sans Hitler ! Et à l'amitié ! »

En levant le calice devant ses yeux, elle vit par transparence les mille et une paillettes qui dansaient sur la baie de Chesapeake enflammer le vin blanc. Elle aurait voulu arrêter le temps à toutes les montres de la vie, pour goûter sans partage cette seconde de bonheur.

– FIN -

NOTE DES AUTEURS

La véritable histoire de la montre d'Hitler

Dans la nuit du 4 au 5 mai 1945, une escouade de la 2e DB du général Leclerc fonce vers Berchtesgaden et la résidence d'été d'Adolf Hitler : les premiers soldats alliés à investir ce lieu symbolique sont donc français. Ils entrent au Berghof et au Kehlsteinhaus, le Salon de thé, dit aussi le Nid d'aigle. Le lieutenant Albert Moïse Messiah, ancien commandant de la 2e section de la 12e compagnie du 3e bataillon du régiment de marche du Tchad, son chauffeur Robert Balembois et le sergent-chef Robert Mignot récupèrent la montre du Führer. Elle lui avait sans doute été offerte le 20 avril 1933, jour de son quarante-quatrième anniversaire, par quelques proches. Elle comporte une rare association d'or jaune et d'or blanc, et un bracelet en lézard noir. Les inscriptions issues de la manufacture LeCoultre, qui a fabriqué le mouvement, ont été effacées au profit de la marque Huber, fournisseur important de l'armée du Reich. La montre porte les dates du 20 avril

1889 (date de naissance d'Hitler), du 30 janvier 1933 (date de sa nomination au poste de chancelier) et du 5 mars 1933 (date de la victoire du NSDAP aux législatives).

Aucune photo ne prouve qu'Hitler a porté cette montre, mais il l'a d'évidence conservée auprès de lui.

Robert Mignot n'a jamais été inquiété par des réseaux néonazis ni par des services secrets. En 1985, il revend la montre à l'un de ses cousins, dont le petit-fils est à l'origine de sa mise en vente aux enchères, le 28 juillet 2022, par la maison Alexander Historical Auctions, dans le Maryland. Estimée entre 2 et 4 millions de dollars, elle trouve preneur ce jour-là pour 1,1 million. On ne connaît pas l'identité de l'acheteur ; la montre n'a pas réapparu depuis.

Le véritable aide de camp d'Hitler s'appelait Julius Schaub. Il est affecté au service du Führer en 1940. Il est à son côté dans le bunker berlinois à la fin d'avril 1945. Hitler lui demande alors d'aller brûler ses documents personnels à Munich et à l'Obersalzberg, c'est-à-dire au Berghof. On ne sait s'il a pu exécuter l'ordre.

Günther Graben est inspiré du personnage de Günther Körten, qui a servi dans le génie pendant la Première Guerre mondiale avant de faire carrière dans l'armée de l'air au service du Reich. Il meurt des suites des blessures reçues lors de l'attentat mené contre Hitler par de hauts gradés, le 20 juillet 1944. Il n'était pas un ami intime ni un camarade de tranchée du Führer, et n'a pas eu de fils engagé dans les mouvements néonazis.

L'ordre de Thulé, ainsi appelé par référence à une terre septentrionale mythique, continent disparu dominé par la civilisation aryenne, est une société secrète qui a inspiré le NSDAP, le parti nazi. La croix gammée elle-même rappelle la croix de Wotan célébrée par l'ordre de Thulé.

En 2022, un baril rempli de lingots d'or a été découvert en Pologne dans le château de Minkowskie, un édifice qui servit de maison close aux SS pendant la Seconde Guerre mondiale.

Le Crédit suisse a été accusé à de nombreuses reprises d'avoir hébergé les avoirs des nazis. Des comptes appartenant à de hauts dignitaires SS y ont été identifiés. Après son rachat par UBS en 2023, la banque a ouvert ses archives pour établir la vérité.

DU MÊME AUTEUR

YVES AZÉROUAL

Romans

Faubourg Montmartre, Le Passeur, 2021

Mufti, Le Passeur, 2020 (prix Patrick-Quentin - LICRA)

Essais

Passions d'État, éditions du Moment, 2014

L'Anniversaire. Comment la gauche a fait sa fête à Julien Dray, éditions du Moment, 2012

L'Arnaque, le programme enfin décrypté du Front national, avec Najwa El Haïté, éditions David Reinharc, 2011

People Politicus, éditions du Moment, 2010

Carla et Nicolas. La véritable histoire, avec Valérie Benaïm, éditions du Moment, 2008 ; Archipoche, 2009

A-t-on le droit de défendre Israël ?, Hachette Littératures, 2004

Foi et République, éditions Patrick Banon, 1995

Mitterrand, Israël et les Juifs, avec Yves Derai, Robert Laffont, 1990

Livre d'entretiens

Le Sage et l'Artiste, avec André et Élie Chouraqui, Grasset, 2003

Récit

La blessure est dans la main gauche, EMH, 1998

CHRISTOPHE BARBIER

Théâtre

Mozart mon amour, L'Avant-scène Théâtre, 2023

Le Grand Théâtre de l'épidémie, L'Avant-scène Théâtre, 2020

Choses vues, d'après Victor Hugo, L'Avant-scène Théâtre, 2020

Le Tour du théâtre en quatre-vingts minutes,
L'Avant-scène Théâtre, 2018

Rêvons !, avec Marc Jolivet, Flammarion, 2013

Fantaisies mythologiques, collectif, L'Avant-scène Théâtre, 2011

Les Nouveaux Caractères, collectif, L'Avant-scène Théâtre, 2007

Fantaisies microcosmiques, collectif, L'Avant-scène Théâtre, 2004

La guerre de l'Élysée n'aura pas lieu, Grasset, 2001

Essais

Moi, Jean-Luc M., Grasset, 2024

Peuple de colères, Fayard, 2024

À la recherche du héros perdu, Fayard, 2022 ; coll. « Pluriel », 2023

Le Monde selon Molière, Tallandier, 2021

Le Monde selon Feydeau, Tallandier, 2021

Les Tyrannies de l'épidémie, Fayard, 2021 ; coll. « Pluriel », 2022

Les Perdants magnifiques, collectif, Tallandier, 2020

À nos héros du quotidien, collectif, Signe, 2020

Macron sous les masques, éditions de l'Observatoire, 2019

Le Monde selon Sacha Guitry, Tallandier, 2018 ; coll. « Texto », 2021

La Citadelle assiégée, avec J. M. Martí Font, Plon, 2018

La République des traîtres, collectif, Tallandier, 2018

Les Derniers Jours de la gauche, Flammarion, 2017

Deux présidents pour rien, Presses de la Cité, 2017
Dictionnaire amoureux du théâtre, Plon, 2015
Maquillages. Les politiques sans fard, Grasset, 2012
L'Express, *60 ans à la une*, La Martinière, 2011
La Saga Sarkozy, éditions L'Express, 2007
La Comédie des orphelins, Grasset, 2000
Les Derniers Jours de François Mitterrand, Grasset, 1997

STUDIOFACT
ÉDITIONS
RACONTER LE RÉEL

DÉJÀ PARUS

- *Le Mystère Jubillar* - Ronan Folgoas
- *Mes lettres de cachets* - Flora Nicol
- *Catwalk* - Nathalie Cros-Coitton (avec Caroline Andrieu)
- *L'Obstiné* - Raphaël Nedilko avec Catherine Siguret
- *Crayon noir* *Samuel Paty, histoire d'un prof* (roman graphique) - Valérie Igounet et Guy Le Besnerais
- *L'Affaire Madame* - Emmanuelle Anizon
- *Le Grand remplaçant* - Pierre-Stéphane Fort
- *La Dame de la poste* - Catherine Siguret
- *L'Impuni* - Marika Mathieu
- *Le bruit du monde me fait un peu trop mal certains jours* - Céline Bardet (avec Jacqueline Remy)

Maquette intérieure : Rémi Pépin
Composition et mise en pages : Bruno Ringeval
Préparation de copie : Céline Maurice
Correction : Noah Vago
Direction éditoriale : Clarisse Cohen

Cet ouvrage a été achevé d'imprimer sur Roto-Page
par l'imprimerie Sepec Numérique à Péronnas
en septembre 2025
pour le compte des Éditions StudioFact

IMPRIM'VERT®

PEFC
10-31-3532

Dépôt légal : octobre 2025
N° d'impression : N35377250701
Imprimé en France